12-95

571 - 286 - 172
080 - 650 Burn

L'HOMME
TRANQUILLE

MAURICE WALSH

L'HOMME
TRANQUILLE

Traduit de l'Anglais par
JANE FILLION

ÉDITIONS SÉLECT

Dépôt légal:
Bibliothèque Nationale du Québec
Bibliothèque Nationale du Canada
Deuxième Trimestre 1981

© 1980 Presses Sélect Ltée, 1555 Ouest rue de Louvain,
Montréal, Québec

ISBN: 2-89132-524-9
G1264

PRINCIPAUX PERSONNAGES

Au cours de la guérilla qui oppose l'Armée Républicaine Irlandaise et la Police Militarisée Britannique — les Black-and-Tans — et qui se terminera par la trêve de 1921, six hommes et quatre femmes sont réunis, par une nuit de juin, à l' « Hôtel de la Truite », au bord du lac Aonach, dans un district montagneux du sud-ouest de l'Irlande. Ce sont des épisodes de leurs vies respectives, curieusement entremêlés, qui vous seront narrés au cours de ce récit.

Les six hommes sont :

Hugh Forbes, le Petit Homme Noir, ex-officier de l'armée britannique, chef d'une colonne mobile de l'Armée Républicaine Irlandaise.

Michael Flynn, son second, dit aussi « Mickeen Oge Flynn », ardent républicain, célibataire par inclination, à moitié prêtre par formation.

Owen Jordan, médecin de la colonne mobile, Irlando-Américain, et fils d'un ancien Fenian.

Paddy Bawn Enright, ancien boxeur de renom, surnommé « l'Homme tranquille », parce qu'il rêve de finir ses jours dans une petite maison à flanc de colline, alors qu'il a toutes chances de tomber, au cours d'une embuscade, sous les balles des Black-and-Tans.

Sean Glynn, gentleman-farmer et agent secret de l'Armée Républicaine Irlandaise.

Archibald MacDonald, officier écossais, capitaine dans les Seaforth Highlanders, vieil ami de Sean Glynn et fervent pêcheur à la ligne, ce qui lui vaut d'être fait prisonnier par la colonne mobile.

Les quatre femmes sont :

Margaid MacDonald, sœur du capitaine Mac-Donald, et prisonnière comme lui.

Joan Hyland, jeune fille irlandaise qui aime Sean Glynn et en est aimée.

Kate O'Brien, nièce d'un général de brigade,

et aussi fervente républicaine que Mickeen Oge Flynn.

Nuala Kierley, agent secret au service de l'Armée Républicaine Irlandaise et qui sacrifie tout à la Cause.

PROLOGUE

Nuala Kierley — elle s'appelait alors Nuala O'Car-roll — grandit à la lisière du Tipperary, contrée d'éle-vage de chevaux. Dès qu'elle sut marcher, elle monta à cru, baudets, genets et poneys, et, dès sa dixième année, tout cheval qui voulait bien se laisser seller. A dix-sept ans, on la disait la meilleure cavalière du Munster... du monde, autant dire. Et c'est alors qu'elle rencontra Martin Kierley.

Nuala était une cousine éloignée de Sean Glynn, de Leaccabuie. Celui-ci racontait volontiers qu'il avait été amoureux d'elle — comme tout le monde d'ailleurs — jusqu'à ses fiançailles avec Kierley. Et c'est alors que Sean porta sa flamme à Joan Hyland.

Martin Kierley avait, lui aussi, la passion des che-vaux. Il les élevait, les montait, fervent de chasse au renard. Beau, avec ça, comme Lucifer avant la chute. Un vrai diable noir, un casse-cou, mais aimable et bien-veillant, et d'une générosité folle... tel était Martin

Kierley lorsqu'il rencontra Nuala O'Carroll. A dix-neuf ans, elle l'épousa. Il en avait dix de plus.

Ils formaient le plus beau couple que l'on pût voir, vivant contraste et complément l'un de l'autre. Lui, brun et fou, elle, blonde et grave. Et c'est justement cette façon qu'elle avait de les écouter, sérieuse et attentive, grave même, qui faisait fondre le cœur des hommes. Au début, ils furent follement heureux, puis ils continuèrent de s'aimer, tandis que l'argent leur coulait entre les doigts. La vie qu'ils menaient, la seule qui pût convenir à Martin Kierley, exigeait de l'argent, de l'argent, et encore de l'argent. La source ne tarda pas à tarir. Mais Sean Glynn remarqua que Martin Kierley ne diminuait pas son train de vie. Et il lui arrivait de s'en étonner.

Ceci se passait lors de la terrible répression, par les Black-and-Tans — la Police Militarisée Britannique — du mouvement autonomiste irlandais, et l'argent coulait à flot des deux côtés. Aussi Sean ne s'étonna-t-il pas outre mesure. Les deux jeunes gens, ardents Sinn Feiners, étaient secrètement affiliés à l'Armée Républicaine Irlandaise.

Et maintenant, voici ce qu'il ne faut pas oublier. Nuala aimait Kierley et peut-être aimerait-elle un jour un autre homme, mais rien ne prendrait jamais dans son cœur la première place qui appartenait à l'Irlande. Elle était faite ainsi. Elle personnifiait l'Eire elle-même. A dix-sept ans, elle participa au soulèvement de 1916 en faisant le coup de feu à Dublin. Et au cours de la guerilla des Black-and-Tans... Seigneur! Que ne fit-elle pas! Mais ceci est une autre affaire...

A un certain moment, Sean Glynn fut appelé à Dublin. Il était un des principaux agents secrets de l'Armée républicaine, un homme hardi et fort. Mais lorsqu'il comprit ce qu'on attendait de lui, il trembla. Il rencontra à Dublin un homme dont nous tairons le nom, homme de petite taille, bâti en force et dont l'aimable regard bleu pouvait prendre des froideurs d'acier. Il s'adressa à Sean Glynn en ces termes :

— Il y a une fuite, Sean, et une fuite grave. Des hommes meurent, des plans échouent et il nous faut trouver la source... à n'importe quel prix. Je connais le canal par lequel s'échappe la fuite, mais j'ignore où elle commence. C'est vous... et quelqu'un qui vous tient de près — qui la trouverez pour moi.

Sur ces mots, il se tut.

— Mais comment cela? dit Sean. Je ne tiens pas à mettre un ami au courant... à moins que ce ne soit inévitable.

— Ecoutez bien! Un certain agent britannique sera, au cours d'une certaine nuit, en possession d'un document pour une heure, et il sera, pendant cette heure, bien gardé. Le document sera ensuite remis à un secrétaire britannique du Château de Dublin. Nous pouvons mettre la main sur cet agent — sans le document — quand nous le voudrons, mais les Anglais ne manquent pas d'hommes courageux, capables de le remplacer. Il nous faut ce document avant qu'il le remette au Château.

— Mais comment? interrogea Sean.

— Je vais vous le dire. Nous avons bien étudié cet homme. Il s'appelle Hanley — Sir Henry Hanley, capi-

*taine — et il est à moitié Irlandais. C'est un ancien offi-
cier britannique, champion poids moyen de son batail-
lon, un garçon intrépide et loin d'être idiot. C'est un
être fort et, comme tous les forts, il a ses faiblesses. Nous
pourrions l'atteindre par une femme, mais il faut qu'elle
soit de premier ordre. Vous allez pressentir votre cousine, Nuala Kierley.*

— En avez-vous parlé à son mari? interrompit Sean.

*— Non, dit son interlocuteur, sans ciller. Ce n'est
pas le genre de mission dont on parle à un mari.*

*— A un cousin non plus, dit Sean. Je refuse, et c'est
mon dernier mot.*

Sean, qui ne redoutait rien ni personne, avait peur.

*Son chef savait parfaitement pourquoi Sean se déro-
bait, mais pour la cause, il se montrait inflexible.*

*— J'avais envisagé cette éventualité, dit-il. Nous
allons exposer le cas à Nuala elle-même. Elle est dans la
pièce à côté.*

*Et c'est ce qu'il fit, froidement et clairement. La divul-
gation de nos plans, les morts, les échecs... et l'appât.*

— Refuse, Nuala, l'adjura Sean. Refuse, ma fille.

*Autant vouloir retenir le vent! Il le fallait! Il s'agis-
sait de l'Irlande!*

*— Personne ne doit rien savoir, leur dit le chef, per-
sonne en dehors de vous, de Sean et... de moi. Personne
au monde! ajouta-t-il en frappant sur la table, du plat
de la main.*

Nuala le regarda attentivement et son torse souple

se raidit. Elle comprit alors pourquoi Sean l'avait adjurée de refuser cette mission.

— Bien, dit-elle enfin d'une voix calme.

Le chef impitoyable sourit alors à Sean Glynn.

—.Vous faites grand cas de votre cousine, Sean. Veillez sur ellle. Vous agirez seuls tous les deux. Dressez les plans à votre guise, mais apportez-moi le document.

⁎⁎

Les plans ne furent pas difficiles à élaborer. Hanley, l'agent britannique, résidait au Rowton... le vieil hôtel Rowton qui n'avait pas encore été incendié. Sean Glynn y prit une chambre, au même étage, mais à l'angle d'un couloir. Nuala Kierley ne s'installa pas à l'hôtel, mais elle venait chaque soir, soit au bar, soit au restaurant. On y voyait des gens de la bonne société... et aussi d'une certaine société. Nuala s'y montrait élégamment vêtue, mais non fardée. Ce n'était pas son genre. Elle choisissait toujours une petite table d'angle. Sa chevelure de l'or le plus pâle brillait doucement. Son attitude avait quelque chose à la fois de timide, de hardi et d'effrayé. Sean Glynn, à demi dissimulé par une colonne, l'admirait.

Il fallut à Nuala une semaine pour conquérir le capitaine, mais le succès fut total. Que pouvait contre elle ce jeune et beau garçon, au visage lisse, à l'air viril? Il la vit... il ne pouvait faire autrement que de la voir. Elle le regarda, et crainte et hardiesse passaient tour à tour dans son regard. Comment résister à ce regard à la fois perplexe et songeur, avec un arrière-fond si grave... Elle le cueillit comme une mûre sur un roncier.

Au bout de trois jours, ils dînaient ensemble. Elle était fraîche et pure, n'avait jamais eu d'aventures et sut ne se montrer ni trop craintive, ni trop hardie. Et il s'enflamma... comme si la conquête de cette belle créature ajoutait la touche finale au danger mortel qu'il courait. En une semaine, il fut entièrement à sa merci. Et à la fin de cette semaine, le document fut entre ses mains.

Tous deux dînèrent ensemble, cette nuit-là... et aux tables environnantes, des hommes armés veillaient. Sean Glynn en repéra d'autres dans le hall et au bar. Mais Nuala Kierley travaillait à coup sûr. A la fin de la soirée, Hanley était plus qu'à moitié ivre... et il ne s'en rendait pas compte.

Nuala monta alors dans sa chambre. Elle l'avait retenue pour la nuit, ou plus exactement, le prétendit, car la chambre appartenait à Sean Glynn. Un quart d'heure plus tard, Hanley l'y rejoignait.

Sean Glynn se dissimulait, à l'extrémité du couloir, dans une embrasure de porte. Aussitôt que Hanley fut entré dans la chambre de Nuala, il s'approcha à pas étrouffés, et attendit, le doigt sur la gâchette de son automatique. Il aurait pu entrer et tenir Hanley en joue, mais il préférait n'user de ce moyen qu'en dernier ressort. L'homme était brave et le bruit d'une lutte ou d'un coup de feu pouvait tout compromettre. Sean

Glynn préféra attendre. Un bruit de voix étouffées lui parvenait, un tintement de verres, de nouveaux chuchotements... puis ce fut le silence.

Enfin la porte s'ouvrit silencieusement et le bras nu de Nuala apparut dans l'entre-bâillement. Sean Glynn se saisit de la longue enveloppe et disparut...

Le traître n'était autre que Martin Kierley.

— Vous le saviez? demanda son chef à Sean, cette nuit-là.

— Je m'en doutais.

— Nuala Kierley également. Vous connaissez le sort des traîtres. Emmenez sa femme avec vous demain, à Leaccabuie.

— Elle refusera peut-être de m'accompagner...

— C'est un ordre! A Dublin, elle est brûlée! Et dites-lui tout!

Sean emmena Nuala Kierley à Leaccabuie, et en route, il parla. Elle ne s'étonna pas, ne proféra pas une seule parole. De Leaccabuie, Sean la conduisit à Lough Aonach, où se terrait une des colonnes mobiles de l'Armée irlandaise, après l'embuscade de Coolbeigh. C'est là que le capitaine Archibald MacDonald, prisonnier des Irlandais, l'aperçut pour la première fois à la lueur d'un feu de tourbe... Il ne l'oublia jamais.

C'est alors que se produisit un étrange événement. Nuala Kierley dut trouver un moyen de faire prévenir son mari, car il s'échappa de Dublin le jour même où on devait le liquider, et se rendit droit à Lough Aonach. Hugh Forbes, un des chefs de la résistance, se trouvait avec Nuala et Sean Glynn dans le hall de l'hôtel de la Truite lorsque Kierley y fit irruption.

C'était un homme fini, brisé comme Lucifer après la chute. Plus rien ne subsistait de sa témérité. Mais il n'avait pas, pour cela, cessé d'aimer sa femme, de l'adorer même. Il se traîna à ses pieds, jurant que c'était pour elle qu'il avait trahi et accepté l'argent de la trahison... des sommes élevées. Elle l'aimait encore. Mais elle se détourna de lui avec mépris, refusa de l'entendre, de pardonner à un traître. Il comprit qu'elle ne céderait jamais. Lorsqu'il se tourna vers Hugh Forbes, il était redevenu un homme.

— C'est bien, Hugh! dit-il d'une voix ferme. Emmène-moi.

Hugh Forbes le conduisit jusqu'aux ruines du vieux castel Aonach, dans les collines. Mais Hugh Forbes avait des idées bien à lui et il s'y tint.

— Ecoute-moi, Sean Glynn, dit-il. Je ne veux pas que son sang retombe sur ta tête, ni sur celle de Nuala. La trêve peut être proclamée d'un instant à l'autre. Je le garderai à vue et l'aiderai ensuite à quitter l'Irlande.

Sean lui parla de l'homme de Dublin.

— Qu'il aille au diable! déclara Hugh sans ambages. Et qu'il retourne en enfer, sa patrie...

Car Hugh ne craignait personne au monde.

Il retint donc Kierley prisonnier. La trêve survint. La nuit même, Kierley s'échappa et, le lendemain matin, on le retrouva noyé dans l'Etang de la Fille-aux-Cheveux-roux... où meurent les traîtres. Et cette semaine-là, on raconte que la Fille aux Cheveux roux apparut à *plusieurs personnes. Kierley savait que la vie n'avait plus rien à lui offrir et que Nuala était perdue pour lui. Il prit le seul parti possible.*

C'est alors que Nuala Kierley disparut, et pendant sept ans ses amis ignorèrent tout de son sort.

PREMIÈRE PARTIE

LA FILLE DU CAPITAINE

CHAPITRE PREMIER

Le temps était vraiment beau, ce matin-là, et j'en jouissais pleinement malgré ma fatigue... une fatigue telle, que je n'avais même pas le cœur à fumer.

J'appuyai mon fusil, ce vieux compagnon, contre le muret de pierres sèches, m'y accoudai et laissai errer mon regard sur cette vallée que je ne connaissais pas encore. Une plaisante vallée que dominaient des pentes couvertes de bruyère, où la roche affleurait sous la terre brune. Bien qu'à des milliers de kilomètres, elle me rappelait un coin abrité du côté de San Lorenzo où j'avais tiré une fois un dix cors de l'Arizona. Je soupirai, saisi d'une douce mélancolie. Reverrais-je jamais le Nouveau-Mexique, ses pics désolés, ses distances immenses, ses couleurs? Au moment où je m'y attendais le moins, une balle des Black-and-Tans pouvait m'atteindre. Ma tête retomberait sur la crosse de mon fusil — vision entre toutes familière — et mon âme s'envolerait vers San Lorenzo... à condition que j'aie une âme, bien entendu.

Derrière moi, de la cuisine dont la porte était ouverte, me parvenait, à travers l'étroit verger, un murmure assourdi de voix masculines que rompait de temps à autre le rire aigu des Irlandais du Sud. Les survivants de notre colonne mobile prenaient leur repas matinal, et l'odeur des œufs au lard me mettait l'eau à la bouche. Dans dix minutes, Mickeen Oge Flynn viendrait me relever, mais la faim n'était pas ce qui me tourmentait le plus. Après la longue marche dans la nuit, j'aspirais par-dessus tout à dormir... Dormir, puis me réveiller à demi et sentir la vie couler doucement autour de moi... au moins pour un temps.

Oui, vraiment, une plaisante matinée de mai. Une douce brise parfumée d'aubépines chassait de petits nuages blancs au-dessus de la tête chauve du mont Leaccamore, de l'autre côté de la vallée. Et si les merles se taisaient, les alouettes chantaient, haut dans le ciel. Et comme un accompagnement à leur chant aigu, montait de la vallée le bruit assourdi d'un torrent... moitié rire et moitié soupir, à la fois paisible et solitaire.

« Il doit y avoir du poisson dans ce torrent, me dis-je, truite pointillée, gourmande de mouche de mai, ou peut-être un saumon remontant la Shannon. » Je distinguais des trous d'eau entourés de buissons de noisetiers, et le soleil argentait les filets d'eau qui serpentaient entre les rochers. Quelque chose en moi frémit. J'irai peut-être — mais après avoir fait un bon somme — essayer un lancer ou deux, à la tombée du jour, en compagnie de Big Paudh Moran.

Un homme petit et corpulent, portant un manteau noir et un chapeau melon, enjamba la palissade, à une centaine de mètres de moi, et se mit à grimper la pente. Il ne semblait pas dangereux, mais dans le jeu que nous jouons, nous ne sommes jamais sûrs de rien. Aussi je sifflai deux notes aiguës et épaulai mon fusil.

— Salut! cria-t-il à une distance respectueuse. Par Dieu, la belle matinée!

— En effet. Rien d'autre à dire?

— Non... c'est-à-dire, si! Je voudrais voir... je voudrais voir Sean Glynn.

Sean Glynn, de Leaccabuie, était ce fermier des Hautes Terres qui fournissait à la colonne mobile son repas du matin. Un des nôtres, un ami, et quiconque venait le voir ne pouvait être qu'un ami. Mais celui-ci n'appartenait pas à la colonne. Pas le moindre hâle sur son visage rond et rasé, légèrement transpirant... et il ne portait ni le trench-coat à ceinture de cuir, ni le chapeau de feutre qui nous distinguent. Un seul parmi nous porte un chapeau melon : Matt Tobin, le batteur de blé. Traversé de deux balles, il le considère comme un fétiche.

— Ça va, docteur, dit derrière moi Sean Glynn qui s'avançait dans le sentier bordé de ronces. Quel bon vent vous amène, John? Approchez.

Le citadin franchit le portail, sans me quitter du regard.

— C'est au commandant Forbes que j'en ai, dit-il. Quelque chose d'urgent à lui dire.

— Pouviez pas mieux tomber, John. Hugh Forbes est en train de se restaurer. Entrez donc.

Il précéda son visiteur jusqu'à la porte de la cuisine, l'annonça d'une voix sonore, puis revint vers moi.

— John Molouney... Il tient une taverne à Castletown, de l'autre côté de la colline, à huit kilomètres d'ici. Un de mes agents... et je n'en ai pas de plus sûr.

Sean Glynn est un homme jeune, aux cheveux noirs, qui a fréquenté l'Université et n'est pas plus fier pour tout ça. Hardi, entreprenant, il est le chef de tout notre réseau d'espionnage du Sud. Propriétaire de terres labourables dans la vallée et d'innombrables pâturages sur la lande qui nous entoure, il a des intérêts dans tous les marchés à grains et à bestiaux du Munster. Et c'est ainsi qu'il glane des informations, avec son air tranquille, et maintient le contact entre les colonnes mobiles et notre Quartier Général à Dublin.

— C'est pas pour rien que John Molouney a fait tout ce chemin jusqu'à Leaccamore de si bonne heure le matin, reprit Sean Glynn.

— Qu'il aille au diable, grommelai-je. Nous sommes ici pour nous reposer

— Dieu le veuille! fit Sean Glynn d'un air ironique, car le repos n'était pas précisément le lot des colonnes mobiles.

— Y a du poisson dans cette rivière, là, en bas? demandai-je en bâillant vigoureusement.

— Dans l'Ullachowen? Vous voyez cette espèce de bassin, là-bas, bordé d'épine noire? fit Sean Glynn d'un ton plein d'orgueil. Le semaine dernière, un de mes amis, le capitaine Archie MacDonald, y a pêché un saumon de vingt livres. Il est à la tête de la garnison anglaise à Castletown... les Seaforth Highlanders.

— Et il est de vos amis?

— Eh! oui, et de mes ennemis, aussi.

— Et une compagnie d'Highlanders veille sur lui quand il pêche?

— Lui? Dieu me damne! Il est venu seul... accompagné de sa sœur, qui ferre le saumon comme personne.

— Béni soit le dieu des pêcheurs... et cette heureuse vallée où un officier ennemi attrape un saumon de vingt livres sans autre escorte que sa sœur. Elle aussi est une amie à vous?

Il secoua la tête en souriant.

— Elle a les cheveux roux, mais c'est un gentil brin de fille, et son frère est un chic type. Un de mes plus vieux amis. J'ai vécu quinze ans en Ecosse, où mon père était fonctionnaire, et Archie MacDonald et moi avons fréquenté ensemble l'Université d'Edimburgh. Oui, c'est un chic type, et il a cette sale guerre en horreur.

— Il sait le rôle que vous y jouez... sombre espion?

— Pas par moi. Il ne m'a jamais rien dit, mais on ne le trompe pas facilement.

— C'est de la folie de sa part, d'amener une jeune fille dans ces parages.

— C'est ma faute. Il m'a demandé si la région était sûre, et j'ai répondu que oui. Il est aimé à Castletown. On le trouve équitable. Jamais ses hommes n'ont touché à un homme, à une femme, à un gosse ou à une volaille... Ils font peut-être un brin de cour aux jolies filles...

— Les jolies filles et les Highlanders sont faits pour s'entendre, dis-je.

Mickeen Oge Flynn, notre chef en second, vint me relever et me lança un regard sardonique :

— Hugh Forbes a d'agréables nouvelles à vous communiquer, Owen.

— Au diable, ses nouvelles!

Et je me dirigeai, avec Sean, vers la cuisine.

Quelques-uns des hommes étaient encore assis devant la longue table de bois blanc; d'autres, installés dans des fauteuils d'osier, fumaient béatement. Paudh Moran, allongé sur le carrelage, le dos appuyé au mur blanchi à la chaux, tripotait ma canne à pêche, dans son étui de toile.

— Animal! (Je lui arrachai la canne des mains

et lui en donnai un bon coup sur la tête.) La prochaine fois que je verrai tes sales pattes sur ma canne, je te forcerai à l'avaler.

— Par le Christ, Owen Jordan! Moi qui te la gardais précieusement.

— Un imbécile aurait vite fait de marcher dessus! renchérit Paddy Bawn Enright.

Nous avions surnommé Paddy Bawn « l'Homme tranquille ». De petite taille, une épaule un peu plus haute que l'autre, et, sous des sourcils en broussailles, le ferme regard d'un boxeur. Nous savions qu'au cours des douze années difficiles qu'il avait passées aux Etats-Unis, il était devenu un des meilleurs poids lourds de son temps. Puis un beau jour, il revint dans son Kerry natal, vivre en paix dans un coin paisible. Mais la paix qui le guettait était celle — définitive — de la mort par une balle des Black-and-Tans.

La robuste Johann Dillane, la gouvernante de Sean Glynn — Sean n'était pas marié — se pencha sur la poêle posée à même les braises du feu de tourbe, et s'adressa à moi dans son doux parler du Munster :

— Mangez, mon garçon, et ne les écoutez pas.

Et elle posa devant moi l'assiettée d'œufs au lard et la théière de faïence brune.

Tout en mangeant, je gardais ma précieuse canne entre mes genoux. Et je lançais de temps à autre un coup d'œil au commandant Hugh Forbes, notre fameux « Petit Homme Noir ». Il était assis près de l'âtre, sa chaise renversée en arrière, son vieux chapeau de feutre sur l'œil.

Je ne voyais que l'extrémité de son nez busqué, sa bouche ferme mais sensible au-dessus de son menton carré. Il ne fumait pas, et j'en conclus que quelque question le tourmentait. Le messager de Castletown, assis de l'autre côté de la cheminée, buvait dans un bol du thé fumant.

— John Molouney nous a apporté son pesant de nouvelles, Oweneen.

La voix de basse d'Hugh Forbes ne s'élevait pas au-dessus d'un murmure, ses lèvres bougeaient à peine, et il ne détourna pas la tête.

Je n'aimais pas cette façon qu'il avait de m'appeler Oweneen — Petit Owen. Nous étions tous plus grands que lui — et plus âgés aussi — mais lorsqu'il nous chargeait d'une mission difficile, il employait toujours cet affectueux diminutif qu'il accordait aux enfants... et à nous, ses enfants. C'était un des chefs de la guérilla qui ensanglantait et torturait notre pays.

— Oui, son pesant de nouvelles, répéta-t-il.

— Gardez-les pour vous, fis-je, la bouche pleine.

— Impossible, mon gars.

Mais ce n'était pas pour tout de suite.

Deux coups de sifflet perçants se firent entendre derrière la maison; tous ceux qui se trouvaient dans la pièce s'immobilisèrent, à l'exception de Sean Glynn, qui bondit et s'élança au dehors. Johanna Dillane prit une profonde aspiration, qu'elle exhala en un gémissement qui exprimait à la fois la crainte et la patience.

Sean fut de retour en moins d'une minute.

— Aucun danger, dit-il très vite d'une voix encore tendue. Le capitaine MacDonald, des Seaforths, et sa sœur. Ils viennent pêcher ici à peu près chaque semaine.

— A quelle distance sont-ils? demanda Hugh Forbes en se levant.

— Par la grand'route... dix minutes.

— Ils viennent quelquefois ici?

— Souvent, pour boire une tasse de thé et bavarder. Mais généralement pas le matin. Il y a place pour vous tous dans le grenier...

— Parfait!... Paddy Bawn, file prévenir les guetteurs, qu'ils se cachent dans le fenil. Venez, les gars!... Et vous, Owen, continuez votre repas. Vous êtes un ami de la maison venu passer la journée à pêcher... Maudit Archie MacDonald, ajouta-t-il en souriant malgré lui, il n'y a place dans sa tête que pour la truite et le saumon.

— Vous le connaissez? fis-je, surpris.

— Et comment! Nous nous sommes enivrés de compagnie au Caire et avons escaladé ensemble la Grande Pyramide. Et vous-même... Mais non! Il n'a jamais été sur le front de Salonique.

C'est sur le front de Salonique que j'avais rencontré pour la première fois Hugh Forbes, alors que la Dixième Division Irlandaise protégeait notre retraite le long de la vallée du Vardar et que j'avais passé trente-six heures d'affilée auprès des blessés. Mais nous n'étions plus des officiers alliés, et le capitaine MacDonald était devenu notre ennemi.

En trois minutes, la cuisine fut vidée de ses

occupants, à l'exception de Johanna Dillane et
de moi-même. Johanna se hâta d'effacer toutes
traces de repas supplémentaires, tandis que je
me remettais à manger lentement et sans appétit.
Un bruit de voix me parvint de l'angle de la
maison... une voix d'homme, une voix de femme,
et celle de Sean Glynn. Des voix plaisantes, toutes les trois. Et je me surpris à penser qu'un
Anglais bien élevé parle de façon précieuse, et
non avec cette aimable lenteur. Je percevais
chaque mot.

— Vous vous êtes levé de bonne heure,
Archie... mais vous perdez votre temps!

— Oui, ça n'a pas l'air d'un bon jour... pour
la pêche, j'entends.

— Ça pourrait bien se couvrir en fin de journée, dit l'Irlandais, qui n'en croyait pas un mot.

— Je vais tout de même essayer ma chance.
Je risque de ne plus avoir beaucoup d'occasions
de pêcher par ici.

— Pourquoi ça, mon vieux? Vous partez?

— Oui, je m'en vais. Mais il reste quelques
poissons dans les torrents écossais... vous en souvenez-vous, Sean? Et je n'y trouverai pas, au
moins, vos maudits Sinn Feiners... A ce propos,
reprit-il d'une voix faussement détachée, il
paraîtrait qu'on a signalé Hugh Forbes et sa
colonne — oh! ce n'est qu'un bruit qui court à
Castletown — quelque part dans les collines,
vers Glounagrianaan, ou par ici.

— Qu'est-ce qui l'amènerait par ici? demanda
Sean d'un ton sceptique.

— Rien de bon, vous pouvez m'en croire. Si jamais vous le voyez — mais si, mais si, c'est fort possible, mon ami — dites-lui que je serais content de boire un dernier drink avec lui, avant de lui passer les menottes.

Je souris dans mon assiette. Hugh Forbes serait certainement tout disposé à trinquer avec lui, mais cet officier écossais devrait être joliment fort, pour passer les menottes à notre petit homme noir.

— J'aimerais bien le connaître, ce fameux Hugh Forbes, dit une voix féminine.

— Je le mettrai en garde contre vous... si jamais je le rencontre, dit Sean gaîment. Il paraît qu'il a un faible pour les cheveux roux, Margaid... Plus rouges que jamais! Pas vrai, Archie?

Je souris de nouveau. En ce moment, Hugh devait être en train de la guetter entre les planches du grenier. Pourquoi ne pas jeter un coup d'œil moi-même? Je me penchai par-dessus la table et soulevai un coin du rideau.

L'homme, grand, le visage maigre et bronzé, portait un costume de tweed couleur de bruyère, un feutre de chasseur; un vaste panier à poisson sur la hanche, et sous le bras une canne à pêche d'au moins douze pieds... assez longue pour chasser la baleine. Sa sœur, qui tournait le dos, était une fille élancée portant des culottes de cheval et de hautes bottes.

Je fus brusquement la proie d'un sentiment étrange. Je me sentis seul et à l'écart. Cette femme vivait dans un monde protégé, et je la

contemplais d'un univers aux dimensions diffé-
rentes, où un exigeant idéal de liberté nous faisait vivre nuit et jour dans la peur. Je ne
connaîtrais jamais cette femme, et cette femme
ne me connaîtrait jamais. Car je n'appartenais
plus à la vie de tous et je ne pouvais que combattre jusqu'à la fin.

Ce fut peut-être l'intensité de mon regard qui
la fit se retourner vers la maison et lever les yeux
vers le coin soulevé du rideau. Il me sembla
qu'elle me regardait droit dans les yeux. Elle
avait un visage étroit, au front haut, au menton
allongé, et peu de couleurs sous sa peau claire.
Ses yeux me semblèrent foncés ou ombrés de
cils très noirs. Une mèche de cheveux auburn
s'échappait de son chapeau de tweed, orné de
mouches artificielles.

« La reine Elisabeth, en chair et en os », mur-
murai-je pour moi-même.

Elle se détourna lentement, et je laissai
retomber le rideau. Quelques mots encore, de
cordiaux adieux, puis le bruit des bottes de Sean
Glynn remontant le sentier. L'officier, la jeune
fille et le fermier Sinnfein venaient de s'entre-
tenir sur un ton plaisant et amical.

Hugh Forbes et John Molouney vinrent
reprendre leur place au coin du feu. Sean Glynn
et Mickeen Oge Flynn rentrèrent à leur tour.

Paddy Bawn Enright, « L'Homme tranquille », s'assit sur le coin de la table, une épaule plus haute que l'autre, comme toujours. Big Paudh Moran s'affala dans un fauteuil, ses yeux saillants fixés sur moi et sur ma canne à pêche. Les autres restèrent à dormir au grenier ou gagnèrent le fenil pour s'y creuser un trou dans le foin.

Je bourrai ma pipe et j'attendis la suite.

Hugh Forbes se grattait la tête d'un air méditatif.

— Un joli brin de fille, dit-il enfin.

— Elle a les cheveux roux, elle est Ecossaise et elle a exprimé le désir de connaître le célèbre Hugh Forbes... Dieu me pardonne, fit remarquer Mickeen Oge Flynn.

— Une fille sensée!

Dans ses moments de détente, Hugh avait souvent exprimé son intention de s'installer en Ecosse et d'y épouser une fille aux cheveux roux, lorsque viendrait la paix... si elle venait jamais. Ce n'était qu'une fantaisie, un rêve souvent caressé. Mais aujourd'hui, chose étrange, une Ecossaise aux cheveux roux avait bien failli nous surprendre.

— Bon, bon! reprit Forbes en se tournant vers moi. Laissons pour le moment MacDonald... et sa sœur. Vous avez entendu ce qu'il a dit?

— Qu'un beau jour il vous passerait les menottes?

— Il m'a confirmé le rapport de John Molouney. Ce ne sont pas de bonnes nouvelles, Owen, mon fils. Les Seaforth Highlanders quittent Castletown.

— Bien des filles les regretteront, dis-je en allumant ma pipe, et j'aurai la rivière pour moi tout seul.

— Ils seront remplacés par cinq camions de Black-and-Tans.

— Et alors? Nous ne sommes pas venus nous cacher ici pour nous battre contre les Tans, dis-je sans beaucoup de conviction.

Les hommes de la Police Militarisée Britannique devaient leur surnom de Black-and-Tans à leur uniforme — tunique bleu-noir et pantalon kaki — et ils apportaient à combattre l'ardeur et l'opiniâtreté d'un fox-terrier enragé.

— Nous ne nous battrons pas sans provocation, dit Hugh calmement, mais les Tans s'entendent à nous provoquer. Vous vous rappelez comment ils ont incendié Ballaghford, à la mi-janvier, par un jour de neige?

— La seule ville d'Irlande qui ne perdait rien à brûler un peu.

— Et comment ils semèrent la terreur à Kilduff, un Vendredi-Saint?

— Ce qui ne leur porta pas bonheur, car ils y laissèrent cinq hommes.

— Et comment ils sont tombés, le mois passé, sur Paddy Pat Walsh et quatre de ses hommes qui se reposaient à Scartleys?

Là, il n'y avait rien à répondre. Paddy Pat Walsh était un homme comme on en voit peu, et ses quatre gardes de corps étaient de pur acier. Ils ne portaient pas d'armes lorsque les Tans tombèrent sur eux et les massacrèrent.

— Alors?

— Rien! dis-je en tirant sur ma bouffarde. Quel espoir nous restait de prendre du repos? Et pourtant, nous en avions besoin! Après trois mois de la plus dure des guérilias — embuscades, sorties, échappées et marches forcées dans la nuit pendant des quarante kilomètres — Hugh Forbes, notre chef, avait rassemblé ce qui restait de la colonne, une vingtaine d'hommes en tout, sur cette lande paisible. Plein d'expérience, il savait discerner les signes de fatigue. Nous étions devenus nerveux, imprudents, faisant fi de notre vie. « Ce sont les nerfs, mes enfants », avait dit Hugh. « Ils sont nombreux. Nous sommes peu. Nous n'avons pas le droit d'être imprudents... Mourir, ce n'est pas toujours le plus difficile », avait-il ajouté d'une voix songeuse.

Nous avions compté sur un plein mois de repos au cœur de ces collines. Dormir des nuits entières, pêcher dans la rivière, nous refaire un stock de munitions, bref, nous préparer à reprendre ce combat qui ne finirait qu'avec notre vie... peut-être même avec la vie d'enfants encore à la mamelle... Oui, c'est ainsi que nous considérions cette guerre, dans le Sud. Un combat sans fin contre un ennemi terrible dans son obstination, jusqu'à ce que nous soyons tous morts... ou tous libres.

Hugh Forbes s'adressa à moi avec une douceur de mauvais aloi

— Nous en parlions pendant que vous faisiez le guet... L'un de nous doit se rendre à Castletown et voir ce que préparent les Tans.

— Et établir une ligne de communication, ajouta Mickeen Oge Flynn, qui n'y allait pas par quatre chemins. Vérifier tous les contacts. Et celui qui fera cela, risque fort de recevoir une balle dans le ventre.

Je lançai un coup d'œil à Sean Glynn. En tant que notre principal agent secret, je le trouvais tout indiqué pour ce travail... Il secoua la tête :

— Navré, toubib! Je pars pour Dublin demain. Du boulot pour le Quartier Général, aussi dangereux que le vôtre, d'ailleurs. Et même, je changerais volontiers de mission avec vous... Je vais jeter une femme... une femme de mon propre sang... dans les bras d'un homme, pour démasquer un traître... quel qu'il soit.

Il parlait avec un calme tranquille.

Hugh me sourit, de ce sourire ironique et un peu triste qui vous allait droit au cœur.

— Nous pensions que peut-être vous vous offririez comme volontaire pour Castletown...

Je m'étranglai en avalant la fumée de ma pipe et désignai les autres, d'un geste furieux, tout en jurant abondamment.

— Je ne le leur ai même pas demandé, mon **vieux**, dit Hugh. Ils sont presque tous du pays, et brûlés d'avance, par conséquent. S'ils tombent sur un espion, à Castletown... Mais vous! Vous êtes un étranger dans ces parages, et, bien qu'ayant tous les défauts... et toutes les qualités d'un mulet cagneux, vous avez le visage serein, comme beaucoup de Yankees. Vieux pêcheur endurci, vous avez quelque chose de calme, d'austère, d'à demi clérical. Si nous empruntions une soutane et un col droit au Père Ryan, les Tans n'y verraient que du feu.

J'indiquai du pouce Mickeen Oge Flynn. Il avait le visage maigre et grave d'un ascète et, avant que son ardent patriotisme ne l'amène dans nos rangs, avait étudié pendant trois ans la théologie à Maynooth College.

— Moi, je veux bien, dit-il. J'irai volontiers.

Plus intensément républicain que Hugh Forbes lui-même, rien ne lui faisait peur, ni dans ce monde, ni dans l'autre.

— Même les chiens vous connaissent, à Castletown, dit Hugh. Alors, Owen, d'accord?

— Non, dis-je fermement.

— Vous devez avoir vos raisons, reprit Hugh d'un ton conciliant.

— Certainement. Je veux aller à la pêche.

Tous se mirent à rire, excepté Paudh Moran et Hugh Forbes.

— Une demi-raison. Et voyons maintenant l'autre moitié.

— J'ai peur.

De nouveau, tous se mirent à rire.

— Ce n'est pas une raison, mon fils. La peur fait partie de notre vie.

— Mais je ne suis pas sûr de moi, et je risque de parler, si je suis pris.

— Nous courrons ce risque. Et quoi encore?

— Je vais vous le dire, tête de cochon. Qui a choisi ce lieu de repos pour le reste de la colonne?

— Nous tous.

— Non, vous! Pensez-y bien! Si des troubles commencent ici, Castletown flambera. Prenez les Tans en embuscade sur ces collines, et, par représailles, chaque demeure, chaque ferme de la vallée sera réduite en cendres. Voilà la raison de mon refus. Et je ne parle pas des conditions physiques dans lesquelles nous nous trouvons.

— Je sais tout cela, Owen, je ne le sais que trop, mais — et la voix de Forbes se durcit — nous devons faire notre travail, où, quand et comme nous le pouvons. Et lorsque le moment est venu, ni les hommes, ni les villages ne comptent... Irez-vous?

— C'est un ordre?

— Non, j'ai besoin d'un volontaire pour cette mission. Et vous avez raison d'avoir peur. Vous ne serez pas armé et votre vie ne tiendra qu'à un fil... que les Tans pourraient bien couper.

Je me levai en repoussant ma chaise.

— C'est bon, j'irai... mais à une condition?

— Une condition?

Il rejeta la tête en arrière, et sa voix se fit sévère.

— Une condition, répétai-je d'une voix sévère, moi aussi. Vous me promettez d'écorcher Paudh Moran tout vivant, s'il brise l'unique canne de greenheart qui me reste?

Une lueur brilla dans les profonds yeux noirs.

— Vous m'avez bien eu, Yankee! D'accord. Je vous donne ma garantie.

— Par le Christ, je sens que je serai écorché vif, se lamenta Big Paudh.

Je regardai avec rancune le large visage du grand gars; mais ses yeux saillants m'imploraient et ses joues rondes tressaillaient.

— C'est bon! Tu l'aurais prise, de toute façon.

Je lui mis la canne dans les mains, et ses gros doigts caressèrent amoureusement l'enveloppe de toile.

— Jésus, Owen! Je te la soignerai!

— Quelques mouches, maintenant... et une poignée d'asticots, suggéra Paddy Bawn, l'Homme tranquille.

Il était trop tard pour leur reprendre ma canne, et je finis par y ajouter ma boîte d'asticots et ma collection de mouches artificielles.

CHAPITRE II

Je m'accoudai au zinc du bar de John Molouney, et vidai ma chope de bière brune avec une
profonde satisfaction. Tout allait bien et je
n'éprouvais plus la moindre nervosité. J'avais
accompli mon travail dans les moindres détails
et, d'ici une heure, je reprendrais la route de
Leaccabuie. Je ressentais même un tel bien-être,
que j'aurais dû deviner que cela ne présageait
rien de bon.

Je venais de passer quinze jours à Castletown,
et pas le moindre soupçon ne m'avait effleuré.
Heureusement, car sans cela j'y laissais ma peau.
Du danger, certes, mais rien d'insurmontable.
Un homme m'avait d'ailleurs aidé, sans le
savoir : le capitaine MacDonald, des Seaforth, le
pêcheur d'Ullachowen. Il résidait encore à Castletown avec la moitié de sa compagnie de Highlanders, et ses soldats, en bons termes avec les

civils, réprimaient les excès de la Police Militarisée.

Nous étions donc accoudés au comptoir... John Molouney, deux autres agents de liaison et moi-même... mettant la main à nos dernières dispositions. Aucun mouvement de troupes, aucun bruit inquiétant ne mettraient plus de trois heures à nous parvenir. Et, à un signal donné, des arbres tomberaient, des ponts sauteraient, des lignes téléphoniques seraient coupées, et le gibier cerné pour la curée. Tout était prêt et j'étais libre de m'en retourner.

Je me souviens qu'à ce moment, j'eus un élan de sympathie pour ces trois citoyens de Castletown qui exposaient leur vie, jour après jour, afin que les colonnes mobiles pussent opérer de façon effective.

Et c'est à ce moment que les choses se gâtèrent.

— Mains en l'air... en l'air, j'vous dis! nous jeta une voix dure à l'accent rocailleux.

Nous levâmes les mains comme un seul homme. Nous étions habitués à nous rendre rapidement... ou à agir rapidement.

— Il était temps... Approchez, maintenant!

Un grand type en uniforme de la Police Militarisée — pantalon kaki, tunique bleu-noir, calot écossais — se dressait sur le seuil. Il tenait un long revolver à la hauteur de son épaule, et, comme une tête de serpent, la bouche du canon oscillait de gauche à droite.

— Une réunion de comité, hein?... Un comité
d'assassins, hein?...

— Mais pas du tout, protesta John Molouney
avec chaleur. Je racontais une fameuse histoire
à mes copains.

— Vous autres, Sinn Feiners, vous vous y
connaissez. Allez, dehors! Vous aussi, Molouney!
Et gardez les mains en l'air!

Il reculait en vacillant légèrement, et nous le
suivîmes. Mon cœur battait contre mes côtes.
Si c'était une descente organisée, et non les habituelles brutalités, mon compte était bon. Dehors,
l'homme nous fit mettre en ligne, le dos contre
la vitre, les fesses appuyées à la barre de bois
qui protégeait la vitrine. Un rapide coup d'œil
en haut et en bas de la rue me montrèrent quelques citadins sur leur pas de porte et deux
Black-and-Tans flânant et bavardant sur la
chaussée, à vingt pas de nous. Rien d'inquiétant,
en apparence.

De l'autre côté de la rue, sur les marches de
l'unique hôtel de Castletown, se tenait un
homme de haute taille, en petite tenue du régiment des Highlanders. Une jeune femme élancée,
vêtue de gris, était à ses côtés.

J'examinai le type qui nous tenait en joue.
Un grand diable au menton bleu, aux joues creu-
ses et pâles, aux yeux brûlant d'un feu noir.
A moitié ivre, les nerfs tendus à se rompre, on
le sentait sur le point de s'effondrer. Je sentis
que je comprenais cet homme. Oui, je le com-

prenais, car nous nous ressemblions comme deux pois dans la même cosse. J'étais, moi, aussi grand, brun, tendu, et tout en nerfs.

Cet homme, appelé avec d'autres à soumettre un peuple qui refusait de plier, avait subi des mois de tension constante. Il n'avait trouvé chez nous aucun des signes habituels de la révolte, ni explosion subite, ni réaction vive. Des gens simplement hostiles qui simulaient la soumission, subissaient les humiliations sans broncher, mais choisissaient leur moment et leur terrain pour se battre... et qui se battaient alors, obstinément, désespérément... et ne mouraient pas facilement.

La perpétuelle attente d'une explosion venant rompre ce calme terrible, avait mis à bout les nerfs de cet homme. Nous étions là, devant lui, quatre Sinn Feiners aux mains levées, et il savait que nous ne parlerions pas. Que rien ne nous ferait perdre notre calme. Que cela faisait partie de notre code. Il était prêt à risquer sa vie pour nous faire sortir de nos gonds.

— Nous t'avons à l'œil, Molouney, et nous t'aurons... maudit chien!

Il m'examina longuement.

— On vous a vu avec lui. Qui êtes-vous?

John Molouney répondit pour moi :

— Mon cousin, étudiant en théologie à Mayooth.

— Ferme ta gueule, chien!...

Du revers de la main, il le frappa sur la bouche. John ne cilla pas et leva les mains un peu plus haut.

— Vous êtes un maudit Shinner, hein ? s'exclama-t-il, utilisant l'abréviation qu'employaient les Black-and-Tans pour nous désigner.

Je gardai le silence.

— Vous allez répondre, sale chien?

— Vous faites erreur.

— Maudit chien de menteur!

Du canon de son revolver, il heurta ma bouche fermée. Je sentis mes lèvres s'écraser contre mes dents, et le goût salé du sang sur ma langue.

Dans l'état de demi ébriété où il se trouvait, je l'aurais désarmé facilement. La tentation d'agir était forte. Et avec un peu de chance, je pourrais m'échapper de la ville. Mais mes trois compagnons payeraient mon geste de leur vie. Je continuai donc de lever les mains, me forçant à ne pas crisper mes doigts.

Par-dessus l'épaule du Black-and-Tan, je vis l'officier écossais descendre les marches du perron de l'hôtel.

— Un maudit Shinner, voilà ce que vous êtes! (Il devait deviner les sentiments qui m'agitaient, et s'acharnait sur moi.) Un séminariste buvant de la bière dans un bar! M'avez plutôt l'air d'un maudit Yank! Un des espions de Forbes, hein? Et vous nous tirez dans le dos!

— Non.

— Maudit menteur d'Irlandais!

Il perdit brusquement tout contrôle et me frappa violemment à la tête de son arme. L'épaisseur de mon couvre-chef d'ecclésiastique amortit le choc, mais je ressentis une vive douleur à la tempe. Un voile noir passa devant mes yeux, puis se dissipa.

Pour empêcher mes genoux de se dérober sous moi, j'abaissai les mains et me retins à la barre de bois, dans mon dos.

— Mains en l'air, maudit!...

— Stop!

***

La voix était calme, mais autoritaire.

Le Black-and-Tan, revolver au poing, se retourna brusquement et se trouva face à face avec l'officier écossais, le capitaine MacDonald, le pêcheur de l'Ullachowen.

— Que se passe-t-il, Garner?

— Des Shinners... capitaine.

— Vous en êtes sûr?

— Ils complotaient... têtes réunies... dans ce bar...

— Et c'est tout?

— Molouney est suspect... et ce type...

MacDonald était maintenant tout près de lui.

— Vous avez bu, fit-il. On ne traite pas les gens ainsi.

— Mais...

— Pas sous mon commandement.

Il ne haussait pas la voix, mais je sentais s'amasser une colère écossaise.

— Je me charge de ces hommes, Garner.

— Ils vous frapperont dans le dos.

— Ils ont eu de multiples occasions de le faire. Retournez à la caserne, entendez-vous? C'est moi qui commande, ici!

Ce Garner était probablement un honnête citoyen dans la vie civile... respectueux de la loi, craintif même. L'autorité qui émanait de l'attitude et de la voix de l'officier lui en imposa. Il hésita, puis ses épaules s'affaissèrent. Soudain dégrisé, humilié, il fit demi-tour et s'éloigna, l'étui de son revolver lui battant la hanche.

Ses deux camarades l'accueillirent avec des rires méprisants. Tous trois nous observèrent encore un moment, gravant nos traits dans leur mémoire, puis partirent d'un pas cadencé vers leur casernement.

Le capitaine MacDonald nous considéra d'un air pensif, un demi-sourire ironique éclairant son maigre visage d'Ecossais, qu'il caressait de la main.

— Eh bien? Vous seriez des Sinn Feiners..
que ça ne m'étonnerait pas. (Son sourire s'élargit.) Rappelez-vous qu'il est impoli de chuchoter, et imprudent... Et maintenant... allez au diable, et restez-y!

— Merci, capitaine, dit John Molouney en essuyant sa bouche ensanglantée.

Mes trois amis disparurent dans le bar en se faufilant par la porte entr'ouverte, mais moi j'hésitais à lâcher la barre de bois à laquelle je me retenais. Je sentais couler de ma tempe un mince filet de sang.

— Il vous a eu, hein? me dit l'officier en me posant une main sur l'épaule et en soulevant de l'autre mon chapeau noir. Oui! Il vous a entaillé la tempe. La maudite brute! C'est peu de chose... mais ça saigne fort. Venez, jeune Révérend. Je veux voir cela de plus près.

Je m'injuriai intérieurement. Plus vite je filerais, mieux cela vaudrait.

— Ce n'est rien, capitaine MacDonald, dis-je en essayant de dégager mon épaule du poids de sa main.

Mais son étreinte se fit plus ferme et il m'obligea à traverser la rue et à me diriger vers le perron de l'hôtel où se tenait encore la jeune femme en gris.

— Une blessure à la tempe, Margaid, lui dit-il. Nous allons y jeter un coup d'œil.

La jeune fille se montra aussi prompte et aussi impersonnelle que son frère.

— Je vais chercher ma trousse. Conduis-le à la salle de bain.

A la salle de bain, le capitaine me jeta une serviette sur les épaules, me pencha la tête au-dessus du lavabo et fit couler de l'eau sur ma blessure au moyen d'une grosse éponge.

— Vous devriez éviter la mauvaise compagnie... et les tavernes, mon Révérend, me dit-il d'un air ironique.

Sa sœur entra sur ces entrefaites, sa trousse déjà ouverte à la main.

— Non, pas comme ça. Laisse-moi faire, Archie.

Elle glissa un tabouret derrière mes genoux, et ses doigts s'activèrent, légers, sur ma tempe.

— Je m'excuse de vous donner tout ce mal... commençai-je.

— J'ai l'habitude. J'ai fait partie, pendant deux ans, de la Société de Secours aux Blessés

— Elle ne déteste pas torturer les gens, ajouta son frère.

Les coups de ciseaux prudents, l'odeur de l'iode, l'application du sparadrap, l'enroulement du bandage, tout montrait technique et pratique. Un docteur ne s'y trompe pas. Elle était penchée sur moi et je respirai son parfum léger et délicat. En relevant la tête, j'entrevis ses doigts agiles, le coin retroussé d'une bouche charmante,

un reflet plus clair dans ses cheveux d'or rouge.
Bien qu'elle affectât un détachement professionnel, je lus une secrète excitation dans ses
yeux, d'un bleu foncé, aux cils presque noirs.
Cependant, elle continuait à me traiter de façon
impersonnelle, comme un chiot blessé. Et, une
fois de plus, j'éprouvai l'impression étrange
d'être séparé d'elle et du monde entier. Ce n'était
pas une impression agréable. Et ce fut pour la
dissiper que je lui parlai :

— Désolé de vous déranger.

— Oh! ce n'est rien.

— Vos mains tremblent.

— Oh! c'est de colère! Tous les Irlandais sont
donc des lâches?

J'avais réussi à la faire sortir de ses gonds.

— Mais oui, tous... comme tous les hommes.

— A la bonne heure, dit son frère en riant.
Vous n'invoquez pas la charité chrétienne.

— J'aimerais mieux mourir, que de me laisser brutaliser ainsi, reprit mon infirmière impro-
visée, d'un ton plus irrité encore, tout en assu-
jettissant mon bandage d'une main habile.

— J'avais le choix, en effet.

— Et vous avez choisi d'être brutalisé.

— Il ne m'était pas donné de choisir le plus
facile.

— Oh! oh! reprit le capitaine. Que voulez-
vous dire par cela, jeune homme? Les ecclésias-

tiques ne tiennent généralement pas ce langage...
à moins qu'ils soient des saints.

— Un de mes amis, repris-je, estime que la
mort est souvent la voie la plus aisée.

— Et où a-t-il fait cette découverte?

— Pendant la Grande Guerre.

— Alors, il savait de quoi il parlait. Je me
demande qui a dit cela? reprit-il en se passant
lentement la main sur le menton et en me regardant d'un air pensif.

Je me mordis les lèvres, mais un peu tard.
Hugh Forbes avait prononcé ces paroles, et
MacDonald le connaissait. Or, Hugh avait ainsi
quelques phrases familières connues de tous ses
amis. Je me levai et m'essuyai le menton avec
une serviette.

— Garner n'avait pas complètement tort,
malgré son ivresse, reprit le capitaine d'un air
de doute. Un homme revêtu de votre habit ne
fréquente pas les tavernes.

— Et où cet homme pourrait-il se rafraîchir
par une chaude journée?

— Un séminariste?

— En avez-vous déjà vu un bouder devant
une chope de bière brune?

— C'est vrai, dit le capitaine en riant.
Puis il reprit, d'un air détaché :

— Vous êtes Irlandais, je suppose?

— J'ai passé ma jeunesse aux Etats-Unis,

dis-je, comprenant que mon léger accent l'avait frappé.

Sa sœur me regardait avec curiosité.

— Je vous ai déjà vu quelque part, dit-elle d'un ton rêveur.

— Il est probablement en ville depuis plusieurs jours, lui fit remarquer son frère.

— Non... ce n'est pas ici. Mais il me semble que je me souviens... de son regard.

J'aurais pu lui répondre que nos regards s'étaient croisés à travers un carreau, mais je m'en gardai bien, et pris mon chapeau.

— Si vous le permettez...

— Vous allez quitter la ville, jeune homme? demanda le capitaine.

— A l'instant, capitaine.

— Et n'y revenez pas.

C'était un ordre non déguisé.

Ils m'accompagnèrent jusqu'au porche de l'hôtel et s'assurèrent que la voie était libre, avant de me laisser partir. Au pied des marches, je levai la tête :

— Merci.

Et, comme si une pensée me frappait brusquement :

— Je vous montrerai peut-être, un jour, un bon coin à truites.

— Vous pêchez?

— Je serai sur les bords de l'Ullachowen, ce soir-même.

— Ah! maintenant, je me souviens, dit la jeune fille.

— Tenez-vous-en au bambou, mon Révérend, reprit son frère, de son air moqueur.

Je le regardai droit dans les yeux.

— Vous êtes un MacDonald, lui dis-je, fils d'une grande race. Mais il y a eu des MacDonald avant vous... et la bruyère n'a pas toujours été au-dessus du myrte.

Je mis mon chapeau par-dessus mon bandage et descendis la rue. Je devinai qu'elle me suivait du regard, cette jeune fille que je ne reverrais jamais.

CHAPITRE III

— P-s-s-s-t! Ecoutez!

Le chuchotement distinct de Hugh Forbes fut transmis le long de la colonne, et toutes les oreilles se tendirent. Du lointain, nous parvenait, dans l'air calme de midi, le ronronnement rythmé de plusieurs gros camions.

Hugh pointa ses jumelles sur la crête d'une lointaine colline, et moi-même, à l'œil nu, j'y vis paraître un signal blanc.

— Ils arrivent, dit Forbes de sa voix profonde. On signale leur passage à Boland's Cross.

Il n'était plus question de reculer. J'eus l'impression d'avoir un trou à la place du cœur, et la vieille crainte me reprit : la peur de montrer que j'avais peur.

Je jetai aux hommes dissimulés derrière le paquet de tourbe un regard plein d'envie. Paddy Bawn Enright examinait avec intérêt son

Thompson. Il avait trop souvent affronté le ring, pour que la moindre crainte se lût dans son regard calme. Matt Tobin, le melon sur la nuque, étudiait le mécanisme de son fusil comme s'il s'agissait d'un rouage de sa batteuse. Les autres, leurs armes appuyées contre des touffes de bruyère, scrutaient l'horizon. Mickeen Oge Flynn, rencontrant mon regard, m'adressa un sourire amical et ironique. Tous ces hommes, combattants-nés, ne connaissaient pas la peur. Seuls, ici et là, un regard fixe, une mâchoire contractée dénotaient une certaine tension.

— Jésus... Owen! chuchota Paudh Moran, sur ma gauche, on nous les livre sur commande.

— Et nous les tuons... sur commande, murmura Hugh Forbes, sur ma droite.

Big Paudh, cette âme simple et sans détour, qui me suivait partout comme mon ombre, se montrait maintenant calme et assuré. On le sentait à la hauteur de sa tâche. Posé sur deux mottes de tourbe sèche placées à un pied l'une de l'autre, son fusil pointait vers la route. Au signal, sa grosse tête se pencherait, sa main gauche glisserait sous la garde, et si longue et si désespérée que soit la lutte, pas un instant son tir, d'une terrible et mortelle précision, ne se ralentirait.

Je me tournai vers notre chef, Hugh Forbes. Son visage prenait, avant l'action, une expression caractéristique. Il semblait peser les termes d'un problème particulièrement difficile, et n'en pas trouver la solution. Son fusil appuyé au talus, il examinait l'extrémité encapuchonnée de deux fils métalliques qu'il tenait, un dans chaque main.

— Dieu me damne! Je ne devrais pas faire cela! dit-il d'une voix sombre.

Cette phrase était rituelle. Ma réponse ne le fut pas moins :

— Alors, pourquoi le faites-vous?

Il releva la tête et considéra, par-dessus son épaule, les fermes aux toits de chaume, éparpillées sur les pentes de la verdoyante vallée de l'Ullachowen. Hier encore, j'avais attrapé un saumon remontant de la mer dans la rivière, et aujourd'hui, par cette calme journée d'été, je me préparais à tuer... ou à être tué.

— Murs calcinés et tisons fumants, grogna la voix vibrante de notre chef.

— Et plus de pêche pour Owen Jordan, ajouta Mickeen Oge.

— Au diable, Jordan et sa pêche! grommela Hugh en reprenant ses jumelles.

— Mickeen Oge a quand même raison, me dit Big Paudh à l'oreille. Pour la pêche, c'est foutu.

— Pour nous aussi, probablement.

— Et après! Owen, mon fils, je peux te le dire, maintenant : dans la crique, sous le buisson de saules — tu vois l'endroit? — j'ai vu monter deux fois une truite! Son coup de queue était puissant comme le battement d'une porte de grange.

— Tu ne m'en as jamais rien dit, misérable!

— Je me la gardais. Je l'ai eue, une fois, mais la ligne a cassé. Paddy Bawn l'a réparée avant que Hugh s'en aperçoive. Ne lui dis rien. Ecoute! Si jamais j'y reste, aujourd'hui, essaie de l'appâter avec une Brown Nymph bien noyée... et tiens bon.

— Que tu en sortes ou non, lui dis-je, si je te vois rôder près de la crique, je t'y noie.

— Quel idiot j'ai été de t'en parler!

— Par le Christ! s'exclama Hugh. (Appuyé contre des touffes de bruyère, le reflet des lentilles de ses jumelles dessinait sur ses joues des cercles clairs.) Il y a une femme dans le camion de tête!

Et il me tendit les jumelles pour que je m'en assure.

Les gros camions Crossley venaient d'apparaître au tournant de la route, à un kilomètre de là, se suivant de près. Ils roulaient à faible allure, et non à leur vitesse habituelle, et je n'eus aucune peine à les distinguer. Chaque camion portait sa cargaison d'hommes, quinze par camion, et tous des tireurs expérimentés. Nous étions à un contre deux. Et cependant, nous les tenions dans le creux de la main.

Sur le large siège avant du premier camion se trouvaient trois personnes. L'une d'elles était une femme.

— Eh! oui, dis-je à Hugh. C'est le capitaine MacDonald et sa sœur.

— Oh! le sacré imbécile!

La décision dépendait de Hugh Forbes, de lui

seul. Et dans l'accomplissement de ce qu'il considérait comme son devoir, Hugh pouvait se montrer froidement inexorable. Si lourd que fût mon cœur, je ne pouvais rien faire, ni rien dire. Je m'efforçai de ne penser à rien et me plongeai dans la contemplation de la vallée. Une étroite et profonde vallée dont les pentes couvertes de bruyère se profilaient sur l'horizon. Des plaques nues de tourbe sombre buvaient la lumière. Dans les creux humides, le lis blanc des marais se dressait sur sa hampe. Dans le lointain, une colline fleurie d'ajoncs se drapait de gloire et d'or. Le chant aigu d'une alouette se détachait sur le bourdonnement des camions approchant. Mais, par-dessus tout cela, régnait dans l'étroite vallée une paix profonde.

A cent cinquante mètres au-dessous de nous serpentait la route brune, sans parapets ni fossés, entièrement à découvert. Çà et là, des poteaux pourrissants, qui avaient autrefois soutenu des fils électriques, penchaient aux angles les plus variés. Sur deux d'entre eux, à deux cents mètres de distance l'un de l'autre, étaient fixés des lambeaux de papier blanc. Nous étions seuls à savoir ce que ces lambeaux cachaient de terrible.

La voix profonde de Hugh Forbes résonna jusqu'au bout de la colonne :

— Que personne ne tire avant l'explosion de la mine. Je répète : que personne ne tire avant l'explosion.

Il tenait toujours les fils de contact. Allait-il

les brancher? Cela ne me regardait pas. Je ne commandais qu'en troisième, après Mickeen Oge Flynn. Mais mon cœur tapait dur dans ma poitrine.

Le premier camion apparut. Je n'osai pas regarder la femme. Le second le suivait de près. Une quinzaine d'hommes s'y entassaient, le béret crânement incliné, le fusil pointant vers le ciel. Ils chantaient une chanson de marche, une des nôtres, qui nous aidaient à accomplir nos longues étapes de nuit.

Le camion de tête arrivait au poteau où était fixé le premier lambeau de papier. Je crus le voir ralentir. Mais oui, il ralentissait. Et lentement il s'immobilisa, directement au-dessous de nous, suivi de près par les deux autres camions. Au cœur même de la trappe que nous leur avions tendue.

Je fis le vide dans mon cerveau, pris une profonde inspiration, et mis l'œil au voyant de mon fusil. Une tunique noire se trouvait exactement dans ma visée.

Un mot d'ordre passa :

— Tous à plat ventre! Et, pour Dieu, ne tirez pas!

Le capitaine MacDonald et sa sœur descendirent de leurs sièges. Sans le voir, je les imaginais, la courroie de leur panier de pêche passée

à l'épaule. Et je distinguais le son de leurs voix, mais non les mots qu'ils prononçaient. Puis les moteurs se remirent en marche, s'emballèrent...
Et les camions s'ébranlèrent, lentement d'abord, puis de plus en plus vite, et, gagnant de la vitesse, disparurent en grondant après le tournant de la route.

Le capitaine MacDonald et sa sœur — Margaid, comme il l'appelait — gravirent le talus et prirent l'étroit sentier qui serpentait dans la bruyère.

Et de nouveau la voix de Hugh s'éleva, mais toute amicale :

— Ne bougez pas! Faites les morts!

J'écrasai mon visage contre les ramilles pressées des myrtes des marais, et n'en sentis pas la dureté. Et j'écrasai mon buste contre le sein maternel de la lande, pour en apaiser le tremblement.

La main de Hugh se posa doucement sur mon épaule :

— Nous leur devons bien ça, pour avoir épargné notre Yankee. Je vois ici la main de Dieu.

— Et celle de Hugh Forbes, murmura Mickeen Oge Flynn. Et ce n'est pas un mauvais outil dans la main de Dieu.

Je ne relevai pas la tête avant d'entendre s'élever la voix de Hugh.

— Bonjour, capitaine. Une belle journée pour la pêche. Descendez donc par ici.

Le capitaine, suivi de sa sœur, se préparait à suivre la pente rapide du sentier qui aboutissait

au fond du talus de tourbe. Son visage se couvrit
d'un masque destiné à cacher son étonnement
— ou quelque chose de plus — et sa voix
résonna sèchement :

— Bonjour, Forbes. Ravi de vous revoir...
même si je suis en mauvaise posture.

Hug, solidement planté sur ses jambes écartées, la tête baissée, le regardait par-dessus ses
sourcils. Nous connaissions bien cette attitude.
Elle ne présageait rien de bon.

— Les bruits qui couraient n'étaient donc pas
si faux, après tout, dit l'Ecossais, qui s'arrêta,
indécis, irrésolu.

— Non... en somme, riposta Hugh d'une voix
égale. Et ce n'est pas une région assez sûre pour
y amener une femme.

— Elle était sûre avant que vous y veniez.

Ce fut alors que la colère de Hugh explosa :

— Au diable, vos grands airs, MacDonald!
Est-ce là tout le respect que vous témoignez à
votre sœur, en la faisant monter dans un camion
de Tans?

Et, d'un geste de la main, il indiqua aux deux
intrus leur véritable situation.

Je ne crois pas que l'officier eut encore pleinement compris ce à quoi sa sœur et lui venaient
d'échapper. Regardant autour de lui, il put s'en
rendre compte. Le dur regard des hommes
qui l'entouraient, les armes couchées dans la
bruyère, la route ouverte à la fusillade, les fils
de contact sur le talus de tourbe. Son masque
de froideur céda. Son visage s'allongea. Il eut

alors un geste qui me toucha. Se tournant vers
sa sœur, il lui posa la main sur l'épaule.

— Pardonne-moi, Margaid, dit-il d'un ton
pressant. Je suis un sinistre imbécile.

— Voilà qui est mieux, fit Hugh Forbes.

L'officier se tourna vers lui d'un seul geste :

— Merci, Forbes, mais... je mérite d'y passer.

— En effet, approuva Hugh sévèrement.

— Alors, allez-y.

Ces derniers mots causèrent un véritable choc
à la jeune fille. Jusqu'alors, elle avait paru
curieuse, intéressée, intriguée même, mais ne
voyant pas ce que l'œil expérimenté de son frère
avait discerné du premier coup. Mais!... Etait-ce
là une embuscade? Son frère était-il pris au
piège? En danger? Les terribles rumeurs qui
couraient sur les colonnes mobiles étaient-elles
vraies? Je la vis retenir son souffle. Ses yeux
s'agrandirent et elle sembla rapetisser dans son
costume de cheval. Hugh Forbes le remarqua,
lui aussi.

— Ne faites pas l'imbécile, Archie. Est-ce là
votre sœur?

— Oui. Voici Hugh Forbes, Margaid.

La jeune fille esquissa un pâle sourire, sans
lâcher le bras de son frère. On la sentait incapable de parler.

— Vous veniez donc à la pêche, reprit Hugh
d'un ton aimable. Ma foi, nous vous avons souvent guettés, sans que vous vous en doutiez. Et
une fois — vous devez vous en souvenir, Miss

MacDonald — vous avez exprimé le désir flatteur de faire ma connaissance.

Il pouvait être courtois comme pas un, notre Petit Homme Noir.

— Oui, je m'en souviens, murmura la jeune fille.

Et son regard rencontra le mien. Jusqu'alors, j'ignorais qu'elle eût remarqué ma présence. Son frère me regarda et hocha la tête :

— En effet. J'aurais dû le reconnaître. Et comment va votre tête, mon Révérend?

Je portais encore à la tempe un morceau de sparadrap.

— Plus dure que jamais, répondit pour moi Hugh Forbes. Une bonne action est toujours récompensée. Mais il est docteur en médecine, et non en théologie.

— Un médecin? s'exclama la jeune fille.

— Oh! vous savez, ces diplômes de Yankees... Mais nous perdons un temps précieux.

Le capitaine MacDonald regarda par-dessus son épaule et constata que Mickeen Oge Flynn et Paddy Bawn avaient calmement occupé le sentier menant à la route. Il se frotta longuement le menton — un tic qui lui était familier — puis contempla le zénith.

— Je crois que l'Ullachowen ne vaudra rien, par un temps pareil, fit-il remarquer d'un ton détaché. J'ai bien envie d'aller jusqu'au ruisseau, en contre-bas de la route, à un ou deux kilomètres d'ici.

— Si j'étais vous, riposta Hugh d'un ton uni,

j'attendrais le soir pour essayer l'Ullachowen.
Ils se regardèrent comme deux dogues nullement pressés d'entamer un combat qu'ils savent inévitable.

— Vous avez peut-être raison, approuva l'Ecossais.

— Et je serais heureux de parler avec vous... du temps passé, tandis que vous dépenserez des trésors d'énergie. En même temps, ajouta Hugh en me faisant signe, Owen Jordan, que voici, montrera à Miss MacDonald quelque bon coin à truites.

— Jésus! fit Big Paudh entre ses dents.

— Entendu, approuva le capitaine MacDonald.

La pêche ne fut ce jour-là, pour nous, qu'un prétexte. Nous pêchâmes, il est vrai, mais à part quelques petites truites et un ou deux saumoneaux, nous n'attrapâmes pratiquement rien. Le capitaine MacDonald éprouvait quelque peine à se concentrer, ou peut-être se concentrait-il trop sur ce qui l'attendait. Il ne se faisait d'ailleurs aucune illusion sur sa situation et comprenait parfaitement que Bigh Paudh Moran et Paddy Bawn Enright, qui s'étaient offerts avec obligeance à porter son matériel de pêche, faisaient en réalité office de gardiens.

Mickeen Oge Flynn nous rejoignit à la fin de la journée. Ainsi que nous l'avions entendu à

l'avance, je me disposai à entraîner notre jeune
captive à l'écart, Hugh Forbes et son second
désirant avoir un sérieux entretien avec le capitaine MacDonald.

Déjà le soleil disparaissait à l'horizon. Ce
serait bientôt l'heure où les grosses truites montent à la surface pour se nourrir. Margaid
MacDonald n'avait rien d'une débutante. Son
lancer était excellent et, comme tous les vrais
pêcheurs, ne rien prendre ne la décourageait pas.
Je m'approchai d'elle :

— Cela vous dirait, de taquiner une grosse
pièce, Miss MacDonald?

— Il y en a donc, Master... Docteur Jordan?

— Oui. Un peu plus haut.

— Loin d'ici?

Elle ne devait pas se sentir très à l'aise avec
nous.

— Près du bosquet de saule. Une bête qu'un
de mes copains se réservait.

Elle réagit aussitôt à mon ton confidentiel.

— Alors, allons-y, fit-elle avec un malicieux
sourire.

C'est ainsi qu'elle et moi, avec Big Paudh
Moran sur nos talons, et Paddy Bawn se maintenant à notre hauteur, sur le rebord du talus,
nous remontâmes la rivière pendant trois cents
mètres. Et j'eus l'impression que son frère était
content de nous voir partir.

Nous nous arrêtâmes au bord d'une petite crique formée par une saillie sur la rive opposée.
Le lent courant se brisait contre les branches

traînantes d'un buisson de saules, et tournoyait dans un trou d'eau, sous un talus argileux.

— C'est là, dis-je en désignant la crique de la main.

— Oh! quel idiot j'ai été! fit Big Paudh d'une voix angoissée.

— Oui, c'est là qu'il l'a vue... une truite dont le coup de queue a la force d'une porte de grange... Il faut une mouche lourde. Montrez-moi ce que vous avez.

J'examinai sa collection de mouches artificielles, des mouches écossaises trop fines pour nos lourds torrents, et choisis une Blae Saltoun au corps mince et aux ailes doubles.

— Elle se nourrit dans les fonds, cette bête-là, expliquai-je en fixant la mouche à la ligne. Il faut du poids. Laissez votre mouche s'enfoncer, et tirez fort à la première touche.

— Je sais.

Elle se laissa glisser sur le fond pierreux de la crique et se mit à faire des lancers à la mouche mouillée, allongeant sa ligne à mesure qu'elle avançait.

— Attention! lui criai-je. Ne perdez pas pied.

— Cela a bien failli m'arriver, répondit-elle en riant.

Je m'assis sur un talus bas et herbeux, au bord de la crique, et Paddy Bawn vint m'y rejoindre. Big Paudh, debout derrière nous, se grattait pensivement la nuque. Nous contemplions silencieusement la pêcheuse, plongés, chacun, dans nos propres réflexions.

Un beau brin de fille, souple et élancée, dans ses culottes de cheval et son blouson brun. Le soleil, qui éclairait encore le fond de la vallée, accrochait un reflet à une boucle de cheveux roux qui débordait de son chapeau de tweed... Elle me parut soudain si jeune et si seule, au milieu de nous, dans ce pays torturé, feignant de pêcher sans arrière-pensée dans ce lieu faussement paisible... Son frère était vraiment un fameux idiot, de l'avoir amenée ici. La région qu'il commandait avait toujours été relativement paisible grâce à la compréhension qu'il nous témoignait, mais cette compréhension même aurait dû lui indiquer que cette paix était fragile et qu'elle pouvait se rompre à n'importe quel moment... comme elle s'était rompue maintenant, bien que cette enfant n'en sût encore rien.

J'avais pitié d'elle, et cette pitié s'accompagna d'un élan qui était presque de la tendresse. Il nous fallait prendre soin de cette jeune fille. Quoi qu'il arrive, il fallait dresser autour d'elle un mur protecteur — fait de bonté, de gentillesse. et d'humour aussi — et elle devait tout ignorer de la crainte et de la tension qui étaient notre lot, la nuit comme le jour.

Les réflexions de Paddy Bawn devaient avoir suivi la même pente que les miennes.

— Une gentille gosse, j'en suis sûr, murmura-t-il. Dieu la bénisse! J'espère que son frère se montrera raisonnable.

— Ces Ecossais sont de vrais têtes de cochon.

— Des gars obstinés! Et qui se jetteraient au feu pour un copain. J'en avais un, à Pittsburgh... MacRae, qu'il s'appelait...

La jeune fille lança sa mouche avec art, dangereusement près des branches traînantes des saules, et le courant l'emporta droit vers le trou d'eau. Je vis tressaillir l'extrémité de sa canne.

— Ferrez!

Elle ferra. Mais, hélas! avec une canne trop légère pour cette eau lourde, son ferrage manqua de fermeté. La canne se plia en demi-cercle, une puissante nageoire apparut à la surface de l'eau, puis disparut.

— Vous l'avez! Redressez!

Mais la canne se redressa d'elle-même et la ligne sortit de l'eau et s'embrouilla. C'était loupé.

— Bon sang! s'exclama la jeune fille de tout son cœur.

Quant à moi, piétinant sur le talus, j'oubliais la femme et ne voyais plus que la pêcheuse.

— Tonnerre! Ce n'est pas comme ça qu'on ferre une grosse pièce. Sortez de là, idiote!

Elle me regarda par-dessus son épaule, les yeux arrondis, la bouche ouverte.

— Jésus! Owen Jordan! fit Big Paudh, choqué. En voilà, une manière de parler aux dames. T'as donc pas de manières?

— Je m'excuse, dis-je. J'oubliais...

Mais, renversant la tête en arrière, la jeune fille éclata d'un rire sans arrière-pensée. Et elle pataugea hors de l'eau, sa ligne traînant derrière elle.

— Vous vous rappelez... à Castletown... vous m'aviez promis de me montrer un bon coin? Vous le regrettez?

— Je regrette de m'être montré impoli.

— Pas tellement impoli... pour un pêcheur. Mais ma canne était un peu légère, n'est-ce pas?

— Mais certainement, se hâta de répondre Big Paudh.

— J'essaie de nouveau?

— Rien à faire! objecta Paudh aussitôt. C'te bête-là, elle en a pour des jours à se remettre.

— La semaine prochaine, peut-être, dis-je pour la consoler.

— Mais je pars demain. C'était notre dernier jour au bord de l'Ullachowen. Quel dommage!

— Vous usiez d'un langage plus expressif, tout à l'heure.

Elle se mit à rire. Et la légère tension qui subsistait encore entre nous se dissipa. Elle partait donc le lendemain? Et son frère? Bah! son frère était en train de discuter avec Hugh Forbes et Mickeen Oge Flynn, et demain était encore loin.

— Dites-moi, dit soudain notre compagne, je mangerais bien un sandwich. Et Archie — mon frère — a gardé mon pique-nique dans son sac.

Big Paudh fit surgir et posa devant nous un panier d'osier.

— Johanna Dillane, de là-haut, a rempli pour vous ce panier et deux bouteilles de lait.

— Quelle bonne idée!

Installés sur le talus herbeux, les talons dans le fin gravier du bord de l'eau, nous mordions bientôt de compagnie dans des sandwiches, car la jeune fille avait insisté pour que nous partagions son repas. Big Paudh l'observait du coin de l'œil et s'appliquait à mordre dans son pain par toutes petites bouchées, lui qui ne faisait habituellement que tordre et avaler. Paddy Bawn, sobre comme tous les boxeurs, grignotait son sandwich en laissant son regard errer sur la crique. Elle, sans gêne aucune, renversa la tête en arrière et porta à sa bouche le col du flacon, et le lait coula avec un doux glouglou. Son cou long et fin était d'une blancheur si veloutée, que j'éprouvais le désir irrésistible de le caresser du bout des doigts.

— Ne vous prenez pas la langue dans le goulot, fis-je, moqueur.

— Allez dire ça à votre grand'mère, répondit-elle sur le même ton.

Une perle de lait coula sur son menton... un menton long, signe de caractère.

Je me mis soudain à rêver à l'étrangeté de notre vie. Quelques heures plus tôt, nous étions prêt à tuer, et nous nous trouvions maintenant dans cette vallée paisible — faussement paisible, il est vrai — nous efforçant de rassurer cette enfant qui venait à nous d'un autre monde... Et demain? Où serions-nous, demain?

Je vis que la jeune fille, elle aussi, se prenait

à songer. Elle leva les yeux sur moi et son regard contenait tant de choses que je pus suivre le cours de ses pensées.

Le soleil s'attardait dans la vallée et l'ombre des arbres se faisait plus longue et plus noire sur l'herbe verte du talus. Au-dessus des bruns mamelons des collines, les nuages du soir déployaient leurs voiles blanches et cinglaient en plein azur. Une hirondelle, ailes éployées, effleurait l'eau, puis remontait. Au-dessus du mélancolique murmure de la rivière, les grives préludaient tandis qu'un verdier solitaire s'enivrait de son propre chant. Une douce et paisible vallée, voilà ce que dut penser notre captive, en poussant un long soupir.

Puis elle se tourna vers nous, nous les hommes, et nous trouva aussi paisibles que la vallée. Et son regard s'en étonna. Elle nous étudia un à un. Paudh Moran, méfiant par timidité; Paddy Bawn, avec ses sourcils touffus, son visage calme, son regard ferme. Et moi-même grand diable noiraud, plein d'un sérieux tout américain. Nous appartenions à une colonne mobile, nous étions donc des hommes redoutables, et cependant, elle ne nous craignait pas. Son intuition féminine lui disait que les femmes n'avaient rien à redouter de nous. Elle devait sentir aussi que par le sang et par la race, il y avait une parenté entre elle et nous... Et nous étions des hommes qui refusions de tuer à cause d'une femme... Oui, je pouvais suivre chaque détour de sa pensée. Son regard s'attacha au mien.

— Etait-ce réellement une embuscade... là-bas?

Je mentis pour la rassurer.

— Un simple poste d'observation.

— Et vos hommes, par centaines, étaient dissimulés...

— Vous nous avez vus au complet.

— Mais les Black-and-Tans... qui sont de rudes combattants... parlent de centaines d'adversaires...

— Ma foi! C'est bien vrai! fit Big Paudh.

Paddy Bawn fit entendre un gloussement de mépris.

— Je me rappelle, une fois, Matt Tobin et moi... Oh, histoire de rire... nous avions bu un coup de trop, et nous ne pouvions pas leur faire grand mal... Nous avons retenu, pendant toute une nuit, un camion de Tans à Monreddan Chapel, tirant un coup de fusil de temps à autre, et poussant des hurlements à réveiller les morts... Et le lendemain matin, nous étions deux colonnes, ou peut-être bien trois, et une vingtaine d'entre nous étaient restés sur le carreau... toujours d'après les Tans.

— C'est ma foi vrai! approuva Big Paudh.

— Si nous étions des centaines... ou plutôt si nous avions l'équipement nécessaire... commençai-je...

Elle m'arrêta d'un geste impulsif de la main.

— Mais quelle chance avez-vous... et quel espoir?

— Il nous arrive de nous le demander.

— L'Angleterre... enfin, la Grande-Bretagne, est si forte, si obstinée, si vous préférez... Au cours de toute son histoire, jamais elle n'a été la première à demander grâce.

— Si... dis-je, une fois... De là où je viens.

— Ah, c'est vrai, vous êtes Américain, fit-elle avec un certain mépris. Pourquoi vous battez-vous ici?

— L'Angleterre est la seule nation qu'il nous faille combattre. Mon père me l'a enseigné.

— Un bien pauvre enseignement...

— Le plus beau du monde. Mon père a passé dix années dans les prisons anglaises... C'était un Fénian. D'ailleurs, vous n'êtes pas Anglaise, vous non plus.

Elle tapa du pied avec impatience.

— Mais combien de temps cette... cette folie va-t-elle durer?

— Je ne pourrais pas vous le dire, fis-je d'un ton aimable. Mais mes petits-fils continueront la lutte... si c'est nécessaire.

— Quoi? s'exclama-t-elle, stupéfaite.

— Ma femme, répétai-je, élèvera mes fils dans cette idée.

— Vous êtes donc marié?

— Non. Mais...

— Ecoutez-le! fit Big Paudh, essayant de se montrer sarcastique. Jamais qu'il regarde une fille, quand même ce serait cette Hélène de Troie dont parle la chanson... Et pourtant, reprit-il après réflexion, faire un brin de cour aux filles, c'est bien plaisant, et ça fait de mal à personne...

Paddy Bawn, tu te souviens de Grania Grace, la jolie fille de Grianaan, comme elle lui faisait les yeux doux, et lui qui n'y voyait que du feu?...

— Ferme ta grande gueule, fit Paddy Bawn sévèrement.

Margaid MacDonald me regarda avec intérêt, mais cette fois je ne pus deviner ses pensées. Puis elle sourit, et se moquant gentiment de Paudh, imita son accent doux et chantant.

— Grania Grace! Quel joli nom! Ainsi elle lui faisait les yeux doux, et lui n'y voyait que du feu?

— On ne parle pas la bouche pleine, dis-je d'un ton irrité.

Big Paudh avala précipitamment et faillit s'étrangler. La jeune fille releva le menton, d'un geste qui lui était familier, et son rire moqueur s'égrena.

— De grands enfants, voilà ce que vous êtes! Et votre fameux Hugh Forbes, lui non plus n'est pas marié?

Une pensée subite me frappa.

— Il parle toujours d'aller en Ecosse chercher une fille aux cheveux roux.

— En Ecosse?

— Pourquoi pas? Il prétend que les filles des Highlands ont les plus beaux cheveux du monde, et ma foi, ajoutai-je, en contemplant la boucle cuivrée qui caressait sa joue, je serais assez disposé à le croire.

— Bravo!... bravo! fit l'intéressée, tandis que son visage s'empourprait joliment.

Il fallut un moment à Big Paudh pour comprendre l'allusion.

— La première phrase convenable qu'il ait prononcée de toute sa vie, grommela-t-il enfin.

— Et la pure vérité, ajouta Paddy Bawn, auquel je lançai un noir regard.

— Tout ça c'est de la propagande, dit la jeune fille en riant. Vous essayez de faire de moi un Sinn Feiner.

— Vous avez ça dans le sang, dis-je, et votre frère aussi. Tenez, le voilà qui vient. Nous le lui demanderons.

Le capitaine Archibald MacDonald, Hugh Forbes et Mickeen Oge Flynn débouchaient au tournant du sentier et, à en juger d'après son expression, l'officier britannique était à la fois irrité et déprimé.

Hugh semblait d'une sérénité parfaite. Il nous examina tandis que nous nous levions, les débris de notre pique-nique éparpillés à nos pieds. Et il hocha sa tête brune.

— En train de pactiser avec l'ennemi?

Il se dirigea droit vers la jeune fille et se pencha sur elle.

— Dites-moi, Margaid MacDonald, êtes-vous aussi obstinée que votre frère?

— Cela me paraîtrait difficile, master Forbes, fit-elle en souriant.

— Cela ne vous faciliterait pas les choses, jeune fille. Ecoutez-moi. Nous lui proposons simplement de retourner à Castletown et d'oublier ce qu'il a vu aujourd'hui. Ce n'est pas compliqué puisque, de toute façon, il quitte l'Irlande demain.

La réponse vint sans l'ombre d'une hésitation.

— Mais il ne peut pas faire cela. Il est officier britannique.

— Ah, vous êtes bien la sœur de votre frère? Bon! Et maintenant? Prenons votre propre cas. Votre mémoire... vous joue parfois des tours, n'est-ce pas?

— Oh, ça lui arrive... mais...

Et pour la première fois, à ce qu'il me sembla, elle eut conscience de sa situation. Son frère et elle en avaient vu assez pour déjouer tous nos plans, et ce pays était en guerre.

Je vis de la détresse dans le regard qu'elle leva sur nous, et quand ses yeux rencontrèrent les miens j'y lus, l'espace d'une seconde, un émouvant appel. Puis elle baissa la tête et les couleurs qui étaient montées à ses joues se retirèrent, la laissant pâle et défaite. Et je compris alors qu'elle s'effrayait de ses propres pensées qui étaient celes d'une femme, secrètes et mystérieuses.

Elle se réfugia vers son frère, le prenant par les revers de sa veste.

— Archie, j'ai peur.

— Quelle sottise, Margaid! fit-il en lui frappant légèrement l'épaule. Il n'y a pas de raison d'avoir peur.

— Mais tu ne comprends pas... J'ai peur de rester ici... je veux m'en aller... rentrer chez nous... en Ecosse. Mais d'autre part...

Elle ne précisa pas davantage sa pensée et se tourna vers Hugh Forbes.

— Si je partais, vous ne feriez pas de mal à mon frère?

— Que diable, jeune fille, dit Forbes d'un ton rude, rien de ce que vous pouvez dire ou faire, rien de ce que peuvent faire les maudites forces britanniques ne m'inciterait à toucher à un cheveu de votre frère. Faites votre choix en toute liberté.

Elle hésita un instant, puis poussa un soupir mélancolique et résigné.

— Non. Je ne puis rien promettre. Je suis une Britannique, moi aussi.

Hugh lui mit ses deux pouces dressés devant les yeux.

— Votre frère et vous... les deux doigts de la main... et de vrais têtes de mules! C'est bon, diables de Bretons! Vous êtes nos prisonniers.

Margaid MacDonald approuva d'un signe de tête, puis demanda :

— Prisonniers? Cela veut dire que vous allez nous... enfermer?

— Non, ma chère, fit Hugh Forbes de sa voix profonde et vibrante. Nous répandrons des roseaux verts sur le seuil de nos demeures pour vous faire honneur et vous y accueillir... Et nous

nous contenterons de vous garder auprès de nous.

— Mais je n'ai pas de vêtements de rechange, fit la jeune fille en considérant sa culotte de cheval et ses hautes bottes de pêche.

— Britannique d'abord, et femme ensuite, à ce que je vois. Rassurez-vous. Vos valises doivent être déjà arrivées chez Sean Glynn.

— C'est absurde, Forbes, dit le capitaine Mac-Donald, sans chercher à dissimuler son irritation. Vous serviriez mieux votre cause en nous laissant partir et en changeant de quartiers.

— Lorsque les pions sont disposés sur l'échiquier, il ne reste plus qu'à jouer. Vous devriez savoir cela, capitaine MacDonald.

— L'échiquier sera balayé. Cette vallée sera passée au peigne fin par des équipes de secours... et par les soldats. Vous ne pourrez jamais nous retenir.

Hugh eut un geste large de la main, englobant tout l'horizon.

— C'est ici la vallée de l'Ullachowen, et voici là-bas le Glounagrianaan, qui se rue vers la mer, et plus loin, le vallon de Garabhmore, et plus loin encore, le Lough Aonach, et la vallée de Dunmore... des collines, et des vallons, et la mer... et des îles dans cette mer. Nous vous tenons bien, Breton de Grande-Bretagne.

— Par Dieu, je m'échapperai! En dépit de tout!

— Que Dieu en décide! La lutte sera chaude. Mais la jeune fille... elle... ne dit rien.

CHAPITRE IV

Nous abordions notre seconde veille après l'embuscade de Coolbreigh Bridge en Glounagrianaan, et la seconde nuit était toujours la pire. Comme mon intention n'est pas de faire ici la chronique de la guérilla contre les Black-and-Tans, je me contenterai de dire qu'au cours de cette embuscade où nous avions cerné un camion de Tans, deux de nos hommes furent tués, trois blessés, et que le chapeau melon de Matt Tobin s'orna d'un trou de plus. Une étape de nuit de vingt kilomètres nous amena à l'aube dans la demeure de Big Michael Flynn, à Lough Aonach, où se trouvaient actuellement nos prisonniers.

Big Michael Flynn était l'oncle de Mickeen Oge et il tenait l' « Hôtel de la Truite », un peu au-dessus du lac. A dix kilomètres de la gare la plus proche, sur la ligne de Castletown; c'était là un de nos refuges les plus sûrs. De plus, nous avions creusé, dans la route montagneuse qui y parvenait, de profondes tranchées en quatre lieux différents, afin que les camions militaires ne puissent nous prendre par surprise. Les pêcheurs à la ligne ne fréquentaient plus l'hôtel, et ceci depuis deux ans, car le sportif le plus endurci ne tenait pas à risquer sa peau dans cette dangereuse contrée. Le capitaine Archibald Mac-Donald, notre prisonnier, jouissait ainsi d'un endroit de pêche incomparable.

Nous nous tenions, ce soir-là, dans la salle commune, une pièce vaste, au plafond bas, aux poutres apparentes. Dans l'âtre profond, un feu de tourbe rougeoyait sous une écume de cendre fine et blanche, et cette sourde lueur éclairait seule la salle. Il y avait là Hugh Forbes, Mickeen Oge Flynn, Paddy Bawn Enright, le capitaine Mac-Donald, sa sœur, Margaid, Kate O'Brien et Joan Hyland. Par la porte-fenêtre ouverte, on apercevait Big Paudh Moran qui, adossé à la balustrade de la véranda, ne quittait pas du regard l'homme de garde posté au portail ouvrant sur l'allée.

Kate O'Brien et Joan Hyland, toutes deux Irlandaises, étaient une compagnie pour notre captive. La brune Kate O'Brien, aussi fervente républicaine que Mockeen Oge Flynn, était la nièce d'un général de brigade britannique; Joan Hyland, grande et blonde, était la fiancée de Sean Glynn. Sa dangereuse et secrète mission retenait encore Sean au Quartier Général, et la jeune fille se tourmentait pour lui. Elle n'ignorait pas que plus d'un agent secret, chargé de mission à Dublin, n'en était jamais revenu.

Nous étions pour la plupart installés en un vaste cercle autour de la cheminée. Seul Hugh Forbes, à sa façon habituelle, était étendu de tout son long sur une table adossée au mur, son chapeau sous la nuque, sa pipe entre les dents, et environné de silence comme d'un suaire. Nous nous taisions. Et cette nuit d'été, qui entrait par les larges baies, était silencieuse, elle aussi. A quelque trois cents mètres au-dessous de nous, le lac Aonach étalait sa nappe liquide et pâle au pied des collines sombres.

Oui, la seconde nuit après une embuscade était toujours la pire à passer. L'inévitable réaction qui suit le combat est alors à son sommet et nos nerfs nous lâchaient. Oppressés, déprimés, assaillis de doutes, n'étant plus sûrs ni de nous-mêmes, ni de notre cause, nous restions là, affalés, attendant l'événement qui nous arracherait à nous-mêmes. Et nous restions obstinément silencieux.

Big Michael Flynn, un homme d'une corpulence peu commune, au pas rapide et léger, entra par la porte du bar et nous proposa d'allumer une lampe.

— N... non! dit Hugh Forbes de sa voix de basse. Nous sommes bien dans l'ombre.

— Parfait, patron. Je vous apporterai un drink tout à l'heure, si un drink peut vous faire du bien... Mickeen Oge, ajoute donc une ou deux mottes de tourbe au feu et raconte-leur une histoire. Raconte-leur une histoire de fantôme, Mickeen Oge.

C'était toujours ainsi. Nous attendions tout de Mickeen Oge Flynn. Un curieux mélange, ce Mickeen Oge. Un combattant, né, et cependant presque un prêtre. Une force secrète le rendait l'égal de chacun de nous, et quelque chose d'austère en lui nous en imposait. Il était devenu ainsi notre soutien moral, nous communiquant un élan nouveau, et brandissant devant nous notre cause comme un flambeau.

Nous attendions, et dans le lointain, au delà des champs si calmes sous la nuit douce, s'éleva l'appel du râle des genêts; ce cri rauque me parut aussi mélancolique que le hululement de la chouette.

Margaid MacDonald, assise dans le fauteuil voisin du mien — c'était devenu une habitude chez elle de s'installer près de moi — me dit à voix basse :

— Une vraie nuit pour parler de fantômes... ils se pressent autour de nous.

— Non, dis-je. L'Armée Républicaine Irlandaise et les Black-and-Tans ont tué tous les fantômes.

— Vous n'y croyez pas?

— Ce soir, je ne crois plus à rien.

Je sentis sa main effleurer la mienne et sa voix murmurer : « Tout ira bien, **a laochain.** » A ce **petit** mot tendre que les gens des Highlands adressent aux petits enfants, je sentis quelque chose se nouer dans ma gorge.

— Nous avons un fameux fantôme ici, à Lough Aonach, dit la voix doucement chantante de Kate O'Brien. Il hante les ruines du vieux château. C'est celui de la Fille aux Cheveux roux... qui apparaît aux renégats.

— Laissez-la en repos, Kate O'Brien, dit sévèrement Hugh Forbes. Elle est tragique et solitaire et apporte le malheur avec elle... comme nous le savons tous.

Le capitaine MacDonald continuait de se taire. Cet officier des Highlands était un homme calme et compréhensif. Quels que fussent ses sentiments quant à nos pertes de la nuit précédente, il éprouvait, comme la plupart des officiers de carrière, peu de respect pour les Black-and-Tans, et il comprenait le poids qui pesait sur nous ce soir-là. Il restait là, parmi nous, sans parler, sans bouger, n'attendant rien de nous, que l'apaisement de courants contradictoires.

Mickeen Oge prit enfin la parole.

— Paddy Bawn connaît une histoire de revenant qui vaut la peine d'être contée.

— C'est vrai, reconnut Paddy Bawn. La meilleure histoire de revenant que je connaisse. C'est mon père qui me l'a contée... et c'est une histoire vraie.

— Racontez-la, Paddy Bawn.

— Non, c'est Mickeen Oge qui va vous la dire. Il l'a entendue assez souvent.

— Au fond, c'est une histoire très simple...

un peu mélancolique, expliqua Mickeen Oge, et que ce soit une histoire vraie ne fait de doute pour personne. J'ai moi-même connu, enfant, la femme à laquelle cette histoire était arrivée. Une heureuse et paisible vieille femme qui conservait précieusement le souvenir de la nuit qu'elle avait vécue, soixante ans auparavant.

Et tout le temps qu'il parla, les petites langues de feu qui léchaient les mottes de tourbe projetèrent de dansantes lueurs sur nos visages et des ombres mouvantes contre les murs, et sur les poutres du plafond.

Elle s'appelait Ellen Oge Molouney, dit Mickeen Oge, et le malheur était sur elle, comme un manteau. Elle l'endura aussi longtemps qu'elle le put, c'est-à-dire très longtemps, car les Molouney sont de bonne race; et on ne les brise pas facilement. Mais quand même, c'en était trop, et elle fit la seule chose qu'elle pouvait faire... elle s'enfuit. Et comme l'ont fait dans tous les temps les cœurs blessés, elle se tourna vers la demeure maternelle.

Elle n'avait alors que quinze ans : une douce, timide et tendre créature, aux yeux bleus, aux cheveux noirs, avec une bouche faite pour le sourire et pour la peine... oui, une bouche faite pour le sourire et pour la peine. Elle était en service —

ou plutôt en servage — chez son grand-oncle, John Danaher le Roux, de Browadra Farm, sur les rives de la Castlemaine. Servante! Serve! Une seule et même chose en ces années noires où les pauvres gens, nos ancêtres, passaient tout le temps que Dieu leur octroyait sur la terre, à essayer de conserver un corps à leur âme... et y arrivaient fort mal. Ces temps où l'on envoyait en Angleterre le blé et la viande de boucherie alors que les pauvres se nourrissaient de patates pourries... et en mouraient.

— Arrête, Mickeen Oge! interrompit Hugh Forbes. Arrête! Si nous sommes ici ce soir, et si l'Irlande tout entière endure ce qu'elle endure, c'est pour que dans l'avenir les enfants ne meurent plus de faim tandis qu'on engraisse les bêtes. Et maintenant, continue, mon fils... tu nous as déjà fait du bien.

John Danaher le Roux était un homme terrible et un dévot chrétien. Un grand type décharné aux cheveux grisonnants, aux joues raboteuses, aux yeux plus froids que la mer d'Irlande en novembre! Il prenait grand soin de ses bêtes. Ses trente vaches étaient les meilleures laitières de la paroisse; ses porcs engraissés ne pesaient jamais moins de deux cents livres et, à la Saint-Michel, ses oies gavées marchaient avec peine. Mais pour ses serviteurs et ses servantes, il n'avait aucune considération. Il les tuait de travail des quinze heures par jour, et veillait à ce qu'ils ne mangent pas à leur faim. « Gorgez-les, disait-il, et ils s'endormiront sur la bêche et sur

la charrue. L'homme maigre et le chien efflan-
qué font les meilleurs serviteurs. » Et, par Dieu,
son grand chien-berger était plus décharné que
broussailles en janvier et l'aimait... comme un
chien. Le matin, ses cinq hommes et ses deux
servantes recevaient un morceau de pain de
maïs et du lait écrémé; à midi, des patates grossières et du petit lait; le soir, un bol de maigre
porridge. Et à ce régime, ils travaillaient dur et
sans répit, car il y avait en John Danaher une
sombre et terrible force qui matait les hommes
et effrayait les femmes.

Imaginez maintenant combien la petite Ellen
Molouney, délicate et sensible comme elle l'était,
souffrait de se heurter à cette force. Ecoutez plutôt! Si elle succombait au sommeil, sur sa chaise
de paille, pendant le rosaire du soir, la voix
dure de son oncle la réveillait comme un coup
de fouet; s'il posait sur elle son regard, elle tressaillait; s'il entrait dans la cuisine à l'heure des
repas, elle s'étranglait, et si elle avançait la main
pour tremper dans le sel une pomme de terre,
ses doigts nerveux la laissaient échapper. Eh oui!
Les hommes les plus forts se levaient de table,
rassasiés, lorsque John Danaher les regardait
manger.

Ellen Oge travaillait sans se plaindre, supportait le froid, était habituée à ne pas manger à
sa faim, mais faite comme elle l'était, elle ne
pouvait endurer plus longtemps la peur et la
solitude. Et c'est pourquoi elle s'enfuit.

Elle choisit une nuit de la première semaine

de juillet; une belle nuit claire, où la pleine lune traversait le ciel de sud en ouest. Au coup de minuit, elle se glissa hors de la paillasse qu'elle partageait avec Maura Purtaill qui ronflait, la bouche ouverte. Elle jeta sur elle quelques vêtements, un court jupon rouge, une informe robe d'indienne boutonnant du cou à la taille et noua un mouchoir bariolé sur sa jolie tête aux cheveux noirs. Puis elle enfila une paire de bas noirs sans pieds. Quant à son unique paire de chaussures — des petits souliers faits à la main, avec un talon carré et une bride sur le cou-de-pied — et sa robe du dimanche, elle en fit un petit paquet, et la voilà prête. Elle ne possédait rien d'autre au monde.

Elle ne fit pas plus de bruit qu'une souris... moins même. Ses talons nus et durcis effleuraient à peine les barreaux de l'échelle qui descendait du grenier à la cuisine, une vaste et sombre salle où le feu de tourbe couvait sous la cendre. Elle souleva doucement le loquet de bois, poussa sans bruit la lourde porte et émergea dans la nuit d'été, douce et parfumée. La clarté de la lune, baignant la vaste cour, illuminait les murs, blanchis à la chaux, de la longue et basse étable, et cette froide lumière fit frissonner la pauvre enfant, car il lui fallait traverser un espace découvert pour gagner le portail... Elle se mordit la lèvre et s'avança, sur la pointe des pieds, précautionneusement, et sans hâte excessive. Et les fenêtres, derrière elle, étaient comme des yeux...

C'est alors que le chien berger, maigre et jaune, sortit de dessous un char de foin et aboya. Il n'aboya qu'une fois, puis s'approcha en remuant la queue.

— Va coucher, murmura Ellen Oge, le cœur battant. Va coucher, Jack!

Trop tard. Un seul aboiement suffisait à alerter John Danaher, en ces temps de misère où les hommes affamés étaient poussés à voler. Le pauvre chien n'avait pas rejoint Ellen que déjà une fenêtre s'ouvrait à l'étage.

— Qu'est-ce que c'est? dit une voix calme. Puis :

— C'est toi, Ellen Oge?

Elle s'arrêta net, ses jeunes forces l'abandonnaient. Le pouvoir de cette voix d'un calme terrible, la clouait au sol contre sa volonté.

— Retourne dans ton lit! Retourne dans ton lit!

Il ne la traita pas, comme il en avait l'habitude, de chiffe, d'idiote et de souillon, mais sa voix, sous son calme, avait la dureté du fer. Il n'ignorait pas ce que tentait de faire Ellen. Non, il ne l'ignorait pas, mais il ne voulait pas que d'autres l'apprennent.

La fenêtre se referma et, aussitôt, Ellen levant très haut ses petits talons nus, courut jusqu'au portail. Le chien la suivit.

John Danaher le Roux surgit sur le seuil, les pieds nus, ayant passé un pantalon sur sa chemise, et vit la cour vide sous le clair de lune. Il ne dit pas un mot, mais traversa rapidement la vaste esplanade. Dehors, sur la lande, il se mit le petit doigt dans la bouche et fit entendre trois sifflements aigus et courts. Le chien berger avait, de cet appel, une douloureuse expérience. En un instant il était de retour et se traînait aux pieds de son maître, qui le récompensa de son obéissance par un coup de pied dans les côtes.

— Debout! fit John Danaher, le doigt tendu, et le chien leva sur lui ses yeux intelligents. Cherche, Jack! Doucement... là... doucement!

Pauvre petite Ellen Oge Molouney! Il n'y avait qu'un seul endroit au monde où elle pût échapper à ce chien trop docile, à cet homme terrible... Courant à travers champs, elle entendit les coups de sifflet de son grand-oncle, vit le chien s'éloigner. Elle comprit ce que cela signifiait et courut plus vite. Elle allait vers le nord car c'était là qu'était sa maison, à Ballydonohue, au delà de Listowel. Et c'est tout ce qu'elle savait de cette route... cette longue route désolée qui gravit l'épaule arrondie de Slieve Mish, et serpente le long des flancs nus de Glanruddera puis redescend à Feale Bridge, près de Listowel... Nous avons souvent emprunté cette route de nuit et elle est tachée de notre sang...

Ellen n'avait parcouru cette route qu'une fois. Cette nuit, à la clarté de la lune, elle la suivrait à nouveau avec l'aide de Dieu. Elle courait vers le nord, la peur lui mettant des ailes aux talons, et ce fut cette peur aveugle qui la mena droit dans la trappe.

La Castlemaine, près de Browadra Farm,

forme une boucle étroite et profonde, et ce fut
vers cette boucle que s'élança Ellen. Elle grimpa
en haut du talus et s'arrêta net. A ses pieds la
rivière, profonde et calme, brillait sous la lune
comme de l'acier sombre et poli. Ellen, comprenant dans quel piège elle était tombée, se mit à
courir le long du talus. L'aboiement du chien
éclata, tout proche. Remonter le bord de la
rivière signifiait tomber dans les mains de son
grand-oncle. Affolée, elle regarda autour d'elle.

— Vierge Marie... Vierge Marie... Vierge
Marie!

Au pied du talus, seul refuge qui s'offrît, crois-
sait un aune rabougri. Ellen se laissa glisser et
se blottit contre le tronc tordu. Sa tête, son buste
disparaissaient sous les branches, mais quiconque suivait la rive ne pouvait manquer d'apercevoir ses fines jambes de quinze ans. Si près du
bord, ses yeux devaient fatalement être attirés
par le courant, et c'est ce qui arriva.

La rivière, en cet endroit, était profonde et
impossible à traverser. Mais l'eau était claire, et
la lune, l'éclairant de biais, faisait ressortir chaque galet sur le fond caillouteux. Oui, cette eau
calme et transparente était attirante... attirante
comme le péché. Car le diable réclame son dû,
tant que l'âme tient à la chair, et la tentation
survient à toute heure et en tout lieu. Les abois
du chien se faisaient plus sonores, et déjà Ellen
percevait la voix de l'homme qui le pressait. Et
au-dessous d'elle la petite anse s'étalait... si
calme! Qu'il ferait bon s'y coucher! Plus de voix

brusque à redouter, plus de colères à endurer, plus de terreur à surmonter, les galets luisaient, couleur d'ambre... Oui, ce serait bon de s'y coucher, de contempler les étoiles, là-baut et d'oublier pour toujours, la peur, le chagrin, la solitude.

Déjà elle se laissait glisser lorsque les voix de l'homme et du chien se turent, comme tranchées au couteau. Et dans la nuit s'éleva le son plaisant d'une insouciante ritournelle. Ellen reconnut l'air, le « Chant du Merle » sifflé avec justesse et pureté et tout chargé d'une secrète mélancolie. Vous connaissez l'air, un air de danse, et l'unique complainte que les Irlandais aient composée en l'honneur des Stuarts. Il faut être habile pour la siffler et pour la danser, et celui qui la sifflait en connaissait chaque note et chaque fioriture. Joyeux comme le cœur d'un homme brave qui n'espère et ne redoute rien; fort, comme une cause souvent perdue mais jamais abandonnée; mélancolique, comme l'évocation des beautés passées, le « Chant du Merle » s'élevait dans la nuit. Et ce fut lui qui empêcha Ellen Oge Molouney de glisser dans la rivière.

Elle recula, s'assit au bord de l'eau et considéra le talus au-dessus d'elle. Un homme y apparaissait, marchant d'un pas aisé. Un homme de haute taille portant un vieux chapeau blanc et une veste de ratine. Une crosse de hockey sous le bras, les mains dans les poches, il boitait très légèrement... ce qui n'alourdissait pas sa démarche, mais lui donnait un agréable roulement de l'épaule. Il s'arrêta, non de surprise, mais avec une plaisante aisance et leva la main en signe de joyeux salut.

— Bonsoir à toi, jeune fille, dit-il d'une voix profonde et empreinte de bonté. Une belle nuit pour se promener, par la grâce de Dieu.

— Bonsoir à vous, sir, murmura Ellen.

— Est-ce de pêcher que tu as envie... ou de prendre un bain dans la rivière?

— Non, sir. Je retourne au foyer.

— Au foyer! Il n'est pas d'endroit plus beau sur toute la terre. Et j'y retournerais, moi aussi, bien volontiers... mais la nuit est encore jeune et rien ne nous presse.

Il s'assit sur le talus et sortit de sa poche une pipe de terre. Il en frappa la paume de sa main pour en vider le culot et Ellen perçut le bruit que fit la pipe sur la paume sèche.

— Viens t'asseoir à côté de moi, dit l'homme, et dis-moi quelle route tu allais prendre.

Ellen escalada le talus et s'assit timidement sur l'herbe. L'homme ne fit pas le moindre geste qui aurait pu l'effrayer. Il souffla tranquillement dans le tuyau de sa pipe et brusquement le terrible grand-oncle sembla appartenir à un autre monde.

L'étranger coupa lentement une chique de tabac, la roula entre ses paumes, puis, comme un homme qui a tout le temps, bourra sa vieille pipe. Puis il s'adressa à Ellen avec une aimable simplicité, qui la mit en confiance.

— Et quel est l'endroit que tu appelles ton foyer, jeune fille?

— Ballydonohue, sir... de l'autre côté de Listowel.

— Je connais... je connais! Une fameuse balade. Et toi, tu connais le chemin?

— Pas très bien, sir. C'est par là.

Et Ellen indiqua du doigt le flanc allongé du Slieve Mish, où dans la nuit lumineuse, les fermes blanches brillaient sur le velours brun de la colline.

— Bon... bon! Je vais par là, moi aussi. Attends que j'allume ma pipe et je te ferai un bout de conduite. Ballydonohue? Je connais bien la région, de Pubil Dotha à Trienafludig, de Galey Cross à Cnucanor.

— Vraiment, sir?

Et, spontanément, elle ajouta :

— Je suis Ellen Molouney.

— Une fille de Norrey Walsh, peut-être?

— Oh, oui, sir! Vous la connaissez?

— Je l'ai connue autrefois... oui, autrefois... (Il contempla le petit visage levé vers lui et lui sourit de ses yeux enfoncés.) Tu as son front, et son menton, aussi. Eh oui... et j'ai connu ton oncle, Shawn Alsoon... mais il y a longtemps de cela, jeune fille, très, très longtemps. Le temps que ma pipe tire bien, et nous nous mettrons en route, tous les deux.

Elle vit clairement son visage, lorsque la pipe s'embrasa. Un visage plein d'humour et de bonté

aux yeux enfoncés, et qu'une cicatrice barrait
en diagonale, de la tempe au menton.

Il se leva.

— Allons, viens... ma petite.

Ellen se leva à son tour.

— J'ai peur, sir, murmura-t-elle d'une voix
tremblante. Mon oncle...

Il tendit la main et elle la prit... une main
ferme, à la paume sèche et chaude.

— N'aie pas peur, Elleneen... petite Elleneen
Oge...

Sa voix profonde vibrait de tendresse et de
pitié pour cet être si jeune qui connaissait la
crainte...

— Rien, ni dans ce monde, ni dans l'autre,
ne te fera de mal cette nuit. Suis-moi.

Ils se mirent en route, la main dans la main,
l'homme de son pas balancé, la fillette d'une
démarche légère.

Au détour du sentier, John Danaher leur apparut, son chien couché entre ses pieds. Ellen Oge
se pressa contre son protecteur et leurs deux
mains resserrèrent leur étreinte. Mais John
Danaher ne bougea pas. Il paraissait changé en
pierre et ses yeux grands ouverts, fixes et aveu-
gles, semblaient sculptés dans le granit. Et lorsque les silhouettes de l'homme et de la fillette se
fondirent dans la nuit, il resta là, cloué au sol.
Et c'est là que ses serviteurs le retrouvèrent,
au matin. Pendant des jours il ne prononça pas
une parole et lorsqu'enfin la voix lui revint, il
ne dit pas un mot de ce qu'il avait vu ou ressenti.

Mais s'il devint meilleur ou pire, l'histoire ne le dit pas.

Ellen Oge Molouney, tout au long de ses jours — et ils furent nombreux — garda précieusement dans sa mémoire le souvenir de cette randonnée par cette douce nuit de juillet. Elle lui parut à la fois aussi longue et aussi courte qu'une belle histoire bien racontée; aussi plaisante qu'un matin de mai, lorsque le chant du merle salue le jour naissant; aussi calme qu'un soir de juin lorsque le soleil se couche et que le crépuscule tombe lentement, hors du temps... comme un rêve...

Elle fut incapable, plus tard, de dire le chemin qu'ils avaient suivi, les lieux qu'ils avaient traversés. En fait, ils n'empruntèrent pas les voies tracées. Leurs pieds foulèrent l'herbe humide, toute emperlée de fils de la Vierge auxquels s'accrochaient des gouttes de rosée; longèrent des haies, éveillant de petits oiseaux qui les saluaient d'un bref pépiement endormi; passèrent sous de grands arbres se dressant comme des colonnes, traversèrent des clairières qu'illuminaient les rais de lune d'une blancheur argentée; suivirent de petites rivières qui, émergeant d'épais fourrés, chantonnaient, toutes claires, sur un fond de galets. Oui, ce furent là les souvenirs qu'elle garda de cette randonnée dans la nuit. Au loin, des chiens aboyaient ou hurlaient à la lune et les fermes se détachaient, blanches, sur le flanc des collines... Mais eux-mêmes se mouvaient dans un monde à part, dans une dimension qui leur était propre, emplissant le temps et l'espace d'un profond contentement. Et les coqs ne chantaient pas.

Rien ne les pressait. A plusieurs reprises, ils se reposèrent au bord d'une rivière, ou au pied d'une haie, et l'inconnu parlait à la petite fille, d'un ton si tendre qu'elle en aurait pleuré. Il lui disait des contes qu'elle connaissait, et d'autres qu'elle ne connaissait pas. Et il la persuada de lui ouvrir son jeune cœur, et ce don fut pour lui plus précieux que toutes les victoires, toutes les gloires, toutes les défaites. Mais, hélas! la nuit s'avançait et le bonheur ne dure pas toujours. La lune se couchait et déjà l'aube blanchissait au nord-est, lorsqu'enfin ils débouchèrent sur la route qui domine Feale Bridge. Là, l'inconnu arrêta Ellen Oge en lui posant doucement la main sur l'épaule.

— Voici la Feale, jeune fille, et voici Listowen, là-bas dans la combe. Sais-tu où tu es, maintenant?

— Oh, oui, sir! Voici Cnucanor Hill, en face de nous.

— C'est ici que nous nous séparons, dit l'inconnu de sa voix profonde et basse. Le jour se lève et nous ne pouvons empêcher les coqs de chanter, car les coqs, toujours, saluent le lever du jour. Il faut te hâter, maintenant, Ellen Oge, ajouta-t-il en lui caressant gentiment la nuque et en la poussant doucement entre les deux épaules... Cours, Elleneen, ta mère t'attend.

Agile et légère, Ellen partit en courant vers le

pont. Dans une ferme lointaine éclata le cri du coq, aigu et déchirant comme l'appel des trompettes des hérauts. Arrivée au milieu du pont, la fillette se retourna pour un dernier adieu. La route était vide. Et désert, aussi, le flanc de la colline. La lumière blafarde de l'aube semblait dévoiler le vide de toute chose... de la vie, de l'espoir, du désespoir même. Mais Ellen Oge Molouney en était encore au temps de l'espoir.

Et maintenant, écoutez bien! Ellen venait de parcourir une quarantaine de milles à vol d'oiseau, et cela en moins de quatre heures. Et quand rien ne serait vrai, ceci est vrai.

Et écoutez encore! Ce matin-là, sa mère, Norrey Walsh, se leva à l'aube, une heure plus tôt que d'habitude. Elle ranima le feu couvant sous la cendre, mit l'eau à bouillir, disposa sur la table deux bols, la miche, le beurre frais, choisit deux œufs bien bruns, beurra la poêle... Puis elle sortit, dans le matin, et déjà le soleil se levait au-dessus du mont Glouria. Et vers elle venait sa fille Ellen, surgissant en courant au détour du chemin.

Norrey Walsh était une femme tranquille et peu démonstrative. Elle entoura de son bras les épaules de son enfant.

— Je savais que tu serais ici de bonne heure, Ellen Oge. J'ai rêvé de toi cette nuit et je t'ai vue marchant sur la route. Tu dois être morte de fatigue.

Ellen Oge se blottit contre sa mère.

— Cela m'a semblé si court, mère... à deux pas d'ici.

— Quarante milles irlandais, mon enfant. Mais quelque fermier t'aura fait monter dans sa carriole?

— Non. Mais, mère, est-ce possible que ce soit si loin? Je suis partie au cœur de la nuit et le soleil se lève à peine. Mais, oh, mère, il faut que je vous parle de celui qui m'a conduite jusqu'à Feale Bridge. J'étais... j'étais terrifiée par l'oncle John. Un homme de haute taille est apparu sur la rive de la Castlemaine... Il sifflait le « Chant du Merle ».

— Dieu nous bénisse! s'exclama Norrey Walsh qui ajouta doucement : Quel sorte d'homme était-ce, ma fille?

— Peut-être le connaissez-vous, mère? Il vous a connue, lui, et l'oncle Shawn aussi, il y a très, très longtemps... Oh! mon Dieu, j'ai oublié de lui demander son nom! Il est si grand qu'il lui faudrait se baisser pour franchir notre seuil. Il boite légèrement... mais sûr qu'il sauterait dans la lune si l'envie l'en prenait. Il porte sous le bras une crosse de hockey et son visage est barré d'une cicatrice, de là à là... Le connaissez-vous, mère?

— Dieu ait son âme, mon enfant. C'est ton propre père.

— Mon père... mon père qui est mort?

— Il y aura bientôt quinze ans, Elle Oge. Mais mort ou vif, un Molouney veille sur les siens, loué soit Dieu!

⁂

— Oui, l'amour est plus fort que la mort,
murmura Hugh Forbes de sa voix profonde. Et
nos morts veilleront sur nous, si nous nous mon-
trons dignes d'eux.

Le silence se fit plus profond et il me sembla
percevoir le bruit des pas des morts... de nos
morts. Le récit que nous venions d'entendre ne
contenait aucun symbole, et cependant, pour
tout Irlandais, une enfant, une femme oppri-
mées, errant dans la nuit, ne pouvaient être
qu'Erin. Et j'entendis une des jeunes filles — je
crois que c'était Margaid MacDonald — murmurer avec une lucide résignation :

— Il y a dans votre cœur à tous une place
secrète que seule Erin peut toucher.

Je ne puis exprimer le sentiment qui s'empara
de nous, comme si soudain nous comprenions
tout et qu'en même temps nous attendions quelque chose.

Et c'est à ce moment que nous entendîmes un
bruit de pas...

Lorsque Big Paudh, notre guetteur, ouvrit
toute grande la porte-fenêtre et qu'une femme
enveloppée d'une mante apparut sur le seuil,
nous étions véritablement en état de transe. A la
silhouette on la devinait jeune, et la longue
mante à capuchon qui l'enveloppait ne laissait
voir de son visage qu'un pâle ovale. Une motte

de tourbe s'enflamma et avant que la femme se détourne je distinguais son visage d'une extraordinaire pâleur et d'une irréelle beauté. Et ses cheveux, sous le capuchon, étaient plus pâles que l'or le plus clair.

Derrière la femme se tenait Sean Glynn, mais je crois que personne de nous ne le vit avant qu'il ne prenne la parole.

— La bénédiction sur vous, dit-il, selon la formule habituelle, mais sa voix était empreinte d'une inexprimable amertume.

— Et sur vous, dit Mickeen Oge, dont la voix par contraste, parut étonnamment chaude et amicale.

— Soyez les bienvenus, dit Hugh Forbes en se levant. Comment êtes-vous venus jusqu'ici?

— Par le lac, dit Sean. Voici Nuala Kierley, Hugh. Elle est très lasse, ajouta-t-il, en se tournant vers Big Michael Flynn. As-tu une chambre à lui donner, Michael?

— Certainement.

— Puis-je y monter tout de suite, demanda la femme en se tournant vers Big Michael.

Elle parlait à voix basse et sans aucune intonation.

— Tout de suite. Par ici, s'il vous plaît.

Elle n'était restée qu'un instant parmi nous, et pourtant son départ laissa un vide et un poids nouveau sur nos cœurs.

Je me surpris à regarder à la dérobée Archibald MacDonald. Il avait les yeux fixés sur la porte par laquelle la femme venait de disparaître. Je le vis frissonner comme sous un souffle froid. Et je compris que si nous avions tous été la proie de notre imagination, lui seul avait considéré cette femme pour elle-même, et avait deviné à quel point elle était brisée.

Sean Glynn fut le premier à se ressaisir. Il s'approcha de la cheminée.

— Désolé que ces lascars vous aient attrapée, Margaid, dit-il. Votre disparition fait sensation. Les journaux anglais en sont pleins.

Il lança un regard à son ami, Archibald MacDonald, mais celui-ci, le regard fixe, semblait plongé dans ses pensées.

— Des nouvelles de Dublin? demanda Hugh Forbes.

— Oui, et d'importantes. On commence à parler sérieusement d'une trêve... qui pourrait survenir prochainement... Mais elle viendra trop tard pour l'un d'entre nous.

— C'est si grave que cela, Sean?

— Ce ne pourrait l'être davantage... c'est pire que tout ce que nous pouvions imaginer, Hugh.

Et Hugh fit un geste expressif, le pouce tourné vers la terre.

Sean acquiesça du geste.

— Oui. N'importe quel jour... aujourd'hui, peut-être... cette nuit.

— Est-ce que Nuala Kierley le sait?

— Maintenant... oui.

— Seigneur! s'exclama Hugh Forbes.

Je me rappelai alors pour quelle raison Sean Glynn était allé à Dublin. Comme il me l'avait

dit lui-même, sa mission était de jeter une femme
de son propre sang dans les bras d'un homme
et ceci pour démasquer un traître. Nuala Kierley
était-elle cette femme? Et quel était le traître
et où se trouvait-il ce soir? Nous autres Irlandais, nous sommes impitoyables pour ceux des
nôtres qui trahissent... Et comme Archie Mac-
Donald, je frissonnai...

Je tournai vers Sean Glynn un regard interrogateur. Mais il était plongé dans la contemplation du feu rougeoyant, et les flammes dansantes projetaient des lueurs capricieuses sur
son visage creusé et tendu. Je ne reconnaissais
plus le joyeux compagnon que nous avions
connu, l'homme au cœur léger qui prenait
gaîment la vie et l'amour. Et c'est alors que je
remarquai que pas une fois, depuis qu'il était
arrivé, son regard ne s'était posé sur le visage
de la blonde Joan Hyland, sa fiancée. Certes le
moment n'était guère aux effusions et les hommes sont pudiques dans leurs affections, mais
Sean ne faisait aucune différence entre sa
fiancée et nous... il évitait même son regard,
comme retenu par une sorte de gêne. La jeune
fille devait s'en être rendu compte, car elle ne le
quittait pas du regard. Il ne leva pas une fois les
yeux sur elle. Cependant, elle ne fit pas la moindre remarque.

— Il n'y a donc rien à boire dans cette bara-
que? demanda Sean Glynn d'une voix irritée.

Déjà Mikeen Oge était debout, repoussant sa
chaise.

— Fais-le double, Mickeen Oge.

Je senti Sean Glynn profondément troublé. Certes il venait d'affronter une dure épreuve. Margaid MacDonald, à mes côtés, le sentit aussi. Et chose étrange, elle parut avoir mystérieusement deviné ce que nous taisions. Mais ce fut à la femme qu'alla sa sympathie et non à Sean Glynn. Se penchant en avant, elle nous accusa d'une voix rauque.

— Vous n'avez plus rien d'humain! Une femme même ne vous inspire aucune pitié. Vous vous servez d'elle... vous servez d'elle... vous servez d'elle... même s'il vous faut la sacrifier... corps et âme!

— Qui pourrait toucher à son âme inviolable? dit la brune Kate O'Brien d'une voix calme.

Et je me surpris à me féliciter égoïstement de n'être qu'un simple franc-tireur.

CHAPITRE V

— Une bien plaisante rivière que l'Ullachowen, déclara Hugh Forbes. Allez-vous pêcher,
cet après-midi, avec Margaid MacDonald?

— Vous préféreriez y aller vous-même?
demandai-je d'un ton aigre.

— Hé, hé... Je ne dis pas non! Et au diable
les mauvais coucheurs?

— Au fait, Hugh, demanda Mickeen Oge d'un
ton faussement dégagé, pensez-vous toujours à
partir pour l'Ecosse, y chercher une femme aux
cheveux roux? Il me semble que vous n'en parlez plus, depuis quelque temps.

— Je me demande, fit Hugh d'un ton plaisant,
si la montagne ne serait pas venue à Mahomet?

— Un volcan coiffé d'une flamme rouge, dit
Mickeen Oge. Mais qui est Mahomet? Hugh

Forbes, ou... serait-ce possible qu'Owen Jordan!...

— Allez au diable! s'exclama Hugh.

— Amen! fis-je avec conviction. Vous êtes bien fou de les écouter, Hugh!

Nous étions tous trois adossés au muret de pierres sèches qui borde le potager de Sean Glynn et, à nos pieds, une brume de chaleur recouvrait le fond de la vallée.

Cette vallée, nous l'avions quittée à la fin du mois de mai, et nous nous y retrouvions à la mi-juillet. Au cours des quelque six semaines d'intervalle, nous avions accompli des marches et des contre-marches, et achevé le cycle complet, mais la partie n'était toujours pas terminée. Nous nous étions colletés avec un plein camion de Black-and-Tans à Coolbeigh Bridge, dans la vallée de Glounagrianaan; avions eu quelques escarmouches avec une compagnie de Highlanders, du côté du mont Garabhmore; avions fait sauter quelques ponts? coupé des routes, brûlé des baraquements. Et maintenant, nous nous apprêtions à livrer le dernier combat, avec le peu d'hommes qui nous restaient, contre les effectifs, pas mal réduits, eux aussi, de la garnison de Castlemaine. Et nous nous sentions, je dois l'avouer, assez épuisés.

J'allais partir lorsque parurent, à la porte de la cuisine qui donnait sur le potager, le capitaine MacDonald et sa sœur Margaid. Derrière

eux venait Big Paudh Moran chargé d'engins de
pêche. Sean Glynn fermait la marche.

— J'ai envie d'aller tenter ma chance, Hugh,
nous dit notre prisonnier en se dirigeant vers
nous.

— Bonne idée, Archie. Un gardien... ou les
quatre heures habituelles?

— Oh! vos maudits gardiens font peur au
poisson en discutant le coup comme de sacrés
bavards! J'aime mieux prendre quatre heures
avec Sean Glynn.

— Parfait! Mes hommes vous ont au moins
appris à jurer de bon cœur!

Le capitaine MacDonald, frais et gaillard, ne
semblait pas avoir un seul souci au monde.
Comme le lui avait prédit Hugh Forbes, il vivait
depuis six semaines les plus beaux jours de sa
vie. Les meilleurs coins à truite de tout le Munster et tout le temps voulu pour s'adonner à sa
passion... de la petite aube aux longues fins de
soirées d'été... où il voulait et quand il voulait.
Et ni Dieu ni diable ne l'avaient aidé à s'évader.

Dès le début, il avait été établi que s'il désirait aller pêcher, il devait, soit accepter l'escorte
de gardiens extrêmement stricts, soit donner sa
parole de retourner à la colonne au bout de quatre heures. Au bord des rivières poissonneuses,
il choisissait toujours les quatre heures sur
parole. Ses rapports avec nous tous étaient plus
qu'amicaux, et il passait son temps à discuter
chaudement de tous les sujets possibles.

Sean Glynn ressemblait plus que lui à un prisonnier. Sombre, tendu, je ne retrouvais plus
rien en lui de jovial et de débonnaire. Il avait
rejoint la colonne à Lough Aonach, amenant
avec lui Nuala Kierley. Il l'emmena chez lui, à
Leaccabuie, quelques jours plus tard, l'y garda
une semaine, puis un beau jour, elle partit...
pour quelle destination... nul ne le sut. Sean
Glynn nous rejoignit, mais ce n'était plus le
même homme. Il buvait plus qu'il n'aurait dû,
mauvais signe, et chose mauvaise dans la lutte
que nous menions où l'alcool et la vie n'allaient
pas longtemps de compagnie. De plus, il deve-
nait évident pour nous tous, ses amis, qu'il évitait Joan Hyland. Quelque chose ou quelqu'un
les séparait, mais que ce fût Nuala Kierley, nul
ne pouvait l'affirmer. Je n'étais sûr que d'une
chose : une femme comme Nuala Kierley pouvait faire changer le cœur d'un homme...

— Et vous, Margaid, vous prenez aussi quatre heures? demanda Hugh Forbes en se tournant vers Margaid MacDonald.

Il avait une façon amicale de l'appeler par
son prénom, qui, je ne sais pour quelle raison, ne
me plaisait qu'à moitié.

Elle nous regarda les uns après les autres et
secoua la tête en fronçant le sourcil.

— Non... je préfère une garde.

Pas une fois, chose curieuse... ou peut-être
toute naturelle, elle n'avait accepté de donner
sa parole.

— Petite intraitable! dit Hugh, mi-plaisant, mi-sérieux. Et qui sera le gardien de votre gardien?

Margaid MacDonald ne paraissait ni fraîche, ni insouciante. Pendant environ un mois, jusqu'à cette fameuse nuit à Lough Aonach, elle sembla se plaire parmi nous : cette vie errante; cette simplicité de rapports; une expérience nouvelle; les soins qu'elle prodiguait aux blessés... J'aimais sa façon de nous critiquer, pour notre bien, comme si elle faisait partie de notre groupe. Mais après cette nuit-là, et d'une façon très soudaine, elle s'assombrit et se referma sur elle-même. Abattue, indifférente, elle sembla perdre tout intérêt en nous. Et elle ne critiqua plus rien ni personne. Amaigrie, les yeux cernés, elle qui n'avait jamais eu beaucoup de couleurs, était maintenant extrêmement pâle. Mais elle relevait le menton d'un air plus obstiné que jamais et semblait endurer en silence quelque tourment secret.

Nous nous tracassions à son sujet. Et la veille au soir, nous, les trois chefs, avions décidé de la reconduire à la première occasion à Dublin d'où elle regagnerait ses chers Highlands. Cependant nous n'avions pas l'impression qu'elle fût éprouvée par la vie qu'elle menait. Nous prenions grand soin d'elle, ne lui faisant accomplir que de courtes marches; utilisant un dog-cart pour les étapes de nuit, chaque fois que la route nous le permettait; lui offrant pour nourriture tout ce que la région produisait de meilleur, et enfin, lui assurant la compagnie de filles agréables dans chacun de nos lieux d'asile. Mais son abattement — une étrange mélancolie — ne faisait que s'accentuer. Elle était aussi mélancolique... ma foi aussi mélancolique que moi.

Hugh Forbes se frotta les mains d'un air satisfait :

— Parfait! Je dispose de ma soirée. C'est moi qui vous garderai.

Elle lui adressa son plus charmant sourire :

— Non, Hugh! J'ai envie d'aller pêcher, ce soir. J'emmènerai Paudh... et Owen Jordan.

Hugh se tourna vers moi et me cligna de l'œil, un sourire sardonique aux lèvres :

— Lorsqu'une femme a décidé quelque chose... Nous n'avons plus qu'à nous incliner, mon fils.

*
**

Nous partîmes tous ensemble.

Mais le capitaine MacDonald et Sean Glynn descendirent le long de la rivière, tandis que Margaid MacDonald, Paudh et moi la remontions. Et, bien qu'elle eût annoncé son intention de pêcher, la jeune fille ne se passionna guère. Quant à moi, je m'abstins. Je tendis ma canne à Big Paudh, qui gagna aussitôt une petite anse, à quelque distance de là.

Je m'installai sur le talus herbeux, les pieds dans le sable, et regardai ma prisonnière exécuter de longs lancers, avec un joli mouvement souple du poignet et la fermeté d'un arc bien tendu. Le soleil couchant l'illuminait tout entière et nimbait ses boucles de lumière, et le fort courant de la rivière, se brisant contre ses hautes bottes, faisait entendre un plaisant murmure.

Elle pêcha ainsi deux truites de belle taille et revint par le bord, comme hésitant à entrer une seconde fois dans l'eau. Mais arrivée à ma hauteur, elle s'arrêta, le dos tourné, et pendant une longue minute contempla le mont Leaccamore, dont le sein brun et gonflé se teintait légèrement du mauve des premières bruyères en fleur. Puis elle déposa soigneusement sa canne sur le gravier et s'approcha de moi. Elle s'assit à moins d'un mètre, fit glisser de son épaule la courroie de son panier d'osier, auquel elle s'accouda.

— Je croyais que vous étiez venue pour pêcher.

— Oh! nous avons du temps de reste... Si le cœur vous en dit, dit-elle en désignant du menton sa canne à pêche.

— Non, j'en ai assez.

— Moi aussi, reconnut-elle avec simplicité.

Et nous voilà tous les deux — pauvres idiots

— à contempler mélancoliquement la gloire du couchant empourprant la haute colline, immobile sous la caresse du soleil ou du vent. La tristesse de ma compagne me navrait.

— Je suis désolé de vous sentir malheureuse, dis-je enfin.

— Et qui vous a dit que je l'étais?

Au lieu de répondre à cette question puérile, je repris :

— Ce ne sera plus très long, maintenant.

— Jusqu'à ce que vous tuyiez, ou que vous soyez tué?

— Non, mieux que cela. Il est question — sérieusement question — de trêve.

— Depuis le temps qu'on en parle!

— Mais après le discours conciliant du roi George à Belfast — pourquoi Belfast, je me le demande? — il est certain que des négociations secrètes ont eu lieu avec nos chefs, à Dublin. D'un jour à l'autre, la trêve peut être décidée, et vous serez libre de partir.

— Et vous?

— Si la paix est proclamée, je retournerai au Nouveau-Mexique.

— Pour épouser cette femme?

— Quelle femme?

— Cette femme... vous savez bien... qui doit vous donner des fils pour continuer la lutte.

— Oh! Ce n'était qu'absurdités!

— Et cette jolie Grania Grace dont Paudh...

— Qu'elle aille au diable! m'exclamai-je avec une absence totale de courtoisie.

— Vous ne l'aimez donc pas?

— Pas plus elle qu'une autre, dis-je en mentant outrageusement. Je hais toutes les femmes!

— Pas autant qu'elles vous détestent, fit-elle, les yeux lançant des éclairs.

— Je le sais bien.

— Et quand l'avez-vous découvert?

— C'est visible à l'œil nu, répondis-je platement.

Elle se détourna de moi, appuya ses deux coudes sur son panier d'osier tressé, et appuya le menton sur ses mains en coupelle.

— Je déteste ce pays! dit-elle brusquement.

— Moi aussi... quelquefois.

— Mais vous êtes prêt à mourir pour lui.

— Cela n'empêche pas, dis-je sans essayer de m'expliquer davantage.

— Je sais.

— Dites-moi, lui demandai-je, soudain saisi d'une idée, est-ce que quelqu'un s'est montré dur envers vous?

— Dur? Vous êtes tous si bons, si attentifs, et... si parfaitement inhumains!

Je restai sans voix.

— Ne comprenez-vous pas? me demanda-t-elle à voix basse, comme si elle se parlait plutôt à elle-même. Je suis exclue de votre groupe. Je suis votre prisonnière, mais je suis en dehors. Chacun se montre bon, serviable, attentif, mais en surface. Tout sentiment un peu profond de ma part se heurte à votre froide courtoisie... froide comme glace. Je suis une étrangère parmi vous... Au début, je rêvais de jouer les Dalila pour quelque Samson, mais vous êtes tous des hommes obsédés, possédés par une femme unique, et cette femme c'est Eiré, la douloureuse. Et tout autre sentiment — l'amour, même — n'est pour vous qu'un caprice, une passade. Oui, ce pays est terrible pour les femmes.

— Nous les sacrifions, vous l'avez dit vous-même.

— Mais moi, je ne veux pas être sacrifiée.

— Et qui le voudrait? demandai-je, surpris.

— Personne, bien entendu. Le premier jour, j'ai eu peur de moi-même et de... vous tous... Mais je n'ai plus peur... C'est pire, ajouta-t-elle d'une voix à peine distincte.

Le menton dans les mains, elle détournait de moi son visage, et ses épaules ne tressaillaient pas, mais je vis des larmes glisser le long de ses poignets.

— Ne voulez-vous pas me laisser partir, Owen Jordan?

— Cela ne durera plus très longtemps, mon petit, fut tout ce que je pus dire.

Et, pour la réconforter, je me penchai et mis doucement la main sur son epaule.

Elle tressaillit et se dégagea d'un mouvement brusque.

Cela me fit mal... diablement mal!

— Je m'excuse. Je ne savais pas que vous me détestiez à ce point-là.

— Quelquefois, je vous hais, dit-elle en bondissant et en se dressant devant moi. Je vais aller voir ce que fait Paudh.

Elle se mit à suivre le bord de la rivière, d'un pas curieusement incertain, en glissant sur les galets, et se dirigea vers la petite anse. Sa canne était restée sur le gravier.

Je ne la suivis pas.

Cette fois, j'avais reçu mon congé. Quoi d'étonnant, me dis-je, m'efforçant d'être philosophe. Je n'étais pas de ces hommes qui plaisent aux femmes. Le plus raté des chiots de la portée de Mère Nature, et cette mère sans entrailles, ne me protégerait pas si une balle des Black-and-Tans parvenait à son but... Et d'un autre côté, me dis-je non sans une amère ironie, je deviendrai peut-être très vieux. Solitaire? Non. Là-bas, au Nouveau-Mexique, j'avais de bons amis. De vrais camarades... Gene Rhodes, ce chic type; Long Sandy Maclaren, ce parfait copain; et Art O'Connor, mon associé. Et mes hommes, ici, dans le sud, ne m'oublieraient pas non plus, même à cent mille kilomètres de distance. Big Paudh Moran, fidèle comme un chien berger; Paddy Bawn, l'Homme tranquille; Sean Glynn, le tourmenté; Mickeen Oge Flynn, dont aucune femme ne pouvait briser l'austérité; Hugh Forbes, qui nous tenait tous d'une si chaude étreinte entre ses fermes mains... Hugh Forbes? me surpris-je à me demander. Serait-ce contre le Petit Homme Noir que Margaid MacDonald s'était brisée? Avait-elle découvert que son soi-disant idéal de l'Ecossaise aux cheveux roux n'était peut-être qu'un leurre cachant son besoin absolue de liberté?

« Par l'enfer! me dis-je. Je ne veux plus penser à tout cela. »

Je me couchai sur le dos et laissai errer mon regard dans les profondeurs du ciel. J'étais las, très las... mais je tiendrais bon. Là-haut, un nuage fin comme une plume glissait doucement en plein azur, et ses bords étaient touchés de rose par le couchant... Le temps aidant, peut-être deviendrais-je aussi détaché de tout que ce petit nuage flottant dans le bleu.

La botte de Paudh Moran me labourant les reins m'arracha à un rêve où je tenais la main d'un enfant.

— Où est la jeune fille?

Je me redressai et bâillai profondément.

— Elle est allée de ton côté... il y a un instant.

— Et elle est revenue vers toi... il y a une bonne demi-heure.

Je bondis.

— Par Dieu! Elle a filé!

Son panier gisait sur le talus, sa canne à pêche sur le gravier, mais elle s'était enfuie. Echappée! Je le sus, je le sus immédiatement, avec une certitude absolue. Et si je fouillai du regard les bords de l'Ullachowen, ce fut sans aucune conviction. A quelque cinq cents mètres plus bas, je pouvais voir son frère et Sean Glynn se déplacer lentement, mais Margaid MacDonald avait disparu... Revenant près de moi, elle m'avait trouvé endormi. Une chance s'offrait... Elle s'en était saisie et devait être sur le chemin de Castletown, le seul lieu où elle pût se rendre...

— Je parie qu'elle sera remontée là-haut, dit Big Paudh, optimiste.

— Au diable, tes paris! dis-je en le saisissant par l'épaule. (Il me fallait penser vite, sans m'attarder à des considérations sur les conséquences possibles de sa fuite.) Depuis combien de temps dis-tu qu'elle est partie?

— Une bonne demi-heure.

— File prévenir Hugh Forbes..

— Et si elle est là-haut?...

— Qu'elle y soit ou pas, reviens ici en vitesse... et suis la rivière jusqu'à Castletown, ou jusqu'à ce que tu me retrouves.

— Qu'est-ce que vous allez faire?

— Essayer de lui couper la route... Et maintenant, file! ajoutai-je en le poussant par l'épaule. Il se mit à gravir la pente de quelque cinq cents mètres qui conduisait à la demeure de Sean Glynn. En dépit de sa taille et de son poids, il était vif et rapide.

Au pied du mont Leaccamore, l'Ullachowen décrit une vaste courbe, et c'est sur cette courbe, à douze kilomètres de marche, que se trouve Castletown. Escalader l'épaulement escarpé de la colline raccourcit la route de trois bons kilomàtres, mais la marche y est dure à travers d'épais fourrés de fougères dissimulant des blocs de rochers et des talus glissants. Elle devait avoir suivi la route du bord de l'eau, qui, coupée de chicanes d'épines et de barbelés, n'était pas facile non plus. En marchant vite, elle pouvait être à Castletown en deux heures, et elle avait sur moi une demi-heure d'avance... Y arriverais-je? Je choisis le chemin qui enjambait la colline.

Je traversai la rivière à gué, enfonçant jusqu'aux cuisses, et m'élançai à l'assaut du Leaccamore...

Je ne ménageai pas ma peine au cours de cette randonnée. Fatigué au départ, mais tendu vers le but, je ne m'accordai qu'une seule halte, au faîte de la colline d'où l'on découvrait Castletown. La cavalcade des toits rouges baignait déjà dans les ombres du crépuscule, mais la croix d'or du clocher de Catholic Church brillait aux der-

niers rayons du soleil. Et moi-même, tout pantelant au milieu des bruyères, j'étais entouré
d'une splendeur pourprée.

J'explorai du regard les rives de l'Ullachowen,
au-dessous de moi, mais nulle silhouette ne se
mouvait sur le chemin déjà gagné d'ombre. Je
ne m'en étonnai point, car je savais qu'elle
rechercherait, autant que possible, l'abri des
buissons de noisetiers qui bordaient le chemin.

Lorsque, pour la seconde fois, je traversai la
rivière, j'étais si las, qu'une pierre, cédant sous
mes pieds, me précipita à genoux dans l'eau, les
mains en avant. Je me relevai et escaladai un
talus escarpé, débouchant à deux cents mètres
des dernières maisons de Castletown. Chose
curieuse, la plupart des bourgs campagnards
d'Irlande tournent le dos à la rivière. Un peu
plus haut, un massif pont de pierre, à trois
arches, d'un dessin très pur, enjambait la rivière.
Une allée-promenade, assez large, y aboutissait.

Castletown semblait une ville endormie, bien
que la nuit ne fût pas encore tombée. Seule, ici
et là, une mince colonne de fumée bleue sortait
d'une cheminée de brique. Pas d'amoureux sur
la promenade; pas de flâneurs appuyés au parapet du pont; pas de jardiniers amateurs dans les
petits jardins, à l'arrière des maisons. Mais je
connaissais la raison de ce calme singulier. La
police avait proclamé le couvre-feu, et tous les
citoyens devaient être rentrés chez eux au coucher du soleil.

Aucun signe, nulle part, de Margaid MacDonald. Si elle m'avait précédé dans Castletown, je ne pouvais plus rien faire. Si elle suivait encore le bord de la rivière, j'avais avantage à l'arrêter le plus loin possible de la ville. Là où je me trouvais, j'étais visible du pont, et si une patrouille de Tans le traversait, j'étais bon pour recevoir une balle dans la peau. D'ailleurs, il y avait des chances pour que les rives de l'Ullachowen fussent gardées de nuit, et je risquais, à tout instant, de me casser le nez sur une sentinelle; mais c'était un risque à courir.

A quelque distance de l'endroit où je me trouvais, un bouquet de mélèzes bordait le chemin. Je rassemblai mes dernières forces pour gagner son abri. Je courais sur le talus herbeux, et mes pieds ne faisaient aucun bruit.

A l'intérieur du bosquet, un banc rustique dominait le chemin, et à une extrémité de ce banc, une femme était assise. Un homme était penché sur elle, un pied posé sur le banc.

La femme n'était autre que Margaid MacDonold. L'homme, un grand gaillard en uniforme de Black-and-Tan. Son fusil était accoté au dossier du banc, et un long Webley émergeait de l'étui fixé à sa hanche.

La jeune fille se serrait contre l'accoudoir du banc; la peur et la colère se lisaient dans ses yeux, et sa poitrine haletait. Je n'eus pas de peine à deviner ce que demandait l'homme.

— ...Mais où est votre frère, dans ce cas?

Elle secoua la tête, en une dénégation désespérée.

— Non? fit l'homme. Vous ne savez pas encore qu'on doit répondre à la police?

Il n'y avait pas à se méprendre sur la menace contenue dans ces paroles...

C'est alors qu'elle me vit, par-dessus l'épaule de l'homme, et je sus qu'à cet instant elle était heureuse de ma présence. Elle ne laissa pas échapper le moindre signe, la moindre exclamation, montrant par là de quelle étoffe elle était faite. Mais une lueur dans ses yeux dut l'avertir, car le soldat tourna sur ses talons et sa main droite descendit vers la crosse de son revolver. Mais je fus plus rapide que lui.

— Haut les mains!

Je lui appuyai sur le ventre la gueule de mon automatique, et ses mains jaillirent comme en un réflexe instantané. Et à cet instant même, je le reconnus. Et je compris que lui aussi me reconnaissait.

C'était ce Garner qui m'avait frappé devant le bar de John Molouney. Et je vis que, tout comme ce jour-là, il était à moitié saoul.

— T'étais donc bien un Shinner, sale cochon! me lança-t-il.

Je respirais fort, et mon bras tendu pressait l'arme contre son flanc. Des tressaillements parcoururent ses joues, d'une pâleur de craie, et une lueur de folie s'alluma dans ses yeux noirs.

— Tire, salaud! Tire donc!

Il n'attendait de moi aucune pitié.

— Plus haut! dis-je, car j'avais vu ses mains bouger.

— Tire donc... finis-en! J'en ai marre, de tout! Je savais que je ne pouvais l'emmener, mais je ne pouvais non plus me décider à le tuer devant une femme. Je pris brusquement la décision de taper dessus, mais il fut plus prompt que moi.

— Je vais t'aider!

Et sa main gauche frappa mon poignet. J'aurais dû appuyer sur la gâchette, et cependant je n'en fis rien. Je suppose que dans mon subconscient, fier de ma force, j'imaginais pouvoir venir facilement à bout de ce type à moitié saoul et à moitié fou. Peut-être aussi quelque démon en moi souhaitait de lui servir la monnaie de sa pièce. Ma main gauche saisit son poignet droit avant qu'il ait pu s'emparer de son revolver, et nous nous trouvâmes l'un devant l'autre, torse contre torse.

Et c'est alors que je compris mon erreur. Il était plus fort que moi, possédé de la double frénésie de l'ivresse et de la folie. Je regardai pardessus son épaule et vis que Margaid MacDonald était toujours blottie à l'extrémité du banc.

— Partez! Il m'a eu! Vite!

Un instant après, j'étais à terre, et lui par-dessus moi. Je parvins à me dégager et à le terrasser, mais il rétablit la situation et fut de nouveau sur moi. Je savais qu'il m'aurait, mais je voulais donner à la jeune fille le temps de fuir.

— T'auras ton compte, cette fois, espèce de...

Et je sentis son bras droit se tendre.

L'esprit galvanise parfois le corps, même si le corps se révolte. Le mot ignoble qu'il venait de proférer devant une femme me rendit aussi fou de colère que lui...

Je ne me souviens pas très bien de ce qui se passa au cours des minutes suivantes, mais je m'aperçus, non sans étonnement, que je me défendais mieux que je ne pensais... J'avais toujours le dessous, mais une de mes épaules, venant s'appuyer à une racine en saillie, y trouva un levier qui me permit de lui flanquer, en plein estomac, un solide coup de genou. Cela m'aida à égaliser, et je découvris au bout d'un moment qu'il n'était pas si fort que ça, ou que je l'étais plus que je ne pensais.

Et brusquement, son énergie, toute factice, l'abandonna. Il devint mou comme une poupée d'étoffe. Je le retournai, le frappai trois fois en plein visage, lui arrachai son revolver et me relevai. Puis je lui flanquai un rude coup de botte dans les reins.

— Debout!

Il se redressa d'abord sur les mains et sur les genoux, puis se leva enfin, tout vacillant.

— Décampe! criai-je en pressant contre son côté son propre revolver.

Il n'y avait plus en lui ni fureur, ni folie. Ce n'était plus qu'un pauvre type à la bouche enflée et saignante, et qui avait très peur de mourir.

— Décampe, je te dis! criai-je plus fort.

Il s'élança hors du bouquet de mélèzes et détala dans le sentier. Je le suivis un moment du regard, jetai les armes dans un fourré et me retournai.

Margaid MacDonald était toujours là, debout et toute tremblante, autant probablement de la peur qu'elle avait eue que de la fatigue de la course. Elle fit un effort pour se ressaisir et m'adressa un pâle sourire.

— Il a bien failli vous avoir, me dit-elle, son vieil esprit critique ne perdant pas ses droits.

— En tout cas, je vous remercie de votre aide, ripostai-je avec ironie.

Je ne sentais plus la fatigue, trouvant en moi des réserves de force insoupçonnées. Et malgré ma respiration haletante, j'éprouvais un curieux bien-être. Je marchais droit sur ma prisonnière.

— Et maintenant, vous allez me suivre, Margaid MacDonald.

Elle me jeta un vif regard, puis secoua la tête en une énergique dénégation.

— Nous ne sommes pas en sécurité ici... pour le moment, dis-je.

— Je ne vous suivrai pas, dit-elle, affectant un calme qu'elle était loin d'éprouver.

— Mais...

— Mais comprenez-moi! Je ne peux pas retourner là-bas! Pas après m'être enfuie!

Son calme l'avait définitivement abandonnée.

— Très bien, dis-je. Dans ce cas, donnez-moi votre parole que...

— Je vous en prie... je vous en supplie, Owen! Ne me demandez rien... J'ai peur!

Une lente colère montait en moi.

— Peur? Et de quoi?

— Oh! je ne sais pas. Je veux rentrer chez moi.

— Allons, venez! Ne tardons pas davantage.

Elle me regarda, l'air désespéré.

— Non pas généreux, mais raisonnable. Non pas compatissant, mais juste. Cet homme, vous ne l'avez pas tué, mais vous ne l'avez pas épargné non plus. Et maintenant... Très bien! Je refuse de vous suivre.

— Dans ce cas, je vous porterai, dis-je avec rage, car cette fois la colère me tenait.

Quelque chose de furtif dans son regard me fit comprendre qu'elle envisageait de fuir; mais déjà ma main saisissait fermement son bras, au-dessus du coude. Elle lutta pour se dégager, et je dus utiliser mon autre main.

— Je ne veux pas... je ne veux pas!

Il me fallait la maîtriser. Pour ne pas déchirer ses vêtements, je dus la prendre dans mes bras. Je la sentis ferme et souple comme un fleuret. Et en dépit de moi-même... je la serrai contre moi. Mes bras se resserrèrent autour de son torse. Elle rejeta la tête en arrière et me regarda droit dans les yeux. Une rage folle me saisit.

— Vous n'aimez pas que je vous touche? Non? Parfait!

Et, me penchant sur elle, je l'embrassai longuement sur la bouche. Je la sentis faiblir dans mes bras, et relevai la tête.

— Grande brute!

— Parfaitement! dis-je.

Et, la soulevant, je m'élançai sur le sentier, entre les troncs fins des mélèzes.

Elle ne se débattait pas et, sans baisser les yeux sur elle, je sentis qu'elle me regardait avec stupeur. Je fouillai le chemin du regard, me sentant animé d'une force surnaturelle, et à ce point exaspéré que je ne savais plus ce que je faisais.

Nous étions arrivés dans un passage découvert. Je me donnai pour but une haute haie d'épines qui formerait un abri suffisant. Serrant les dents, je m'y dirigeai, malgré les crampes qui me tenaillaient les bras.

J'y parvins, les bras rompus, le dos douloureux, et me disposais à déposer mon fardeau, lorsque, dans un bruit de branches cassées, une haute silhouette apparut entre deux buissons.

Je poussai une exclamation malsonnante et lâchai la jeune fille, qui glissa sur l'herbe à mes pieds.

— Jésus! s'exclama Big Paudh Moran.

A son tour, Paddy Bawn Enright émergea de la haie.

Tous deux haletaient comme des chiens courants.

— Marie, Mère de Dieu! Elle est blessée? cria Paddy Bawn.

— Non... têtue. A votre tour de la porter.

— Je préfère marcher, dit la jeune fille en se levant d'un bond.

— Vous n'êtes rien d'autre qu'un affreux païen, Owen Jordan, me dit Paudh d'un air convaincu.

Il nous fallut plus de deux heures pour revenir à la demeure de Sean Glynn, et pendant la dernière heure, notre révoltée ne fut que trop heureuse de s'appuyer lourdement au bras robuste du grand Paudh. Quant à moi, elle ne m'accordait pas la moindre attention.

Tandis que nous cheminions, la grosse cloche de l'église catholique de Castletown se mit à sonner, et, portés par le vent, nous parvinrent par bouffées des cris et des exclamations.

— Une alarme? murmura Margaid.

— Les Tans qui font des leurs, dit Big Paudh. Vous en faites pas, ils ne s'écartent jamais beaucoup de la ville, à la nuit.

Paddy Bawn, qui marchait près de moi, me lança un rapide regard, et j'y répondis par un signe de connivence.

— Je l'aurai enfin, mon petit coin tranquille, me dit-il entre haut et bas.

Entendre sonner les cloches nous avait donné à tous deux la même idée.

Il faisait nuit lorsque nous arrivâmes. Une tiède nuit d'été qu'argentait la lune, aux trois quarts pleine, montant doucement au-dessus du mont Leaccamore. Quelle ne fut pas notre stupeur, comme nous gravissions la dernière pente, de voir que toutes les fenêtres en façade de la vaste ferme étaient illuminées. Des flots de lumière jaillissaient de la porte de la cuisine, grande ouverte, et se répandaient sur le jardin. Puis le son d'un accordéon nous parvint, jouant une gigue endiablée que scandaient les pas des danseurs.

— Jésus ! Hugh Forbes est devenu fou ! s'exclama Big Paudh d'un ton terrifié.

Ce fut Hugh qui nous accueillit au portail.

— Par Apollon et ses lauriers! s'écria-t-il gaîment, vous ne connaissez pas la nouvelle?

— Nous avons entendu sonner les cloches, lui dis-je.

— Mais oui, la trêve est proclamée. John Molouney nous a apporté un télégramme de Dublin, il y a une heure. C'est la paix, mes enfants, la paix!

Et voilà. Tout ce qui s'était passé ce soir n'avait été qu'un effort inutile! Au diable!... La voix de Margaid MacDonald me sembla venir de très loin :

— Où est mon frère? demandait-elle.

— Il est parti en voiture avec John et Sean Glynn. Ils étaient très contrariés de votre escapade.

— Pourrais-je rentrer à Castletown ce soir... master Forbes?

Il y eut un assez long silence, puis Hugh dit d'une voix calme :

— Oui. Sinon, votre frère se ferait du souci. Je vais dire à Paddy Bawn d'atteler le poney. Mais rentrez manger quelque chose avant de partir.

Ils remontèrent le sentier entre les buissons de ronces, mais je restai en arrière, la main posée sur le portail. Après réflexion, je le refermai de l'extérieur et me dirigeai vers un banc rustique placé en contre-bas et fait d'une planche posée sur deux blocs de pierre. Je m'y assis et me mis à contempler la vallée de l'Ullachowen, nacrée sous le ciel de cette nuit d'été. La rivière miroitait sous la lune, et les hautes collines s'élevaient, massives et noires. La musique de danse me parvenant de la maison ne troublait

le calme qu'en surface, et le cri d'un râle de
genêt, là-bas, dans la prairie, faisait partie de ce
calme.

Cet épisode de ma vie était donc terminé. Vidé,
nettoyé, et on n'en parlerait plus, ni dans ce
monde, ni dans l'autre. Je ne reverrais jamais
Margaid MacDonald. Et c'était mieux ainsi. Son
arrivée, son séjour parmi nous, son départ
n'étaient que des incidents minimes dans cette
terrible guérilla contre les Black-and-Tans... et
cette guérilla elle-même n'était qu'un incident
dans un ensemble de faits. Dans un an, dans dix
ans, dans vingt ans, la vie — maudite soit-elle
— continuerait comme par le passé. Ainsi va la
vie... Je retournerais au Nouveau-Mexique —
j'emmènerais avec moi Big Paudh Moran — et
là-bas, je monterais à cheval, je raccommoderais
des clavicules brisées, j'irais chasser le cerf avec
Sandy Maclaren et Mose Lynn, et à la pêche avec
Art O'Connor, mais... mais je n'élèverais pas de
fils pour continuer la lutte... Cependant, même
de cela je ne pouvais être sûr... et quand j'arriverais de l'autre côté, les trompettes ne sonne-
raient pas pour moi.

Une ombre, s'allongeant sur le sol, m'arracha
à cette profonde méditation. Margaid MacDonald, debout devant moi, me regardait. Je me
levai avec lenteur, regrettant sa venue.

— Hugh Forbes m'a envoyée vous dire au
revoir, me dit-elle de sa voix grave.

— Au revoir, Miss MacDonald, dis-je sans oser

lui tendre la main. Je regrette de vous avoir manqué de respect.

Elle se tenait tout près de moi, les yeux levés sur les miens, et elle se tut longuement. A la pâle lumière de la lune, son visage m'apparaissait d'une émouvante fragilité... et tellement adorable!

— Pourquoi m'avez-vous portée.. et embrassée ainsi? me demanda-t-elle.

Cette question simplement posée, demandait une réponse simple. Mais à quoi bon? Et pourquoi cherchait-elle à me faire parler. La colère resurgit en moi.

— Je ne regrette rien, dis-je fermement. Je veux bien être damné si je regrette quoi que ce soit! Et si c'était à refaire... je le referais. Par Dieu! Ne comprenez-vous pas... ne comprenez-vous pas ce que vous avez fait de moi?

Elle se détourna et se laissa tomber sur le banc, comme si brusquement ses genoux se dérobaient sous elle. Je la regardais fixement.

— Asseyez-vous là, près de moi, dit-elle doucement en me désignant la place à ses côtés.

A quoi tout cela servirait-il? Certes, elle se montrait bonne, compatissante, et toute indulgence pour moi. Bon! Autant en finir. Je m'assis, d'un air maussade. Elle resta longtemps immobile, contemplant la vallée, les collines, ce petit univers fermé, si limité et si vaste à la fois, la tête très droite... d'une fierté de reine.

— J'aurais dû comprendre, là-bas, quand vous

m'avez dit de fuir... à cause de cet homme. Et voulez-vous que je vous dise? J'avais beau jurer entre mes dents comme un troupier, j'ai trouvé très agréable de me laisser porter par vous. C'est mal, hein?

— Affreux!

— Je me demande... Tenez-vous vraiment tant que ça à moi?

— Oh! non, pas tant que ça! dis-je avec irritation. Je m'en remettrai dans un jour ou deux... ou dans vingt ans!

— C'est donc pour ça que vous étiez un vrai ours mal léché depuis quelque temps?

— Vous n'étiez pas vous-même d'une humeur de rose!

— Bizarre, hein? Et vous n'avez pas établi de rapport entre la cause et l'effet?

La voix de Paddy Bawn nous parvint du seuil de la cuisine :

— Miss MacDonald... Miss MacDonald!

— Une minute, Paddy Bawn! cria-t-elle à son tour.

— Le poney est attelé et prêt à vous ramener à Castletown, lui rappelai-je.

— Le cercle est refermé, dit-elle d'une voix calme, mais vous et moi sommes dedans. Je ne pars pas.

— Non?

— Non. Ecoutez-moi, pauvre idiot! Tête de mule! (Appuyant ses mains longues sur mon

épaule, elle m'obligea à me pencher sur elle...)
Laissez-moi vous dire quelque chose à l'oreille.

Mais ce qu'elle murmura est un secret qui
n'appartient qu'à moi.

Une minute plus tard, Hugh Forbes descendait le sentier et nous découvrait dans notre
cachette.

— Mes pauvres amis! dit-il d'un ton de pitié
profonde.

— Merci, Hugh, dit Margaid simplement.

— Merci, dites-vous! Et moi, je dis : que diable! J'attends cinq minutes en me morfondant;
j'en attends dix et je bois un whisky solitaire;
j'en attends vingt, en vous maudissant tous les
deux en long et en large; et pour finir, j'envoie
Paddy Bawn à Castletown, prévenir Archie que
vous êtes en sécurité ici... Et me voilà réduit à
faire toute la route jusqu'en Ecosse, et, qui sait,
peut-être n'y trouverai-je pas de femme aux
cheveux roux.

— Vous la trouverez, lui promit Margaid.

— Voyons, Hugh, vous ne pouvez pas gagner
à tous les coups, ajoutai-je.

— Ne faites pas attention, Hugh, c'est la faim
qui le rend méchant. Il ira mieux quand il aura
dîné.

Et voilà pour mon histoire.

DEUXIÈME PARTIE

———

LE SOLITAIRE DE LEACCABUIE

CHAPITRE PREMIER

Peut-être n'aurais-je pas rendu visite à Sean Glynn, sans ce vent d'est qui, jour après jour, balayait Princes Street dans toute sa longueur. Trois années passées dans les Tropiques m'avaient appauvri le sang, et le souffle glacial de la mer du Nord me transperçait jusqu'à la moelle. Une semaine avant Noël, je décidai que j'en avais assez et plus encore.

De plus, je me sentais solitaire à Edimbourg. Ma sœur unique, Margaid, avait épousé le Dr Owen Jordan et vivait au Nouveau-Mexique, dans la ville d'Alamagordo, à je ne sais combien de milliers de kilomètres de l'Ecosse. Et la pêche au saumon ne commencerait pas avant six semaines. Je venais justement de recevoir une lettre de Margaid. Après quatre pages de détails sur les faits et gestes de son fils de deux ans, qui répondait au nom étonnant de Patrick

Archibald Jordan, et l'échec cuisant qu'avait imposé à son mari et à Big Paudh Moran un cerf particulièrement malin — Jésus, ma'ame! il était grand comme une maison et ses bois ressemblaient à un buisson de houx... — elle terminait ainsi :

« N'as-tu jamais de nouvelles de Sean Glynn, de Leaccabuie?... Tu ne me parles jamais de lui! Owen se fait du souci à son sujet. Hugh Forbes nous écrit, sans se compromettre, que « Sean Glynn se porte bien et que son domaine est prospère » — comme si rien d'autre ne comptait — et Mickeen Oge Flynn ne nous a pas écrit depuis qu'il s'est enfui de ce camp d'internement où l'on retenait encore les Irlandais les plus bouillants... Sean a-t-il épousé cette charmante fille, Joan Hyland, ou cette triste histoire Kierley les a-t-elle définitivement séparés? N'oublie pas de répondre à toutes mes questions. Tu y manques le plus souvent, et tu continueras d'oublier aussi longtemps que tu ne seras pas en puissance d'une épouse qui se chargera de ton courrier... comme je me charge de celui d'Owen... Qu'en penses-tu?... Sais-tu qu'Owen a écrit le récit de notre rencontre? Le vaniteux personnage!... Dès que j'en aurai le temps, je t'en taperai une copie... A ce propos, Art O'Connor, l'associé d'Owen, visitera le vieux continent l'année prochaine. Tu le rencontreras peut-être. C'est un pêcheur-né, lui aussi, et ce type très particulier : l'Irlandais américanisé qui se moque du déclin des Celtes... et qui a besoin d'une bonne leçon... »

Une « épouse »! Qu'ils aillent tous au diable, avec leur « épouse »! Pourquoi faut-il que les femmes ne rêvent que de vous marier? Mais en lisant cette lettre, je me fis la réflexion que l'Irlande n'est pas désagréable en hiver — on y chasse le coq de bruyère et la bécassine — et que le climat y est salubre et doux. Oui, ce ne serait peut-être pas une mauvaise idée; et je serais de retour assez tôt pour inaugurer la pêche au saumon à l'étang de Red Craig, sur le Findhorn.

Je télégraphiai donc à Sean Glynn, dans les termes qu'autorisait l'étroite amitié qui existait — ou avait existé — entre nous :

Aimerais passer la Noël dans le Munster. Stop. Cherche quelqu'un qui m'invite. Archibald MacDonald.

Je reçus cette réponse laconique :

Etes cordialement invité Leaccabuie. Stop. Ne tardez pas. Sean Glynn.

La brièveté de ce télégramme ne me plut qu'à moitié. Le Sean d'autrefois m'avait habitué à mieux. Il aurait d'abord maudit mon origine écossaise, déploré la rareté des dindes et du véritable whisky de malt, m'aurait recommandé de me munir de cartouches — du n° 8 pour les coqs de bruyère — donné un tuyau pour frauder à la douane, et finalement m'aurait proposé de venir m'attendre à Dublin pour une nuit de bombe.

Cependant, je me rendis immédiatement à sa demande, et je sais maintenant que j'eus raison de le faire. Mais peut-être aurais-je hésité, si j'avais su à quel point le voyage était long par le train jusqu'à Leaccabuie. Il est vrai que j'avais déjà parcouru la même route, mais c'était dans un convoi militaire, pendant la guerre des Black-and-Tans, et le risque était suffisamment grand pour me tenir en haleine. Habitué à la mer, la traversée de Glasgow à Dublin me parut peu de chose. J'allai me coucher à la sortie de l'estuaire de la Clyde et m'éveillai le lendemain matin, alors qu'une mer assez dure frappait contre le phare de Bailly, à l'entrée de la baie de Dublin. Le trajet, de Dublin à Ballagh, n'eut rien non plus de particulièrement ennuyeux. Le train, bien chauffé, comportait un wagon Pullman, et ne s'arrêta que trois fois. Mais lorsque je montai, à Ballagh, dans le petit tortillard local, mon voyage parut perdre tout but et toute signification.

Rien dans le paysage hivernal ne retenait le regard, que des prés jaunâtres se déroulant sous la pluie jusqu'à l'horizon. Et déjà la nuit tombait lorsqu'apparurent les premières collines du sud-ouest. Tout ce que je pus discerner, fut que leurs têtes chauves avaient presque toutes un chapeau de neige. Tous les quatre ou cinq kilomètres — et j'en avais une centaine à parcourir — le train s'arrêtait dans une petite gare, s'y attardait sans raison apparente et se livrait à de bruyantes manœuvres. Autant que je pus m'en rendre compte, personne n'y montait ni n'en descendait; et pourtant, à chaque gare des gens ve-

naient attendre le train : jeunes gars flânant sous
la faible lumière des lampes à huile, et jeunes
filles se tenant par la taille et longeant le convoi
tout en inspectant avec intérêt les rares voyageurs. De calmes et jolies filles, pour la plupart,
qui souriaient rarement. Et je remarquai que les
gars flânant sous les lampes ne leur accordaient,
en apparence, aucune attention.

Il n'y avait guère de confort dans le compartiment de première classe que j'occupais, et que
prétendaient chauffer des espèces de bouillottes
à peine tièdes. Mais je l'occupais seul. Enveloppé
dans ma pelisse, nanti de deux couvertures, je
pus m'étendre à mon aise et fumer la pipe en me
livrant à toutes sortes de réflexions. Et ce fut
surtout à Sean Glynn que je pensai, car, pour
dire la vérité, je me faisais du souci à son sujet
et je savais que, tôt ou tard, je devrais aller au
fond des choses.

Sean Glynn est certainement mon meilleur
ami — et Dieu sait pourtant que j'en ai d'excel-
lents. Cependant, je n'avais pas eu un mot de
lui depuis deux ans. Il avait passé sa jeunesse
en Ecosse, et nous avions fréquenté ensemble
l'Université d'Edimbourg. Nous avions également campé, pêché, chassé ensemble — et même
un peu braconné, pour être franc — dans le sau-

vage comté de Moray. Etant tous deux de race
gaélique, nous avions appris à nous bien connaître. Devenu soldat de carrière, j'étais parti à la
guerre. Sean, à la mort de son père, abandonna
sa profession de journaliste pour retourner dans
son Irlande natale, y vivre la vie d'un gentleman-farmer en exploitant un vaste domaine. Et
lui aussi se battit pour son idéal et pour la liberté.
Non pas pour la Grande-Bretagne, mais contre
tout ce que représentait l'Angleterre en Irlande.

La Grande Guerre terminée, mon régiment
fut envoyé dans le Munster, pour aider la Police
Militarisée — les Black-and-Tans — à juguler
l'Armée Républicaine Irlandaise — les Sinn-Fei-
ners. Un sale boulot, salement conçu, salement
exécuté, et tout soldat honnête ne pouvait
qu'être honteux d'y participer. Par une coïncidence qui n'avait rien de tellement extraordinaire, ma compagnie, les Seaforth Highlanders,
ayant été envoyée sur le domaine de Sean Glynn,
nous renouâmes notre vieille amitié. En apparence le plus paisible des propriétaires terriens,
que ses affaires appelaient dans tous les bourgs
où se tenaient des marchés agricoles, Sean Glynn
était en réalité un des principaux agents secrets
de l'Armée Républicaine dans le sud de l'Irlande.
Je n'étais pas supposé le savoir. Je n'en avais
d'ailleurs aucune preuve, mais connaissant mon
Sean Glynn comme je le connaissais, je ne doutais pas qu'il ne se trouvât au cœur même de la
lutte... Je ne raconterai pas ici comment ma passion de la pêche m'amena à être fait prisonnier

par Hugh Forbes et sa colonne mobile, les deux mois pleins d'intérêt qui s'ensuivirent pour Margaid et moi avant la proclamation de la trêve... Ni comment, ayant retrouvé notre liberté, nous en profitâmes, ma sœur pour épouser Owen Jordan, et moi pour partir aux Indes avec mon régiment.

J'avais vu Sean Glynn pour la dernière fois à la gare de Castletown, où il était venu me dire au revoir. Je le trouvai mélancolique, et ceci depuis plusieurs jours. Afin d'alléger l'atmosphère, je me penchai à la fenêtre de mon compartiment et lui dis :

— Vous serez un type marié et posé, la prochaine fois que je vous reverrai... hein?

— Oh! Que le diable emporte toutes les femmes! me répondit-il aigrement.

Tout en souscrivant de tout cœur à cette déclaration, je n'en fus pas moins surpris, car Sean Glynn était fiancé avec Joan Hyland, une charmante et jolie fille habitant un domaine voisin.

C'est alors que se place la brève enquête que suscita le scandale particulièrement pénible de l'affaire Kierley. Les chevaux et l'alcool, les femmes et les chansons, et l'argent britannique coulant à flot, rien ne manquait à cette affaire, car les Irlandais n'y vont pas de main morte dans les questions de trahison et de scandale. Or, Sean Glynn y fut incontestablement mêlé. Il fut établi que Nuala Kierley et lui avaient passé la nuit ensemble au « Rowton Hotel » de Dublin, que le lendemain Glynn avait emmené cette femme dans sa ferme de Leaccabuie, où elle était restée une semaine. (Je l'avais aperçue moi-même à l'hôtel de Lough Aonach, à la faible lueur d'un feu de tourbe, et j'en gardais encore le souvenir.) A la fin de cette fameuse semaine, Martin Kierley, le mari de Nuala, se noya dans l'étang de la Fille-aux-Cheveux-roux, près de Lough Aonach. L'enquête qui suivit ne fit qu'aggraver le scandale, car ni les autorités britanniques, ni les autorités irlandaises ne voulurent s'en mêler. De toute façon, l'enquête tourna court et aucune sanction ne fut prise.

J'étais à ce moment-là à notre dépôt de Fort George, me préparant à partir pour les Indes. J'écrivis à Sean un mot de congratulation... et de commisération. Il laissa passer plus de temps que d'habitude et m'envoya le bref billet suivant :

« Merci pour vos congratulations, mais je ne les ai pas méritées... et vous semblez le savoir, vieux limier au nez fin! Vous avez raison, mon fils! J'en ai fini avec les femmes... toutes les femmes. Ma famille s'éteindra avec moi. J'avais cinq oncles, et me voilà le dernier des Glynn. Mais — Dieu et le diable le voulant — je choisirai ma façon de m'éteindre, et, par Dieu, je ne me laisserai détruire par aucune femme! »

Et c'était là la lettre d'un homme fiancé à la jeune Joan Hyland, du temps que l'Irlande luttait pour sa liberté!

Ce fut la seule lettre que je reçus de lui. Je partis pour les Indes, d'où je lui écrivis au moins trois fois. Mais jamais je ne reçus un mot en réponse.

Et maintenant, je venais à Leaccabuie pour voir de mes propres yeux ce qui clochait... car j'étais sûr que quelque chose n'allait pas. Je ne disposais que de deux éléments : l'affaire Kierley et la rupture des fiançailles de Sean avec Joan Hyland. J'avais d'ailleurs l'impression que ces deux éléments étaient inextricablement mêlés... Mais quels que fussent les faits, quelque chose était arrivé à mon ami, qui avait radicalement transformé son ancienne conception de la vie, pleine d'humour et de santé, lui avait fait rejeter l'amour, repousser l'amitié, et l'avait entraîné sur une route étrange et dangereuse. S'il le fallait, je m'engagerais avec lui sur cette route, car que ne ferait pas un homme pour aider un ami... et si je ne lui faisais pas de bien, j'espérais au moins ne pas lui faire de mal.

Et c'est ainsi que je m'abandonnais à mes pensées, tandis que le petit train s'enfonçait, en musant, entre les hautes collines.

Le chef de train entre-bâilla la porte et avança la tête :

— Nous arrivons à Leacca, sir. La prochaine station.

— Dieu soit loué!

— Certainement, sir... certainement fit-il d'un ton conciliant.

Et il claqua la porte avec hâte, comme si le train devait repartir aussitôt. Puis je l'entendis s'adresser au chef de gare :

— Ce qu'il compte trouver à Leacca, pour louer le Seigneur, j'me l'demande bien!

Tous deux pouffèrent. Cinq minutes encore s'écoulèrent, puis le train repartit.

Bien que je lui eus télégraphié de Dublin l'heure de mon arrivée, Sean Glynn n'était pas à la gare pour m'accueillir, et ce léger manquement à l'amitié me peina, en dépit de tout raisonnement. Je descendis sur le quai endormi et le fouillai du regard, mais apparemment personne ne m'attendait. Je me sentis brusquement très seul, car cette petite gare mal éclairée n'était rien de plus qu'une bicoque en plein désert, et dans l'obscurité environnante je n'apercevais pas la moindre trace, le moindre signe d'habitation. Cependant, de cette obscurité même sortirent des ombres, comme attirées par la lumière. Trois ou quatre gars se groupèrent bientôt sous un lampadaire à huile, tandis que deux filles du pays, se tenant par le bras, m'examinaient avec un tranquille intérêt.

Mes couvertures sous le bras, je me dirigeai vers la sortie, sous le regard attentif des garçons groupés sous la lampe. Ce fut peut-être notre communauté de race qui me fit deviner qu'ils ne me considéraient pas comme un anonyme voyageur, qu'ils s'intéressaient à moi, qu'ils n'ignoraient ni mon identité, ni ma destination. Mais je ne m'en formalisai pas, car j'avais vécu assez longtemps dans le sud pour comprendre ses habitants. Et de me sentir reconnu, me délivra de ma solitude.

Comme je m'approchais du groupe, un homme s'y fraya son chemin sans cérémonie et leva la main dans un salut à demi militaire... un homme de taille moyenne, en culotte de cheval, guêtré, le torse à l'aise dans une veste de gros tweed.

— Commandant MacDonald?

— Oui, dis-je en m'arrêtant en face de lui.

— La voiture est devant la gare, commandant. Sean Glynn m'a chargé de vous recevoir.

— Mais... n'êtes-vous pas Paddy Bawn Enright?

— Tout juste, sir.

Nous échangeâmes une chaude poignée de mains.

Je l'avais reconnu tout de suite... à ses yeux clairs enfoncés sous d'épais sourcils et au visage figé et curieusement immobile de boxeur. Il avait été l'un des meilleurs éléments de la colonne mobile de Hugh Forbes. Ses amis l'appelaient, avec un mélange d'ironie et d'affection, « l'Homme tranquille », car, après avoir passé une dizaine d'années aux Etats-Unis et y être devenu boxeur professionnel, il était revenu au pays, avec l'idée de trouver un coin tranquille où s'installer... et ne l'avait pas trouvé... du moins pas à ma connaissance.

— Et comment va Sean? dis-je sans appuyer.

— Bien, sir! Oui... très bien! Une minute, je vous prie. Je vais chercher les bagages.

Il s'éloigna du pas rapide d'un homme actif et vigoureux, une épaule légèrement soulevée. Et en l'attendant, je retins un sourire. Oui. je les connaissais bien, mes Irlandais du Sud. Paddy Bawn, chargé de m'accueillir, s'était d'abord dissimulé derrière le petit groupe massé à l'entrée, afin de m'observer tout à son aise, de corriger ses impressions et de constater les changements que m'avaient apportés les années. Et d'autre part, en me répondant que Sean Glynn allait bien, très bien, il avait réussi à m'informer, par quelque subtile intonation, qu'il n'en était rien.

Il revint vers moi, une valise à chaque main, mon étui à fusil sous le bras, et passa sous l'arche qui menait à la cour de la gare. Les hommes massés à l'entrée s'écartèrent avec empressement et l'un d'eux me dit, d'un ton cordial :

— Heureux de vous r'voir, mon commandant! On vous souhaite la bienvenue!

Je ne me sentais plus étranger au milieu d'eux.

Je cherchai des yeux l'auto et n'en trouvai pas. La voiture consistait en une charrette irlandaise, un « side-car » comme on les appelle dans le Munster, attelé d'un petit poney à la crinière emmêlée, aux pattes fines. Un gamin le tenait par la bride, bien qu'il me parût doux comme un mouton.

— Tu es un bon p'tit gars, Jurreen! Il n'a pas essayé de filer?

— Sûr, mais je l'ai pas laissé faire, fit le petit d'une voix chantante.

Tandis que je montais dans le léger tonneau, Paddy Bawn empilait les bagages à l'arrière. Puis, revenant auprès de moi, il m'enveloppa adroitement dans mes couvertures.

— Tiens-le bien, par le diable, Jurreen! recommanda Paddy Bawn en sautant sur le siège, à mes côtés.

Mais je remarquai une fois de plus, non sans un secret amusement, que le poney ne bronchait pas.

— Tiens, petit, dis-je à l'enfant en lui tendant un shilling.

— Merci, sir... Dieu vous le rende!

— Vas-y, mon beau!

Je m'agrippai à la barre, mais le poney tourna docilement et, quittant la cour de la gare, s'enfonça dans la nuit. La charrette n'était éclairée que du côté droit, par une lanterne à chandelle, d'un très vieux modèle. L'opacité d'une nuit d'hiver se referma sur nous et, à la faible lueur de la lanterne, je pus tout juste deviner que nous avancions sous une sorte de tunnel formé de branches entrelacées au-dessus de nos têtes, et que la route montait vers les collines.

Le poney allait au pas et je ne percevais pas d'autre bruit, par cette nuit sans vent, que le roulement assourdi des roues caoutchoutées et le clic-clac des sabots ferrés. Je remarquai pour la première fois combien il est difficile de distinguer le bruit d'un cheval au pas de celui d'un cheval au petit galop. Paddy Bawn ne semblait nullement pressé d'arriver. Je m'adossai confortablement contre la banquette et lui demandai :

— Combien de kilomètres jusqu'à Leaccabuie? Cinq ou six?

— Six, sir... et le pouce. Dès que nous aurons gravi la colline, le poney ira bon train.

J'aimais sa voix, forte, un peu épaisse, avec d'amusantes pointes d'accent américain.

— C'est ennuyeux que Sean Glynn ne soit pas très bien, dis-je comme si la chose m'était bien connue.

— Pas bien! Seigneur! Il est plus vif qu'une ablette... vous vous en assurerez vous-même, commandant.

Impossible de mettre en doute la sincérité de sa réponse. Elle m'apprit ce que je désirais savoir... que physiquement, tout au moins, Sean Glynn se portait bien.

— Vous vivez à Leaccabuie?

— Oui, je suis en quelque sorte le régisseur de Sean Glynn... pour le moment.

— Ah! je comprends. Et dites-moi, ce fameux coin tranquille... vous savez bien, ce coin tranquille où vous deviez vous retirer un jour?

Paddy Bawn se pencha vers moi et me dit d'un ton confidentiel :

— Il m'attend, commandant... il m'attend depuis longtemps, mais je ne peux pas quitter Leacca. Cependant, la miséricorde divine est grande et... je suis bougrement content que vous soyez venu, mon commandant.

— Vraiment, Paddy Bawn?

— On a besoin de vous, ici.

Il ne m'en dit pas davantage. Il désirait que j'arrive moi-même à mes propres conclusions. Mais il venait de me faire comprendre fort clairement qu'un sentiment de devoir et de loyauté le retenait à Leacca, et qu'il comptait sur moi pour jouer le rôle de la Providence.

Nous arrivions en haut de la côte, à découvert. Le poney s'anima. Paddy Bawn, qui n'avait pas de fouet, l'effleura des rênes, et la bête partit, souple comme une anguille. Je m'y connais en trotteurs, mais je dois dire que ce poney ébouriffé me surprit. Je ne pouvais voir ses pattes dans l'obscurité, mais je sentis qu'il ne levait pas les genoux, mais les courbait souplement de cette manière aisée qui avale les kilomètres. Je m'enroulai dans ma couverture, relevai le col de ma pelisse et me laissai bercer par ce mouvement de roulis si plaisant dans un « side-car » bien équilibré.

— Il est formidable! criai-je à Paddy Bawn.

— Pas mauvais. Il me conduit à Leacca en un quart d'heure quand je suis pressé.

— Pas dans l'obscurité?

— Oh! la route est aussi sûre qu'un lit de plume...

A ce moment-là, je constatai que la nuit n'était pas vraiment froide — rien de comparable à ce froid pénétrant qui nous vient de la mer du Nord — mais fraîche et vive, comme peut l'être l'eau de la mer au mois de juin. La route filait

vers l'ouest en serpentant sur la crête nord d'une
large et profonde vallée qui s'étalait à nos pieds,
constellée de lumières. Barrant la vallée, s'élevait une haute colline, au sommet de laquelle
brillait doucement un champ de neige, sous un
ciel criblé d'étoiles et d'un vert extraordinaire.
Des nuages passaient sur ce fond vert, lui donnant une mystérieuse perspective et une profondeur marine.

— Très habitée, cette contrée? fis-je.

— Oui, la terre est bonne dans la vallée de
l'Ullachowen. Ce sera beau, demain soir, quand
tous les cierges de Noël seront allumés!

— Les cierges de Noël?

— Mais oui. Vous n'avez pas ça, en Ecosse?

— N... non. Je ne crois pas.

— Grand Dieu! La nuit de Noël — la nuit prochaine — des cierges de cire — longs comme le
bras — seront allumés par l'homme-de-la-mai-
son et placés devant chaque fenêtre. Ils brûleront
toute la nuit. On ne les éteindra qu'après la première messe, le matin de Noël.

J'évoquai sans peine la vallée, les collines
constellées de ces fenêtres illuminées au cours
de cette sombre nuit de la Nativité, afin que la
Mère — toute mère — toute femme — ne reste
pas sans abri dans ses douleurs.

Moins de vingt minutes plus tard, nous passions entre les piliers d'un portail grand ouvert,
montions une allée au sol inégal, frôlions le fût
d'un arbre énorme et débouchions enfin dans la
vaste cour pavée de Leaccabuie House — avec

sa longue et basse façade à deux étages sous un épais toit de chaume, sa large porte romane et son perron aux trois marches arrondies. Oui, je me souvenais de cette belle et confortable demeure.

Déjà, Paddy Bawn ouvrait toute grande la porte.

— Je m'occuperai des bagages, sir. Entrez.

Je pénétrai directement dans une vaste pièce formant à la fois hall, salle commune et cuisine. Longue, large, basse, avec un sol dallé et un plafond aux lourdes poutres apparentes. De chacune d'elles pendait une flèche de jambon fumé brillant de sel. Un feu de tourbe flambait dans la cheminée, à une extrémité de la pièce, tandis que de l'autre partait un escalier conduisant à l'étage supérieur. Un buffet de chêne, noirci par l'âge et tout chargé de faïence brune et bleue, brillait à la lumière d'une grosse suspension de cuivre.

Mon ami Sean Glynn ne se trouvait pas dans cette pièce pour m'y accueillir. Je n'y vis qu'une accorte matrone, vêtue de noir, qui se leva de son fauteuil de paille, près du feu. Je la reconnus, elle aussi : Johanna Dillane, la gouvernante de Sean.

— Ah! voilà le commandant! Soyez le bienvenu, sir. Sûr que ça fait plaisir de vous revoir... maintenant que les mauvais jours sont passés. Donnez-moi votre pelisse... Vous devez être affamé, par le froid qu'il fait et à l'heure qu'il est! Mr. Sean est dans la pièce à côté. Il vous attend.

Tandis que nous nous serrions amicalement la main, ses yeux plongèrent dans les miens. Puis, sans me laisser le temps de dire grand'-chose, elle me conduisit vers un passage, à droite de la cheminée, et ouvrit une porte qu'elle referma sur moi.

Sean Glynn était devant moi.

CHAPITRE II

Il était assis près de la cheminée, et je le retrouvai tel que je l'avais quitté. Je m'attendais un peu à le voir moins soigné, les joues tombantes, la bouche molle. Quelle joie de revoir ces traits bien dessinés, ces yeux brillants, ces lèvres fermes! Un verre de whisky, à demi plein, se trouvait à portée de sa main.

— Archie MacDonald, en chair et en os, dit-il de ce ton un peu chantant dont je me souvenais si bien.

Il ne se leva pas et ne sourit même pas. Une étincelle de colère s'alluma en moi. Mais heureusement, l'Ecossais mesuré l'emporta sur le Celte coléreux. L'accueil le plus froid ne me rebuterait pas. Je me ressaisis à temps.

— Les temps ont changé, Sean, dis-je d'un ton aussi calme que le sien. Je ne suis plus le bienvenu?

— Les temps ont changé, certainement, Archie! Mais vous êtes toujours le bienvenu. Et par le diable... ça me fait quelque chose de vous revoir.

Et il me sourit d'une façon qui me fit comprendre qu'en dépit de vents et marées, la vieille amitié existait toujours. Et c'était tout ce que je désirais savoir.

Il repoussa sa chaise et se leva. Je remarquai alors qu'il s'appuyait un instant à la table, pour recouvrer son équilibre. Il ne vacilla cependant pas le moins du monde en traversant la pièce, et son regard soutint le mien fermement, et même avec un certain défi. Mais là encore, je remarquai un changement. Ses pupilles étaient comme voilées par une légère brume, et ceci ne pouvait avoir qu'une seule cause : l'abus du bon whisky irlandais.

Sean était le type même du Gaélique aux cheveux noirs. Pas très grand, mais bâti en force : la poitrine large, les hanches étroites, le profil aquilin, et des yeux d'un bleu si foncé, qu'à la lumière ils paraissaient noirs. Dans l'ensemble, un homme calme et fort. Et cependant?...

— Je vous ai cherché à la gare de Dublin, lui dis-je.

— Et je n'y étais pas.

— Je vous ai cherché à la gare de Leaccabuie.

— Et je n'y étais pas non plus.

Il se tourna vers la table et traça du bout du doigt une longue ellipse sur la nappe damassée.

— Deux cent cinquante-deux arpents et demi

de terres arables, quinze cents arpents de landes
et de collines... voilà mon domaine, dans les limites duquel je vis. Et hors de ces limites, je ne
sortirai ni pour Dieu, ni pour le diable.

— Ni pour un homme, ni pour une femme?

— Dans mon domaine, vous êtes le bienvenu,
Archie MacDonald... et vous devriez le savoir.

La légère tension qui nous opposait s'allégea,
et je jetai un regard vers la table.

— Qu'avez-vous donc dans ce carafon?

— Mon pauvre vieux... et moi qui ne vous
offre rien.

Il s'approcha de la table et versa dans un haut
verre trois bons doigts de whisky. Le carafon,
heurtant le bord du verre, exhala une note pure
et cristalline.

— De l'eau ou du soda? De l'eau, n'est-ce pas?
C'est bien meilleur avec le whisky! Goûtez ça...

Et il leva son verre, en un toast silencieux.

— Fameux! m'exclamai-je.

Voilà ce que j'appelais du whisky.

Il reposa son verre vide — le mien l'était déjà
à moitié — et marcha vers la porte, qu'il ouvrit.

— Johanna, y a-t-il quelque chose à manger,
dans cette maison?

— Dans une minute... sir, dans une minute.

— Allons, vous ne mourrez pas de faim, dit
mon ami en me regardant par-dessus son épaule.
En attendant, venez vous débarbouiller. Vous
avez, au bout de votre nez écossais, un flocon
de suie bien placé.

Et voici comment je fus accueilli à Leaccabuie.

***

Il y avait, pour le souper, de la grouse et du coq de bruyère. La chasse à la grouse était terminée depuis une quinzaine de jours, mais le gibier n'en était pas moins bon pour tout ça. Ma promenade nocturne m'avait aiguisé l'appétit, et Sean, qui avait visiblement bu plus de whisky qu'il ne devait, mangea d'aussi bon cœur que moi. Avant de s'attabler, il m'offrit un second verre. Je refusai, ce qui ne l'empêcha pas de remplir le sien. Et au cours du souper, il le remplit encore.

— Vous me paraissez vous y connaître, en whisky, lui fis-je observer.

— Oui, je ne suis pas mauvais juge, riposta-t-il en levant son verre et en faisant jouer la lumière dans le liquide ambré... Votre verre est vide, ajouta-t-il d'un air ironique.

— Je n'en prendrai pas pour le moment, dis-je, connaissant l'effet insidieux de ce whisky de malt.

— Très bien. Ce n'est pas votre faible. Savez-vous qu'elle est la première chose, pour un homme?

— Mais il y en a trois, à ce qu'on m'a appris, dis-je en riant. La foi, l'espérance et la charité.

— Les hommes s'en passent... et vivent. Non, ce qu'il faut à un homme, c'est un vice; sinon, il est damné pour toute sa courte vie.

— Et s'il en a un, il sera damné pour l'éternité.

— Voilà bien le calvinisme des Ecossais! dit-il, riant à son tour.

Ce sujet me convenait assez, car il risquait de me conduire au but, et j'enchaînai :

— Ce n'est pas difficile de se choisir un vice, mon vieux. Ce n'est pas ce qui manque.

— Il n'y en a pas tant qui en vaillent la peine. Voyez! Ecrire des livres, faire courir des chevaux, chanter à longueur de journée, ou aimer les femmes... et puis... ceci.

Il claqua de l'ongle contre son verre, qui répondit par une note tenue, d'une étrange douceur.

— Vous n'écririez pas un livre, par hasard?

— Le ciel m'en préserve!

— Vous entraînez des chevaux?

— Un ou deux... pour la chasse.

— Vous chantez abominablement mal... je le sais.

— Et alors?

— Alors, rien.

— Vous n'osez pas me demander si j'ai aimé les femmes. J'ai essayé cela, aussi.

— Ne vous vantez pas, Sean. Vous n'avez certes pas épuisé le sujet.

— Croyez-vous? Je tins un jour le sort d'une femme entre mes mains... et elle en sortit brisée, comme une branche pourrie. Et Dieu sait qu'elle était saine!... Quant à l'autre, elle n'a pas su aller au delà des apparences, et voir où était la vérité... Vous trouvez sans doute tout cela trop personnel. Mais que diable savez-vous des femmes, vous-même? Cramponnons-nous à ce qui ne déçoit jamais...

Et il éleva son verre avec un sourire plein d'une amère ironie.

— Vous devez vous sentir bien misérable!

Mais il ne fit que rire... de moi.

— Inutile, vieux frère. Nous nous connaissons trop bien, tous les deux. Mais restez de votre côté de la barricade. Prenez tout votre temps, regardez autour de vous et découvrez par vous-même le genre de vie que je mène, avant de... avant de tirer des conclusions.

— Vous travaillez, j'imagine... ou est-ce Paddy Bawn qui se charge de tout?

— Il fait sa part, et moi la mienne. Ce soir, j'irai me coucher aussi tard que vous, mais je serai debout à l'aube, bien avant tout. J'ai soixante vaches laitières dans mes étables, et je vous fiche mon billet que vous n'en trouverez pas une qui manque de soins. Si je travaille! Mais, mon vieux, je ne rentre jamais dans cette pièce avant la tombée de la nuit.

— Et à ce moment?...

— Du travail, un livre, une pipe... je fume, je lis... je lis, je fume... et puis, mon vice... et tout va bien.

— Du travail, un livre, une pipe, de l'alcool en quantité raisonnable... mais il faut bien finir par aller dormir.

Il agita lentement la tête, en signe d'adhésion, en serrant les poings l'un contre l'autre.

— Eh! oui, c'est bien ça... c'est bien ça! Il faut toujours finir par aller dormir. Et chaque nuit, il faut franchir l'abîme.

— Personne à qui parler? Pourquoi, diable, vous enterrez-vous ainsi... sur vos terres?

— Parce que ce serait trop facile pour moi d'en sortir, fit-il en me regardant d'un air méprisant. Parce que jour et nuit, moi-même, et vous, et tous les autres m'adjurent d'en sortir... Et que je vous garantis que le jour où je m'y déciderai, je ne me donne pas six mois pour finir noyé dans l'étang le plus proche... Quant à des hommes à qui parler, il n'en manque pas. Ce sont plutôt les sujets de conversation qui sont limités, dans cette libre Irlande où les gens ont peur de parler de tout ce qui en vaut la peine... Il y a deux chics types qui viennent me voir au moins une fois par mois, et vous les connaissez tous les deux : Hugh Forbes, de Glounagrianaan, et Mickeen Oge Flynn, de Lough Aonach... et pour parler, ils sont un peu là. Ils viendront vous voir le soir de Noël. Hugh s'est marié, le saviez-vous?... Vous en avez fini, avec vos questions? ajouta-t-il en riant.

— Pour le moment, dis-je en riant moi aussi.

— Vous autres, Ecossais, vous êtes tous les mêmes. Il vous faut trouver la raison de chaque chose et la retourner dans votre tête jusqu'à la rendre impersonnelle et inhumaine. Pourquoi ne pas me prendre tel que vous me retrouvez, et vous moquer du reste? Mais si vous désirez un sujet de réflexion, je vais vous en fournir un, et des meilleurs.

— Lequel?

— Un verre de punch... tel que le punch doit être fait.

— J'ai un ami à Bombay, un autre à Simla, un autre encore à Aden, et une dizaine de Torquay à Tongue, et chacun d'entre eux possède le secret du véritable punch. J'ai ma recette, moi aussi.

— Et elle est excellente. Vous essayerez la mienne, j'essayerai la vôtre, et nous comparerons... Passez-moi donc la bouilloire. Voici nos verres. Nous mettons dans chacun un morceau de sucre et deux clous de girofle — pas plus de deux — puis la cuillère, pour empêcher le verre de se fêler quand nous versons l'eau bouillante... comme ça. Maintenant, nous déposons sur l'eau une large tranche de citron, et... passez-moi donc cette bouteille, la noire; c'est un mélange à moi; je ne m'en sers que pour le punch. Deux sortes de whisky irlandais et un soupçon — un soupçon seulement — de whisky écossais. Et maintenant, regardez! Nous versons l'alcool avec une cuillère — doucement, mon vieux, doucement — afin qu'il flotte au-dessus du citron. Vous voyez? Est-ce assez? Pas tout à fait... Cette fois? Encore un peu... Vous comprenez le truc, Archie? L'eau bouillante dans le fond, le whisky sur le dessus, et le citron entre les deux... et vous attendez trois minutes avant de mélanger le tout. Etes-vous capable d'attendre trois minutes, vieil assoiffé?

— Certainement.

— Moi, j'en suis parfois incapable, et c'est bien dommage. Mais ce soir, j'attendrai. Deux pauvres solitaires, en cette veille de Noël, ont vraiment besoin d'un punch un peu là.

Ce fut à mon tour de me moquer de lui :

— Inutile, vieux frère. Nous nous connaissons trop bien. Mais ce soir, je vous tiendrai volontiers compagnie.

— A mon tour, maintenant, de vous écouter, reprit-il. Vous allez parler, parler, et parler encore... mais n'oubliez pas que tout ce que vous direz sera consigné dans le grand livre de l'ange Gabriel... Vous souvenez-vous, Archie, du temps où nous campions au-dessus du Loch Linnhe, et où nous avions décrété que nous étions des types formidables et que les femmes ne valaient rien...

Il savait me prendre, ce Sean Glynn. Constamment sur la défensive, il déjouait toutes mes pointes. Mais si je restais dans l'expectative, je ne me tenais pas pour battu. Car même si son vice — ou son tourment — n'était rien autre qu'une sordide ivrognerie, le problème ne me paraissait pas résolu pour autant. Certes, ce vice tue, et de la manière la plus honteuse. Mais il devait y avoir une cause. Un homme qui travaille tout le jour et boit toute la nuit a peut-être, a sûrement une peine secrète qui le ronge. Mon esprit retint trois faits : une femme brisée entre ses mains, une autre qui s'était dérobée, et l'alcool dans lequel il noyait ses souvenirs. Cela suffisait pour ce soir. Le nom de ces deux femmes viendrait plus tard.

⁂

Qu'il y ait lieu d'en être fier ou non, je tiens à dire qu'en général, je ne bois pas. Mais ce soir-là, je ne me montrai pas exactement tempérant. J'étais tout de même moins ivre que Sean Glynn, et ceci non grâce à ma solide tête d'Ecossais, mais au fait que Sean avait bu beaucoup plus que moi. Quant à lui, ivre comme il l'était — et Dieu sait combien! — il ne perdit pas un instant son clair raisonnement et sa puissance d'expression. Il s'affaissa un peu dans son fauteuil et se mit à parler de plus en plus lentement — le seul signe d'effort qu'il donnât — mais, avec une extraordinaire concentration d'esprit. Il conduisit les raisonnements les plus subtils aux plus sages conclusicns, et poussa la spéculation jusqu'à l'extrême limite de la fantaisie. Et comme dans le bon vieux temps, je lui donnai la réplique de mon mieux.

Quelque part, au cœur de la maison, une pendule à la voix grave égrena les douze coups de minuit, et au dernier coup, après avoir frappé à la porte, Paddy Bawn entra.

Sean tourna lentement la tête vers lui.

— Patrick Enright, mon ange gardien! L'heure a vraiment sonné, mon fils?

— Douze coups bien sentis.

— Pour boire à la santé du commandant, bien
— Tu veux un verre?
volontiers... Mais vous-même, qu'en pensez-vous?

— Que tu ne l'auras pas.

— Vous êtes dur, Sean Glynn. Voyez-vous, commandant, ajouta-t-il en se tournant vers moi, la boisson était mon point faible, là-bas, aux Etats-Unis. Le rye m'a joué un mauvais tour, et c'est pourquoi je suis revenu au pays.

— Deux pintes de « stout » aux foires et aux marchés, dit Sean, et une bouteille de whisky pour la Noël... et je lui romprais le cou s'il s'avisait de boire davantage.

— Je me demande, dis-je, mi-sérieux, mi-plaisant, si je serais capable de rompre le cou de quelqu'un pour la même raison.

— C'est possible, dit Sean, mais pour le moment, nous allons nous coucher. C'est une des règles de la maison... et Paddy Bawn est inflexible.

— Vous avez des règles de vie? demandai-je ironiquement.

— Mais oui, chose étrange... comme tous les anachorètes...

Il s'appuya fortement aux accoudoirs de son fauteuil et essaya de se lever, mais sans succès...

— Je n'y arrive pas, ce soir, dit-il d'un ton accablé.

Paddy Bawn s'approcha de lui et me lança un regard expressif, auquel je répondis en me levant et en m'approchant à mon tour.

— Heureux Ecossais à la tête dure! s'exclama Sean avec envie. Vous rentrez toujours au port par vos propres moyens.

Paddy Bawn prit son maître par l'épaule et sous le bras, et Sean se trouva bientôt debout. Il vacilla et fixa sur moi ses yeux étrangement brillants.

— Vous avez commis une grave erreur, Archie MacDonald, me dit-il. Et je connais votre vice, si vous l'ignorez encore. Si vous étiez raisonnable, vous quitteriez cette maison désolée et vous ne vous arrêteriez de courir que lorsque vous seriez à bout de souffle.

— Je n'ai jamais été fameux à la course, ripostai-je tranquillement, mais je suis prêt à courir, si vous courez avec moi.

Il dessina, d'une voix lourde, une longue ellipse.

— Deux cent cinquante-deux arpents... les limites de mon domaine... et ni Dieu, ni diable...

— Ni aucune femme...

— Que le diable les emporte, toutes tant qu'elles sont! s'exclama Paddy Bawn avec chaleur. Est-ce que vous allez vous coucher, oui ou non?

Je les suivis dans la cuisine, où la lampe était baissée, où le feu de tourbe couvait sous la cendre, tandis que la grosse horloge faisait entendre un lent tic-tac désolé. Puis je montai derrière eux les marches de chêne qui avaient craqué sous les pas de tant de générations pendant des centaines d'années. Et l'inexprimable solitude de cette vieille demeure me serra le cœur.

Et nous allâmes nous coucher.

CHAPITRE II

Il faisait grand jour quand je m'éveillai. Je me sentais la tête lourde et, en y réfléchissant, je dus m'avouer que je ne l'avais pas volé. Un moment après, on frappa à la porte, et Paddy Bawn entra, portant un plateau.

— Belle matinée ,sir. Johanna Dillane a pensé qu'une tasse de thé...

— L'excellente femme, dis-je en m'asseyant dans mon lit. N'importe quoi de liquide...

Le thé, fort et bouillant, me remit d'aplomb. Paddy Bawn, s'approchant des larges et basses croisées, ouvrit les persiennes, et la chambre s'emplit de la pâle lumière d'un matin d'hiver.

— Une belle journée qui s'annonce, sir. Il a plu un peu au lever du jour, mais maintenant le soleil est bien dégagé. Je parie qu'il y aura du coq dans la saulaie de Killerseragh.

— Je ne ferai pas grand mal au gibier, aujourd'hui. Dites-moi, Paddy Bawn, étais-je noir, hier soir?

— Noir, mon commandant? Non! Gris, seulement.

— Sean Glynn aussi!

— C'est avec des mensonges pareils qu'on va en enfer!

— Il n'était pas un peu... parti?

— Saoul comme un Polonais!

— Ah! bon, j'apprécie la nuance. Il dort encore, j'imagine.

— Lui! Levé à l'aube, un bain glacé, et droit à la grange... Il a déjà toute une matinée de travail derrière lui, et le camion est déjà parti à la coopérative avec la traite du matin.

— Bigre! Quelle endurance!

— Oh! ça... Il est en acier! Mais l'acier aussi se brise avec le temps... et le temps passe vite. La tête sous l'eau froide, et vous serez prêt à faire honneur à un solide déjeuner.

Je ne voulais pas lui demander crûment si Sean Glynn se saoulait tous les soirs. J'y allai donc par la bande.

— Faudra-t-il que je boive ce soir aussi, Paddy Bawn?

— Et demain soir également, répondit-il, me comprenant à demi-mot. Refuserez-vous? ajouta-t-il en fronçant ses épais sourcils.

Je ne promis rien, me contentant de secouer ma tête encore douloureuse.

— Il y a quelque chose qui cloche dans cette maison, repris-je.

— Non, tout cloche, dans cette maison, fit Paddy Bawn en se dirigeant vers la porte. Il y manque quelque chose, ajouta-t-il par-dessus son épaule, mais la maison n'y est pour rien. Le diable emporte toutes les femmes!

Et sur un chapelet de jurons bien sentis, il claqua la porte derrière lui.

*⁎
⁎⁎*

Sortant du lit, je me dirigeai vers la fenêtre qui donnait sur la vallée, cette vallée qui, la nuit dernière, n'était qu'ombres violettes piquetées de lumières. Celui qui avait construit Leaccabuie House avait su choisir le point de vue. La maison s'allongeait sur un promontoire, et, du muret de pierres sèches du potager, le terrain descendait en des prés successifs jusqu'à l'Ullachowen, dont je distinguais les méandres, puis jusqu'à la crique où j'avais attrapé un saumon de vingt livres au mois de mai 1921, l'année de la trêve. De l'autre côté de la rivière, la vallée s'élevait en pente rapide jusqu'au mont Leac-

camore, massif et brun, dont la tête chauve se
coiffait d'une calotte de neige qui brillait sous
le soleil d'hiver. Tout au long de la vallée et
sur les pentes des collines se détachaient des
fermes blanchies à la chaux, chacune blottie
dans un verger. Sous les arbres sombres, l'herbe
était d'un vert émeraude. Sous la froide et pure
lumière de ce pâle soleil, le paysage avait la net-
teté du cristal.

« Il manque à cette maison, me surpris-je à
penser, une femme aux hanches larges qui don-
nerait à un homme prospère de beaux enfants.
Une si belle demeure ne peut rester vide! »

Après un rapide bain froid, je m'habillai en
vitesse, mis de gros souliers et descendis dans
la salle commune. Johanna Dillane, auprès d'un
feu de tourbe flambant haut, s'affairait devant
son four. Je la remerciai pour mon thé matinal.

— On a souvent la gorge sèche, le matin, commandant, me dit-elle. Vous trouverez Mr. Sean
dans les étables... Passez par cette grande porte,
sir.

Cette porte massive ouvrait directement sur
une immense cour carrée, mi-pavée, mi-asphal-
tée. Dans le fond de cette cour s'alignaient les
différents bâtiments de la ferme : étables, écu-
ries, granges, le tout en parfait état. Deux setters
roux au poil soyeux et un élégant lévrier gris
aboyèrent à ma vue et s'approchèrent, sans se
presser, pour faire connaissance. Je m'y connaissais assez en chiens de race pour ne pas faire

davantage que de claquer des doigts, et ils me firent fête aussitôt, comme à un vieil ami.

D'une porte ouverte, sur ma gauche, me parvenait un bruit de voix. Un coup d'œil, en passant, me montra une pièce dallée, la salle commune des employés. Six ou huit valets et servantes étaient installés autour d'une table abondamment servie, et prenaient une collation d'œufs, de pain et de beurre. Et une agréable odeur de thé de Ceylan bien fort — bouilli, hélas! — me parvint.

Paddy Bawn, qui présidait au repas, me cria :

— Vous le trouverez aux étables, commandant, la porte après la grande arche.

Comme il faisait le geste de se lever, je l'arrêtai de la main :

— Inutile. Je le trouverai bien.

A l'intérieur d'une immense étable, la douce odeur du lait frais tiré, du foin parfumé et des vaches soignées m'accueillit. Les flancs lisses et luisants des vaches laitières se succédaient, roux et bruns, en une file interminable d'où montait le bruit plaisant d'une paresseuse rumination. Par la porte ouverte du fenil, je vis surgir une énorme fourchetée de foin d'un gris verdâtre, deux jambes guêtrées au-dessous, et la tête brune de Sean Glynn entre les deux.

— Eh! attention, lui criai-je, comme il se dirigeait droit sur moi.

— Ah! Vous voilà, paresseux! Vous venez gagner votre déjeuner?

Il éparpilla le foin dans la plus proche mangeoire, puis vint vers moi, traînant sa fourche derrière lui.

Nous nous examinâmes d'un œil critique.

— Mon pauvre ami! dit-il d'un air moqueur. Il vous faut une bonne demi-heure d'exercice pour vous retaper.

— Vous me dégoûtez, dis-je, vexé.

Et vraiment, il fallait bien le connaître, pour se rendre compte que Sean Glynn s'était saoulé la nuit précédente. Son visage ne montrait pas trace de congestion ou de bouffissure, et son cou nu sortait, lisse et musclé, de sa chemise ouverte. Seul son regard un peu terni, et de légers cernes sous les yeux, trahissaient sa fatigue. Ses cheveux noirs, au-dessus des oreilles petites et bien collées, s'argentaient de plus en plus.

Je le suivis à la grange, fus nanti d'une fourche, et pendant la demi-heure qui suivit je m'absorbai dans la plaisante tâche de nourrir les bêtes et de renouveler leur litière.

— Nous les mènerons aux champs après le déjeuner, pour qu'elles respirent un peu, me dit Sean, puis nous irons déloger quelques coqs de bruyère. Paddy Bawn m'affirme qu'ils sont arrivés.

Cette demi-heure d'exercice me dérouilla complètement. Et je fus heureux, lorsque les valets, ayant terminé leur casse-croûte, vinrent nous remplacer, d'aller m'asseoir à la table copieusement garnie par les soins de Johanna Dillane. Dans la salle à manger fraîchement aérée, les lourds meubles d'acajou massif brillaient comme du satin, la nappe damassée aux plis raides était d'une aveuglante blancheur, le feu de tourbe flambait gaîment dans l'âtre débarrassé de ses cendres, et flacons et verres avaient disparu. La pièce spacieuse n'avait pas retenu l'odeur du whisky ou de la fumée. Un visiteur pénétrant dans cette pièce à l'improviste, n'y aurait vu qu'ordre et beauté et se serait dit que son propriétaire était un homme sain et équilibré.

⁙

A la fin de la matinée. Sean et moi, accompagnés des deux setters. nous dirigions vers les fourrés de saules, à un quart d'heure à pied de la maison. et avec plus de chance que nous n'en méritions. remplissions nos carniers Sean était un meilleur et plus sûr fusil que moi. et à plusieurs reprises corrigea mes maladresses.

Dans l'après-midi nous allâmes faire un tour du côté des tourbières. au delà des fourrés de saules. et râtâmes de peu un vol d'oies sauvages. Je retrouvais ce pays que j'aimais : la lande et ses douces collines, au flanc desquelles serpentaient des routes grises qui me rappelaient mon Nairnshire natal.

Je montrai à Sean, d'un geste de la main, un coin de la lande :

— N'est-ce pas là que j'étais venu me fourrer dans une de vos embuscades?

— Et où nous vous avions fait prisonnier? Parfaitement.

— Est-ce par là que vous chassez la grouse?

— Oui, le terrain est trop sec pour la bécassine.

— Si nous essayions...

Il hésita un instant, puis :

— Non. Je ne chasse plus sur ce versant-là.

Mon entêtement d'Ecossais me poussa à demander :

— Il n'est pas sur vos terres?

Il fronça le sourcil devant ma première allusion à ses confidences de la veille au soir, puis se mit à rire :

— Si, mais trop près de leurs limites... si vous tenez à le savoir.

C'était là une précieuse indication. Je faillis lui demander qui habitait de l'autre côté, mais je me retins à temps.

— Ce qu'il vous faudrait, dis-je en le taquinant, c'est un haut mur de pierre.

— Oui, s'il était suffisamment haut.

— Pour tenir les intrus — moi inclus — hors de vos terres?

— Non, pour m'empêcher d'en sortir.. Ne vous en faites pas, mon vieux, ajouta-t-il brusquement, je ne suis pas fou... pas encore.

La nuit tombait et la pluie, chassée par l'Atlantique, nous pénétra jusqu'aux os avant que nous ne soyons rentrés. Je fus content d'enfiler des vêtements secs et de boire un whisky vraiment raide... et je compris qu'un homme solitaire qu'accablait un chagrin secret, y puise la sérénité. Après le dîner, nous nous mîmes à bavarder et à fumer, puis, avec une calme et parfaite dignité, Sean Glynn s'enivra. Mais ce soir-là je tins bon et n'absorbai pas plus de whisky qu'il n'en faut à un homme normal pour s'éclaircir les idées et dissiper en lui-même toute contrainte.

Je restai au seuil de ce royaume dans lequel évoluait Sean Glynn avec aisance. Il atteignait alors à la sagesse sans effort, dénouait les problèmes avec certitude et reconnaissait que toutes choses se valent et qu'aucune n'a beaucoup d'importance. Même ivre, il gardait une étonnante clarté d'esprit et d'élocution et une concentration de pensée qui faisaient mon envie et mon admiration... une véritable tentation pour n'importe qui.

Les douze coups de minuit sonnèrent et au dernier, Paddy Bawn, cet homme calme et fidèle, entra. Et Paddy Bawn avait bu, lui aussi. Son visage était d'une pâleur de craie, ses yeux

enfoncés étrangement brillants, les muscles de
sa mâchoire raidis, comme s'il grinçait des dents
dans un accès de colère. Mais il était en réalité
d'excellente humeur.

— Rien que la moitié de la bouteille. Seaghan
Glynn... rien que la moitié, pour en sentir le
goût... et l'autre moitié demain soir, si Dieu le
veut... Mais le malheur, c'est que j'ai oublié de
boire à la santé du commandant.

— Dans ce cas. Patrick Enright — car si vous
avez oublié de boire à la santé du commandant,
vous n'avez pas oublié que vous aviez oublié —
dans ce cas, reprit Sean Glynn d'une voix lente
et profonde, puisque nous devons porter un
toast, nous allons préparer trois petits verres de
punch.

— Et pourquoi faut-il qu'ils soient petits?
demanda Paddy Bawn. Est-ce que l'eau man-
querait dans la bouilloire?

A eux deux, ils confectionnèrent trois verres
de punch qui n'étaient pas particulièrement
petits ni faibles. Et comme c'était le coup de
l'étrier, je n'y vis, pour ma part, aucune
objection.

Sean, faisant appel à ses ultimes forces, se leva
et parvint à garder son équilibre. Paddy Bawn
leva son verre, les yeux brillants, la bouche
ferme et amère, et se tint droit comme une épée.

— Au commandant MacDonald, des High-
lands, à l'ami sûr et éprouvé... et à nous trois...
trois hommes solitaires dans une maison soli-

taire, et puisse-t-il y avoir toujours des Glynn sous son toit.

Nous bûmes en silence.

— Que le diable t'emporte, Paddy Bawn! s'exclama brusquement Sean en retombant dans son fauteuil.

— Si c'est mon destin, j'irai en enfer... mais si j'étais vous...

— Si tu étais moi?

— Si j'étais vous, Sean Glynn, de Leaccabuie, je gagnerais l'enfer à ma façon... qui ne serait peut-être pas très différente de la vôtre, dit Paddy Bawn dont la pensée secrète m'échappa.

— Je savais bien que je ne pouvais rien te cacher, fit Sean Glynn en le saluant de la main.

— En vrai Ecossais, dis-je d'un ton ironique pour leur rappeler que j'existais, je trouve que le chemin que vous avez choisi pour votre perdition est trop doux.

— Peut-être bien, commandant, peut-être bien, dit Paddy Bawn en me lançant un regard amical.

Il se dirigea vers la fenetre et releva le store.

— Venez, dit-il, venez voir les cierges qui brillent.

Tout au long de la vallée a nos pieds et au flanc des collines. chaque fenêtre était illuminée. La nuit était de velours sous un velum noir. et plonger le regard dans la vallée vous donnait l'étrange impression d'avoir le ciel à vos pieds.

— Et voilà, dit Paddy Bawn d'un ton pensif et mélancolique. Chaque fenêtre illuminée et chaque âtre balayé; la galette sur la table et le lait frais sur le buffet... afin qu'aucune femme dans les douleurs ne souffre ce que souffrit la Mère de Dieu... (Sa voix changea, se fit amère.) Et nous voilà ici tous les trois, contemplant cette vallée, et il n'y a rien entre ces quatre murs qu'une femme stérile et trois hommes seuls. Allons nous coucher.

Mais en arrivant dans la salle, nous trouvâmes deux énormes cierges de cire fine qui brûlaient, dans des chandeliers de cuivre, devant la fenêtre aux persiennes ouvertes. Un feu de tourbe fraîchement préparé brûlait dans l'âtre débarrassé de ses cendres, et, sur le dressoir de chêne noirci, le pain et le lait étaient disposés sur un linge blanc.

Sean vacilla et s'accrocha plus fort à l'épaule de Paddy Bawn.

— Voulez-vous que je les éteigne, maître de la maison? fit Paddy Bawn. Dites un mot et, au risque de mériter les flammes de l'enfer, je les soufflerai d'une seule haleine.

Sean contempla les hautes flammes des cierges et secoua lourdement la tête :

— Non, Paddy Bawn. Pourquoi offenser Johanna Dillane? Laisse-les brûler. Aucune femme, guidée par ces lumières, ne s'approchera de ma demeure.

— Tout est dans les mains de Dieu, dit Paddy Bawn.

— Oh! tête de mule! Je te dis qu'aucune femme, fût-elle dans les douleurs, n'osera approcher de ma maison. J'ai pris une femme pour les besoins de ma cause et, en pleine conscience de mes actes, je l'ai brisée — oui, brisée — entre mes mains. Et où est-elle, maintenant, et de quoi vit-elle? Et une autre femme... a-t-elle bien agi, envers moi?... Bah!

Il se dégagea du bras de Paddy Bawn et, d'un seul revers de la main, renversa les deux chandeliers. La vaste salle ne fut plus éclairée que par les flammes rougeâtres et dansantes du feu de tourbe, qui projetèrent sur les murs nos ombres déformées et grotesques.

— Aide-moi à me coucher, Paddy Bawn, dit Sean d'une voix vidée de toute émotion.

Et, sans un mot, Paddy Bawn entoura l'épaule de son maître de son bras fort.

Arrivé dans ma chambre, je repoussai les persiennes afin de contempler une dernière fois la vallée illuminée. Et pour mieux la voir, j'allais baisser la flamme de ma lampe, lorsque mon regard tomba, par hasard, sur le rais lumineux qu'elle projetait sur le potager, sous mes fenêtres. Et ce que je vis me donna la chair de poule.

Une femme se tenait juste dans ce rais de lumière, au seuil du portail qui s'ouvrait dans le mur de pierre sèche. Une femme de haute stature, enveloppée d'une grande mante irlandaise à capuchon. Elle tenait levé son visage, et je distinguai les puits sombres de ses yeux et la blancheur de son menton. Et brusquement, elle recula, se fondit dans l'obscurité projetée par le muret, et disparut.

Son port de tête, ses mouvements rapides, tout indiquait la vigueur de la jeunesse. Une fois déjà, j'avais aperçu, à la lumière d'un feu de tourbe, une femme enveloppée d'une mante à capuchon. Cela se passait à Lough Aonach, et la femme s'appelait Nuala Kierley. Et, bien que je ne l'aie entrevue qu'un instant, et que pas une fois son regard ne se soit posé sur moi, quelque chose en moi s'était ému, et jamais je ne l'avais oubliée. L'apparition de la femme, dans l'ombre du jardin, ne me causa pas cette émotion. Je fus intrigué simplement, me demandant qui cela pouvait être.

J'éteignis ma lampe et essayai de percer les ténèbres du potager. Si elle se montrait de nouveau au seuil du portail, sa silhouette se profilerait sur la vallée illuminée. Mais aucune ombre ne m'apparut.

Après un long moment d'attente, je me décidai à me coucher. Une femme s'intéressait donc à la demeure de Sean Glynn... ou à Sean Glynn lui-même. L'avait-elle vu renverser les chandeliers?... J'étais, comme tous les Ecossais, extrêmement obstinés, et n'avais pas la moindre intention de cesser de l'être.

CHAPITRE IV

Le jour de Noël, Paddy Bawn et moi allâmes tirer la bécassine. Je m'efforçai en vain de persuader Sean de se joindre à nous, mais la lande aux bécassines se trouvait en dehors des limites de son domaine, et rien ne put le fléchir. Cette question de lisière commençait à m'obséder, moi aussi. J'éprouvai le désir croissant d'obliger Sean Glynn à la franchir, pour voir ce qui se passerait, et je nourrissais l'absurde illusion qu'il serait délivré de tous ses troubles si je parvenais à le persuader de passer outre.

J'essayai d'abord de la manière brutale.

— Ne faites pas l'imbécile, lui dis-je durement. Prenez votre fusil et venez avec nous.

— Oh! allez au diable! me cria-t-il, réagissant pour la première fois.

Je fus piqué au vif.

— Très bien. Mais laissez-moi auparavant vous dire une chose : pour agir comme vous le faites, il faut qu'un homme ait une bougrement haute opinion de lui-même.

— Il le faut, en effet... et il l'a... par les flammes de l'enfer!

Et, me tournant le dos, il sortit de la pièce.

Le terrain marécageux qu'affectionne la bécassine se trouvait de l'autre côté de la vallée, sur le flanc ouest du Leaccamore, face au mont Barnaquila, dont il est séparé par le val profond de Grianaan. Paddy Bawn et moi passâmes là deux ou trois heures passionnantes et, bien que je ne sois pas un fameux tireur de bécassine, nous remplîmes nos carniers grâce à l'abondance de gibier, à l'admirable travail des setters et à la rapidité de Paddy Bawn, qui, à plusieurs reprises, atteignit les oiseaux que j'avais manqués. Ces tourbières marécageuses ne m'inspiraient qu'une confiance relative. J'avais l'impression, par endroits, que seule une dure, mais mince couche solide recouvrait des profondeurs insondables. Les marais, que jonchaient les larges feuilles du lys d'eau, abondaient, et lorsque nous passions près de l'un d'eux, la tourbe se fendillait, et des vagues passaient à la surface de l'eau.

— Sûr qu'il ne ferait pas bon s'embourber dans une de ces fondrières! me fit observer Paddy Bawn.

— Non, et ce n'est pas ce qui manque!

— Par Dieu, non! De vrais puits sans fond et qui débouchent... comment appelez-vous déjà l'autre côté de la terre?

— Les Antipodes.

— Voilà. Dinny Byug Rua y est tombé, il y aura deux ans au prochain Mardi-Gras, le jour où il devait se marier, et on ne l'a jamais revu. Il ne tenait pas à épouser cette fille, par ailleurs... et on a raconté qu'il l'avait fait exprès. Un beau jour, sa sœur Maura a reçu de lui une lettre, de la Nouvelle-Zélande, où il avait atterri. C'est elle-même qui me l'a dit, et elle communie tous les mois. Mais, évidemment, vous n'êtes pas forcé de me croire.

— Un fameux plongeon... ou alors un bien grand saut.

— Oui, plutôt un grand saut... comme celui-ci.

Nous étions arrivés à une haie d'épines bordant la route parallèle à la lande. Paddy Bawn prit son élan et sauta par-dessus les buissons.

Aussitôt éclata un bruit assourdissant de sabots de cheval, comme si Paddy Bawn, flottant dans les airs, se fût transformé en centaure et se fût mis, en atterrissant, à piaffer et à ruer des quatre fers. Puis une voix de femme s'éleva, apaisante. Ecartant des traînes d'églantiers, je me forçai un chemin à travers la haie et débouchai sur la route, au côté de Paddy Bawn... qui ne piaffait ni ne jurait.

*
* *

Une jeune femme en bleu, les cheveux courts et bouclés, et qui montait en amazone, maintenait un alezan qui se cabrait, pivotait et cherchait à n'en faire qu'à sa tête.

Je jetai mon fusil sur le bord herbeux de la route. Le cœur de ce cyclone n'était guère la place d'une femme.

— Maîtrisez-le! criai-je.

— Elle ne risque rien, dit Paddy Bawn.

Il avait raison. La jeune femme tenait son cheval parfaitement en main. Soudée à sa selle, ses mains gantées baissées sur l'encolure de son cheval, elle lui maintenait la tête basse et le forçait encore et encore à nous faire face; et sa voix, dans laquelle ne vibrait aucune crainte, était à la fois moqueuse et apaisante.

L'alezan était jeune, mais bien dressé et fermement tenu; forcé de faire face à l'objet de sa peur, il finit par se calmer. L'écuyère relâcha sa prise et lui tapota l'épaule, en répétant d'une voix apaisante : « Doucement... là... doucement! » Il s'immobilisa enfin, les yeux encore affolés et les narines frémissantes. La jeune femme regarda alors Paddy Bawn et éclata d'un rire sans gaîté.

— Vous vouliez donc me rompre le cou, Paddy Bawn?

— Je n'y suis pas arrivé, Miss Joan... du moins pas pour le moment.

Une telle réponse me fit le regarder avec étonnement. Il avait soulevé son vieux chapeau de chasse et se tenait là, raide comme un piquet, le visage immobile, le regard dur. Je croyais revoir le vieux combattant irlandais en face d'un ennemi estimable.

— Merci, Paddy Bawn, fit la jeune femme avec une ombre de sourire, prêtant à ses paroles un sens qui m'échappait. Et comment vous portez-vous?

— Pas mal, Miss. Non, pas mal.

— Et Sean? On ne le voit nulle part.

— Il n'a pas perdu un seul de ses cheveux... Et on ne peut pas dire que ce soit grâce à vous, Miss Joan, ajouta-t-il avec une soudaine hardiesse.

— Je vous détesterais, Bawn, si vous étiez aimable avec moi, dit gravement l'écuyère.

— Y a pas de danger, fit Paddy Bawn avec la même brusquerie.

Le regard de la jeune femme n'avait fait que m'effleurer, mais à ce moment elle se tourna vers moi et me sourit.

— Capitaine MacDonald? dit-elle. Ne vous souvenez-vous pas de moi?

— Miss Joan Hyland, de Janemount... Commandant MacDonald, présenta Paddy Bawn.

Je m'étais déjà découvert, et maintenant je m'inclinais.

— Je me souviens fort bien de Miss Joan Hyland.

— Je suis heureuse de vous revoir... commandant MacDonald.

— J'en suis heureux, moi aussi, Miss Hyland.

Lorsque je l'avais rencontrée pour la première fois, trois ans plus tôt, ce n'était rien de plus qu'une jolie fille comme il y en a tant en Irlande. Maintenant, c'était une vraie femme, à l'expression profonde et mélancolique. Elle représentait pour moi le type irlandais le plus pur, avec un visage assez large, des yeux clairs aux longs cils noirs, et des pommettes finement dessinées, mais un peu aplaties, qui donnaient quelque chose de scythe à l'ensemble. Impression accentuée par une légère dépression du nez que l'on retrouve, en plus marqué, dans les masques tragiques des Grecs.

Tandis que je l'étudiais, je me livrais à de rapides conjectures... le charme indéniable de cette jeune femme, l'obstination de Sean Glynn à ne pas dépasser les limites de son domaine, ce que venait de dire, et surtout de sous-entendre, Paddy Bawn. Elle dut se livrer elle-même à de très semblables réflexions.

— Vous étiez le meilleur ami de Sean Glynn, me dit-elle. Il me parlait souvent de vous.

— J'ai souvent entendu Sean Glynn parler de vous, Miss Hyland... mais... autrefois.

— Je suis le dernier être au monde dont il puisse parler maintenant, me répondit-elle d'un ton grave. Mais il faut que je m'en aille. Bonsoir à tous deux.

Un coup de talon, une secousse des rênes, et déjà elle s'éloignait. L'alezan partit à l'amble sur le bord herbeux de la route, et l'écuyère accompagna souplement son mouvement, les épaules très droites. Ses beaux cheveux blonds se soulevaient à chaque pas, et la nuque laiteuse se devinait sous les boucles fines.

— Que le diable emporte les femmes... toutes, quelles qu'elles soient! grogna Paddy Bawn d'un ton empreint d'amertume.

— Vous haïssez cette jeune femme, à ce que je comprends.

— Moi? Absolument pas!

— On le croirait, à vous entendre, dis-je, surpris.

— La haine est bien le dernier des sentiments qu'elle m'inspire. Je serais prêt, à n'importe quelle heure du jour ou de la nuit, à étendre sous ses pieds des roseaux verts... pour qu'elle franchisse le seuil de Leaccabuie.

— Dans ce cas, c'est elle que vous blâmez... et non Sean Glynn.

Il se gratta la nuque d'un air pensif.

— Je n'en sais rien... non, vraiment, je n'en sais rien. Elle a une vieille idiote de mère...

— Il y a plus, dans toute cette affaire, qu'une simple querelle d'amoureux, Paddy Bawn.

— C'est bien possible... Si nous ne nous pressons pas de rentrer, Hugh Forbes et Mickeen Oge Flynn seront là avant nous.

Mais je n'en avais pas fini avec lui, et comme nous reprenions notre chemin, je continuai :

— Je me suis peut-être montré trop dur avec Sean.

— C'est de fermeté qu'il a besoin.

— Cette histoire Kierley était vraiment une sale histoire.

— Ça, vous pouvez le dire, approuva Paddy Bawn.

— Ce Martin Kierley... était-ce... un salaud?

— Je n'en sais rien... mais en tout cas, s'il a mal agi, il a durement payé.

— Et cette Nuala Kierley... que vaut-elle?

— Je n'en sais rien non plus. Tout ce que je peux vous dire, c'est qu'à la voir, on dirait une sainte. Mais ça...

— Je ne l'ai vue qu'une fois.

— Mais vous ne l'avez pas oubliée... son souvenir se grave dans le cœur des hommes.

— C'est vrai, dus-je avouer. Et, chose étrange, j'ai l'impression que je la reverrai... un jour.

— Que Dieu et la Mère de Dieu vous protègent, dit Paddy Bawn avec ferveur. Ecoutez bien! Cette femme est un oiseau de tempête. Il y a quelque chose de fatal en elle. Elle attirera sur vous le malheur.

— A-t-elle porté malheur à Sean Glynn?

— C'est peut-être Sean Glynn qui lui a porté malheur, riposta Paddy Bawn.

— Je ne lui laisserai pas de repos que je ne le sorte de là, dis-je avec force.

Hugh Forbes et Mickeen Oge Flynn étaient en effet arrivés avant nous. Ils parurent contents de me revoir. Et une troisième veillée semblable aux précédentes commença à Leaccabuie.

Hugh Forbes, le Petit Homme Noir de Glounagrianaan, m'apparut comme un homme remarquable, plein de vitalité. Pas très grand, mais bâti en force, avec la mâchoire ferme, le profil aquilin d'un combattant... qu'adoucissait le regard plein de bonté de ses beaux yeux sombres qui se remplirent d'anxiété au cours de la soirée. Car Sean Glynn, une fois de plus, arriva à l'ivresse totale. Hugh Forbes lui-même prit sa part de whisky et de punch, mais sans autre résultat qu'un peu plus de verve et de brio.

Michael Flynn — Mickeen Oge Flynn, comme on l'appelait dans toute l'Irlande — n'était pas moins remarquable, à sa façon, que Hugh Forbes. Grand et maigre, il donnait une impression d'austérité et de virilité. On le sentait prêt à donner sa vie pour son idéal. Après avoir passé trois ans à étudier la théologie à Maynotth, il s'était jeté dans la lutte pour la libération de l'Irlande. Républicain convaincu, il refusa d'accepter le traité de décembre 1921 qui accordait au nouvel Etat Libre d'Irlande la place de Dominion au sein de l'Empire britannique. Fait prisonnier au cours de la guerre civile, il fit, pendant quarante jours, la grève de la faim, s'évada avec une hardiesse inouïe d'un camp d'internement, et prit le maquis jusqu'à ce que la paix fût conclue. Mais maintenant encore, on racontait qu'il était à la tête d'une organisation secrète et avait la charge de plusieurs dépôts d'armes.

La conversation ne tarit pas, ce soir-là, à Leaccabuie, avant, pendant et après le dîner. Et dans ce pays montagneux, aux extrêmes confins de l'Europe, les sujets les plus élevés furent abordés avec passion. Minuit fut très vite là, et lorsque la vieille horloge du hall eut frappé le douzième coup, Paddy Bawn parut sur le seuil de la porte. Un simple coup d'œil à son visage, blanc comme la craie, et à ses yeux, anormalement brillants, me prouva que sa ration annuelle de whisky avait produit son effet.

— Hugh Forbes, dit-il, votre bagnole est en train de geler dans la cour. Il y a de la neige dans l'air, et votre femme va s'inquiéter.

— Va-t'en au diable, vieux nez cassé! s'exclama Hugh Forbes amicalement. Je rentrerai chez moi quand il me plaira.

— Y a pas de place ici pour un homme respectable et marié, le matin de la Saint-Etienne.

— Diable! Mais c'est que tu as raison, Bawn! Un... deux... quatre célibataires impénitents! Dieu me pardonne! Je m'étonne que Frances Mary m'ait laissé me joindre à vous.

— N'importe quelle femme, fit remarquer Mickeen Oge, apprécie quelques heures de liberté et de tranquillité.

Hugh pencha un peu la tête de côté, en un mouvement qui lui était familier, et une lueur amusée s'éveilla dans ses yeux, pleins de sagesse et de bonté.

— Tu n'aimes pas beaucoup les femmes, Mickeen Oge, mon fils.

— Pas beaucoup, reconnut Mickeen Oge avec franchise. Paddy Bawn, tu as bu.

— Non, mais je vais boire, riposta Paddy Bawn.

— Bien répondu! Verse-lui à boire, Sean.

Sean tourna lentement la tête vers lui.

— Patrick Enright, mon fils, prononça-t-il avec quelque difficulté, assoiffé tu te réveilleras demain, et assoiffé tu resteras.

— Que la volonté de Dieu soit faite... que diable! N'est-ce pas le marché que nous avons conclu?

— C'est vrai, mon fils. Bon! Nous allons boire ensemble un dernier verre qui devra étancher ta soif pour toute une année... pour toute une interminable année, Paddy Bawn. Hugh, passez-moi donc la bouilloire, et laissez Mickeen Oge Flynn tranquille. Qu'est-ce qu'il connaît des femmes, après tout?

— Je me le demande, fit Hugh en lui passant la bouilloire qui chantait à petit bruit au-dessus du feu de tourbe.

Nos visiteurs se quittèrent sur ce dernier punch. Je les mis en voiture, tandis que Paddy Bawn aidait Sean Glynn à regagner son lit.

Nous restâmes un moment près du capot de la bagnole, pas spécialement pressés de nous séparer.

— Nous comptons beaucoup sur vous, Archie. Que pensez-vous de Sean? me demanda Hugh d'une voix anxieuse.

— Qu'est-ce donc que cette... querelle d'amoureux qui le fait se terrer sur son domaine?

— Eh bien, cette...

— Non... non! s'exclama Mickeen Oge Flynn avec énergie. Ce n'a été que le coup final. Comme vous avez dû le deviner, commandant, Sean a été obligé d'accomplir une action terrible pendant la guerre, quelque chose qui l'a atteint dans ses fibres les plus secrètes, et, à mon avis, il cherche simplement, par ses propres moyens, à retrouver son équilibre.

— Où se trouve Nuala Kierley actuellement? demandai-je soudain.

Et Mickeen Oge, d'un signe de tête, me fit comprendre qu'il avait suivi ma pensée.

— Nous l'ignorons. Elle a quitté l'Irlande sans laisser de traces.

— Nous l'avons cherchée par monts et par vaux, dit Hugh. Mickeen Oge a une théorie au sujet de Nuala et de Sean.

— Peut-être assez risquée, m'expliqua Mickeen Oge. Voyez-vous, l'obsession de Sean est que Nuala Kierley s'est perdue, et perdue par sa faute. Mon idée, c'est que si nous pouvions lui démontrer qu'il n'en est rien...

— Mais si c'est le cas...

— Je le sais bien, dit Mickeen Oge d'un air sombre. C'est là qu'est le risque.

— J'ai une théorie, moi aussi, dit Hugh. C'est que le mal causé par une femme peut être guéri par une autre femme.

— Et alors?

— Il se refuse à la voir. Il reste à l'intérieur de ses maudites limites. Nous espérions que vous le persuaderiez d'en sortir. Vous n'y êtes pas arrivé?

— Non.

— Tenez bon, Highlander.

Et sur ces mots, ils me quittèrent.

Sean Glynn n'était pas encore monté se coucher lorsque je revins à la salle à manger. Il était toujours dans son fauteuil. Paddy Bawn à ses côtés. et ses yeux brillants et moqueurs m'accueillirent avec une expression sardonique.

— Que vous ont dit mes deux gardiens, Archie?

Je ne répondis rien, et il se mit à rire.

— Ce sont mes gardiens; vous ne le saviez pas? Ils viennent me voir chaque mois et s'assurer que mon surveillant s'acquitte bien de sa tâche.

— Je ne l'aime pas, cette damnée surveillance, grogna Paddy Bawn.

— Alors, pourquoi restes-tu près de moi, au lieu de te retirer enfin dans le coin tranquille dont tu me rebats les oreilles?

— Leaccabuie est assez tranquille pour moi.

— Je devrais te flanquer dehors de force, mais... je ne pourrais pas me passer de toi, Bawn. Je suis drôlement touché, Archie.

— Bah!

— Mais si. Et c'est bien pour ça que je me terre dans mon coin.

C'était donc ça! Je n'eus pas le courage de soutenir son regard.

— C'est une triste demeure, que la mienne, mon vieux frère, reprit Sean avec mélancolie, tout juste bonne pour Bawn et moi. Je regrette que vous y soyez venu, mais je vous regretterai plus encore lorsque vous la quitterez.

— Non, ce n'est pas une triste demeure, dis-je d'un ton ferme. C'est une belle et vieille demeure, mais un foyer solitaire pour un homme solitaire qui, n'ayant pas ce qu'il désire, cherche l'oubli... nuit après nuit... Combien de temps cela va-t-il encore durer, Sean?

— Dieu seul le sait.

— Je sais ce qu'il faudrait à cette maison.

— Moi aussi, Archie. Mais ce n'est pas moi qui le lui donnerai... Au lit, mon vieux. Viens, Bawn!

— Un instant, Paddy Bawn, dis-je, puisant mon courage dans mon dernier verre de punch. Suis-je venu dans cette maison uniquement pour m'imbiber de whisky, ou bien...

— Vous le supportez bougrement bien, je dois le dire, fit Paddy Bawn.

Puis, d'une voix changée, il ajouta :

— Mais si c'est Dieu qui vous envoie, nous le saurons un jour ou l'autre. Venez, maître!

CHAPITRE V

Ce fut la faute de Paddy Bawn si je tirai sur ce lièvre. Car il avait oublié de me prévenir.

Sean, lui et moi avions quitté la maison vers midi, le lendemain de Noël — ou à la Saint-Etienne, comme nous disons dans le Sud — après avoir reçu la visite d'un groupe d'enfants du village, masqués et costumés, portant dans une cage enrubannée un minuscule roitelet, et exécutant des pas de danse charmants et compliqués. Après une longue et peu fructueuse battue dans les fourrés de saules de Killersherag, Paddy Bawn nous proposa d'aller sur la lande qui les dominait, à la recherche d'une grouse attardée.

— Allez-y tous les deux, vieux chenapans, suggéra Sean. Quant à moi, je rentre. J'ai des comptes à mettre à jour.

Il me vint sur le bout de la langue une remarque sarcastique, mais je réussis à la retenir.

Lorsqu'il nous eut quittés, je posai une question ou deux à Paddy Bawn.

— Où se trouvent les limites du domaine de Leaccabuie.

— Par là-bas... à un mille... un mille et demi.

— Et à qui appartient le domaine qui le touche?

— Aux Hyland de Janemount, fit Paddy Bawn en me lançant un regard furtif.

— Tiens! Bon, en route, pour le braconnage.

Mais les grouses se méfiaient, et nous mîmes longtemps à en abattre un couple.

Un peu de neige était tombée, pendant la nuit, sur les parties les plus élevées de la lande, et si le soleil l'avait effacée, il en restait quelques plaques sur les pentes exposées au nord. Ce fut sur l'une d'elles qu'un des setters leva un lièvre au pelage si clair que je le pris pour un de ces lièvres blancs si abondants en Ecosse. J'épaulai aussitôt, car dans les Highlands, nous tirons toujours sur les lièvres quand nous en levons.

Ce fut alors que le cri angoissé de Paddy Bawn me saisit :

— N...on Oh! Dieu tout-puissant!

Mais le cerveau avait déjà commandé au doigt, et le coup partit. Le lièvre fit la culbute, retomba sur ses pattes, broncha, puis disparut sur trois pattes dans un épais fourré de bruyère.

— Couché, Boru, couché!... Black Vilette, ici!

Et les chiens, bien dressés, s'arrêtèrent net.

— A quoi diable pensez-vous, Bawn? dis-je d'un ton irrité.

Paddy Bawn ne se retourna même pas. Son vieux chapeau d'une main, son fusil de l'autre, la tête penchée en avant, il fouillait la lande avec une expression où se mêlaient la crainte, le désarroi et l'ombre d'un espoir. Il décrivit du regard un large cercle, puis, l'air soulagé, le visage détendu, poussa un profond soupir.

— Vous seriez perdu de réputation, si quelqu'un vous avait vu.

— Mais voyons, Bawn, ce n'était qu'un lièvre.

A ces mots, Bawn jeta à terre son vieux chapeau et l'envoya valser d'un coup de pied.

— Imbécile que je suis! J'ai oublié de vous prévenir.

— Me prévenir de quoi?

Paddy Bawn se calma et parvint à s'expliquer :

— C'est de ma faute, commandant. Mais, dites-moi, est-ce qu'on tire sur les renards, en Angleterre?

— Oh! oh! m'exclamai-je. Je comprends! Des beagles?

— Non, des lévriers... Les propriétaires des domaines environnants ont formé une association, et le plus fort, c'est que je suis leur garde-chasse. N'importe quel chasseur que l'on surprend à poursuivre un seul lièvre avec ses chiens, ou à le tirer, me paie cinq livres comptant... et se considère heureux de s'en tirer à si bon compte.

— Je suis désolé, mon vieux, dis-je pour m'excuser. Nous autres, dans le Nord, nous n'hésitons pas à tirer sur les lièvres. Je vous verserai vos cinq livres, bien entendu.

— Ma foi! fit Paddy Bawn avec un bon sourire, j'y ai pensé à la minute où vous avez appuyé sur la gâchette. Nous avons bougrement besoin d'argent... Mais c'est plus grave que vous ne pensez, commandant. Entre nous, vous avez touché le plus fameux lièvre de la province du Munster. Vous l'avez bien regardé?

— Un simple lièvre, de l'espèce la plus ordinaire... pas même très grand.

— Non... une bête formidable! C'est le *Lua-Bawn-Shee* — le Lièvre enchanté, comme nous l'appelons. Nous l'avons couru cinq fois cette année avec des chiens hors ligne — Master Ross était parmi eux — et aucun chien n'a pu le rattraper. Et maintenant, le voilà avec une patte cassée. Si quelqu'un nous a vus, je n'oserai plus jamais relever la tête.

Une fois de plus, il scruta du regard les vallonnements de la lande et j'en fis autant de mon côté.

— On ne sait jamais, reprit-il d'un ton soucieux. Quelque chasseur, dissimulé derrière un bouquet de saules, a pu nous observer, et s'il a vu le **Lua-Bawn-Shee** s'enfuir sur trois pattes.

Je suppose qu'il vous en coûterait beaucoup de mentir?

— Beaucoup, oui... mais je suis prêt à déclarer que je n'ai jamais entendu parler d'un lièvre appelé le Lièvre enchanté. Et j'irai même jusqu'à dire que je n'ai de ma vie tiré sur un lièvre... et que je méprise les chasseurs qui le font... Mais avez-vous vu le beau lapin que j'ai touché?

— Et comment? C'est un lapin domestique que j'ai perdu au temps de la moisson et qui est retourné à l'état sauvage.

— C'est bien pour ça que je ne veux pas le laisser courir sur trois pattes. Explorez ces fourrés avec Vilette. Moi je prendai Boru. Il n'a pas pu aller très loin.

— Et si l'on vous voit?

— C'est mon affaire... et d'ailleurs j'ai payé l'amende.

— Ma foi, vous avez peut-être raison. Et ne le ratez pas, cette fois. Tout de même, c'est une sacrée malchance!

*

Ce lièvre m'entraîna plus loin que je ne le pensais.

Je me demande parfois si ce n'était pas réellement un enchanteur et s'il ne m'entraîna pas volontairement là où j'aboutis ce soir-là. Car il ne se conduisit pas comme le fait invariablement un lièvre blessé, lequel décrit des cercles sur son propre territoire, mais fila droit devant lui pendant plus d'un bon kilomètre. Boru, pas un instant ne perdit la piste, avançant sans hésiter entre les fourrés de bruyère et les ronciers, et je le suivis de mon mieux sans chercher à ralentir son allure.

Au bout de cinq cents mètres, je fus arrêté par des barbelés fléchissants que je franchis aisément. Je sus ainsi que je me trouvais sur les terres de Janemount, mais j'avais décidé d'avoir ce lièvre à tout prix.

Nous n'avions pas de temps à perdre. Le soleil, disque rougeâtre, n'allait pas tarder à disparaître derrière les collines, et Leaccabuie était déjà à une bonne heure de marche. Ne quittant pas le chien du regard, je ne faisais guère attention à l'endroit où je posais les pieds et je commençai par me tordre la cheville sur une motte de tourbe, puis m'offris une belle glissade sur une plaque de neige, glissade qui se termina par une culbute cul par-dessus tête. Le setter marchait si bien que je ne pris même pas le temps de jurer, et me hâtai de me relever pour ne pas me laisser distancer.

C'est alors que j'arrivai en haut d'une pente et que je distinguai, à moins de cent mètres, une hutte au toit de chaume. Je fis entendre un

sifflement impérieux et Boroimhe, aussitôt, se
coucha docilement en travers de la piste et attendit. J'examinai plus attentivement la cabane.
Vieille et décrépite, ses murs d'argile s'écail-
laient par place. Le chaume du toit, pourri,
s'effrangeait. Le reflet pourpre du couchant frappait les carreaux, mais certains, brisés, avaient
été remplacés par du carton. Aucun panache de
fumée ne s'échappait de la cheminée. Une ma-
sure vide et abandonnée... peut-être un ancien
pavillon de chasse.

J'appelai le setter d'un claquement de langue
et me dirigeai vers l'entrée du pavillon, m'amu-
sant à jouer avec cette idée que, peut-être, le
Lua-Bawn-Shee s'y était réfugié et en profiterait
pour reprendre sa forme première. Quelle ne
fut pas ma surprise, en arrivant près du pavillon, de voir un alezan sellé, attaché à la porte.
A cet instant précis, Boroimhe se raidit, la
patte avant dressée, la queue dressée. A dix
mètres de son museau le lièvre blanc se tenait
en boule, les oreilles couchées, ses grands yeux
fixes et brillants. J'imagine que l'acharnement
que j'avais mis à poursuivre cette petite bête
blessée, et mon désir de mettre fin à ses souf-
frances m'emportèrent car, sans une seconde
d'hésitation, j'épaulai mon fusil, visai et appuyai
sur la gâchette.

L'explosion formidable, la flamme, puis l'obscurité semée d'étoiles qui suivirent se confon-
dirent dans ma tête...

✜
✜

J'ouvris les yeux dans la demi-obscurité qu'une chandelle de suif posée sur la cheminée dissipait à peine.

J'eus l'étrange impression de me retrouver à la fenêtre de ma chambre, à Leaccabuie, et de voir apparaître dans le jardin la femme à la mante à capuchon qui m'était apparue cette nuit-là. Je retrouvais les trous d'ombre des yeux et le modelé du menton. Puis le visage s'approcha, la lueur de la chandelle l'illumina et je reconnus Joan Hyland.

J'étais couché sur le dos à même la terre battue et la veste de Joan Hyland était roulée sous ma tête.

— Que s'est-il passé?

— Rien de grave... vous allez déjà mieux. Dans un instant, vous vous sentirez tout à fait bien.

La voix au timbre chaud était infiniment apaisante. Je me mis sur le côté et parvins à me redresser sur un coude, mais la tête me tournait. Et, aussitôt, des mains me saisirent.

— Doucement... là, doucement!

Mais je m'obstinais à me redresser. J'avais le mur derrière moi. Des mains expertes placèrent

la veste sous ma tête et m'aidèrent à m'adosser
à la paroi.

— Là! Et ne bougez plus maintenant. Vous
avez bien failli vous tuer.

— Mais quand... et comment?

— Votre fusil a éclaté... devant le pavillon...
il y a environ vingt minutes... une demi-heure,
peut-être.

— Oh!

Je me souvins alors qu'en tombant sur la
neige. j'avais probablement obstrué le canon de
mon fusil et que. trop pressé, je ne m'en étais
pas assuré avant de tirer.

Je levai la main. effleurai ma tempe droite et
grimaçai de douleur. La jeune femme prit ma
main dans les siennes et l'y retint. Je remarquai
ses mains, grandes et belles... des mains fortes.

— N'y touchez pas, dit-elle gentiment. Cela
ne saigne pas. Ce n'est qu'un joli petit œuf de
pigeon.

Elle se redressa me considéra un moment,
puis alla s'asseoir sur une planche grossière que
supportaient deux grosses pierres.

— Prenez tout votre temps. répéta-t-elle.

Mes esprits me revenaient peu à peu. mais la
tête me faisait horriblement mal. J'examinai la
pièce où nous nous trouvions. A part le banc
rustique. il n'y avait aucun meuble. L'odeur de
suie d'un feu de tourbe depuis longtemps éteint
y régnait. Le toit noirci étouffait la lumière

vacillante de la chandelle. La porte, juste en face de moi, était grande ouverte et déjà le crépuscule sombrait dans la nuit... Oui, il devait bien s'être écoulé une demi-heure... Et où diable avait passé Paddy Bawn?

— Comment suis-je ici... Paddy Bawn?...

— Non. C'est moi qui vous ai porté. Au début, je vous ai cru mort. Votre fusil a littéralement éclaté... Je ne pouvais pas vous ramener. Aussi, avant de chercher du secours, je vous ai porté jusqu'ici.

— Vous m'avez porté... seule?

— Et vous n'êtes pas précisément léger. Mais je suis forte.

Oui, je reconnaissais en elle les belles épaules et le torse souple d'une femme bien entraînée. Je m'imaginai un instant reposant dans ses bras. Elle portait un chemisier de soie blanche, des culottes de cheval et de longues bottes. Elle avait la souplesse et la minceur d'un adolescent, mais son visage était celui d'une femme. Un visage large, étrangement oriental, aux yeux enfoncés, un nez légèrement busqué, à la bouche taciturne — une bouche trop sérieuse pour une fille si jeune.

Et de nouveau, en la regardant plus attentivement, j'eus la curieuse impression de revoir la femme au capuchon qui se tenait au portail de Leaccabuie House, la nuit où Sean Glynn avait renversé les cierges... ces cierges qui devaient montrer son chemin à une femme dans les douleurs.

Je suppose que lorsqu'un être perd complètement connaissance et que la conscience lui revient peu à peu, son esprit, encore égaré, se fixe sur les problèmes qui l'obsèdent et qu'il traite ces problèmes d'une façon un peu anormale. C'est exactement ce que je fis.

Je me trouvais seul avec Joan Hyland dans cette cabane solitaire et mon esprit aussitôt se concentra sur Sean Glynn. Il avait aimé cette jeune fille et il l'avait perdue. L'aimait-il toujours? J'en eus brusquement l'absolue certitude. C'était une femme faite pour être aimée et la perdre était pour un homme un tourment s'ajoutant à un lourd fardeau. J'avais été injuste envers mon ami. Il était plus fort que je ne le pensais. Il luttait contre son chagrin, ne se laissait pas abattre par lui, gardait une secrète dignité et maintenait intacte en lui, l'étincelle...

J'éprouvai pour Sean Glynn un élan de pitié. Et avec cette pitié me vint le désir intense de le décharger de son fardeau, de ce chagrin que je venais de comprendre pleinement. Perplexe et anxieux, je secouai lentement la tête.

Joan Hyland s'agita sur son banc grossier, remua les pieds et pencha le buste en avant. Elle avait dû apercevoir ma propre agitation.

— Et sur quoi tiriez-vous? me demanda-t-elle brusquement, comme pour échapper à ses pensées.

— Sur un lapin. (Je n'oubliais pas ma promesse à Paddy Bawn.) Un lapin blanc.

— Pas le *Lua-Bawn-Shee,* j'espère?

— Est-ce le nom du lapin de Paddy Bawn qui s'est échappé au temps de la moisson? demandai-je, imitant sans le vouloir jusqu'à l'accent traînant de Paddy Bawn.

— Nous autres Irlandais, nous sommes de fameux menteurs! me fit simplement observer la jeune fille. J'espère que vous ne l'avez pas tué.

— J'ai plutôt failli me tuer moi-même. C'est une grande chance pour moi, Miss Hyland, que vous ayez passé à cheval dans un endroit aussi désert.

— Je passe assez souvent par ici. Vous êtes sur nos terres... vous le savez peut-être... la clôture n'est pas loin d'ici... et je jetais justement un coup d'œil sur les barbelés.

— Vous arrive-t-il de franchir cette clôture?

Elle ne répondit pas. Penchée en avant, les paumes posées à plat sur le bois rugueux, les yeux fixés sur le sol de terre battue... elle semblait plongée dans ses pensées. Mais j'avais amené la conversation au point où je le désirais, et je ne me laisserais pas rebuter.

— Je connais un homme. dis-je qui ne franchirait pas les limites de son domaine pour Dieu, ni diable.. ni pour une femme.

Elle redressa brusquement la tête comme si je l'avais frappé sous le menton.

— Vous arrive-t-il de rencontrer cet homme lorsque vous galopez le long de vos clôtures?

— Non, je ne le rencontre jamais, me dit-elle simplement.

Une citation me vint aux lèvres et je murmurai :

« — Elle galope seule sur la lande déserte, les yeux sur l'horizon, vide comme son cœur qui attend en vain. »

— Pourquoi me dire cela? demanda-t-elle très bas.

Mais en réalité, elle ne semblait nullement surprise, et je sentis qu'elle ne m'en voulait pas de ma hardiesse. Je ne faisais que donner forme à ses propres pensées, longuement remâchées. Cette enfant, elle aussi était dans la peine, et je ne la lâcherais pas avant de lui avoir arraché son secret.

— Paddy Bawn Enright m'a raconté, repris-je, que l'on allume de grands cierges, la nuit de Noël, pour éclairer la route de la Mère de Dieu qui est dans les douleurs. De hauts cierges brûlaient aux fenêtres de Leaccabuie et j'ai vu une femme, vêtue d'une mante à capuchon, les contempler du portail du jardin... et ce soir-là, cette femme avait traversé la clôture.

Elle rougit, mais le courage ne lui faisait pas défaut et elle répondit bravement :

— Et les cierges s'éteignirent tandis qu'elle était là.

— Que désirait cette femme, Joan Hyland? Etait-elle dans le besoin... ou dans les douleurs?

— Vous croyez savoir des choses, me dit-elle d'un ton plein d'amertume, mais vous ne comprenez rien du tout.

— Vous seriez peut-être surprise... dis-je avec un bref sourire.

Mon état d'esprit l'avait gagnée et elle joua le jeu de cette manière directe qui était bien à elle.

— Est-ce vrai que Sean Glynn se tue à force de boire?

— Non. Il boit pour s'aider à vivre. Mais vous n'avez pas répondu à ma question.

Mais elle ne le pouvait pas et je le savais. Elle aborda un autre sujet.

— Dites-moi, commandant... Savez-vous que nous sommes à quatre kilomètres à pied de Janemount?...

— Janemount? Mais n'êtes-vous pas à cheval?...

Elle eut un léger rire sans gaîté.

— Vous avez effrayé Laddo pour de bon, cette fois... il est sans doute de retour à Janemount et ma mère doit s'inquiéter. Il a rompu sa bride au moment où votre fusil a explosé.

— Je suis désolé.

Mais il n'en était rien. Et mon esprit obstiné continua de tendre vers un seul but.

— Ne sommes-nous pas presque aussi près de Leaccabuie que de Janemount?

— Plus près... d'un kilomètre ou deux... mais... croyez-vous que vous pourrez marcher? me demanda-t-elle d'un ton hésitant.

— Peut-être pas tout de suite... Paddy Bawn vous ramènerait chez vous en vingt minutes avec le trotteur.

— Non! N...on!

Elle protestait pour la forme, mais je la sentis tentée.

Je la tenais comme un saumon au bout de ma ligne. Et mes ennemis eux-mêmes sont obligés de reconnaître que je m'y connais en saumons. Je lui donnai un peu de jeu.

— Marcher jusqu'à Janemount serait une folie. De plus, Paddy Bawn ne doit pas être loin d'ici. Nous étions sur la lande ensemble, et Boru, le setter, l'amènera probablement de ce côté, à ma recherche.

— Dans ce cas, nous allons attendre encore un peu, dit-elle en s'installant sur son banc. Vous n'êtes pas trop mal?

— Pas du tout.

Je tournai les yeux vers la porte ouverte et vis s'y dessiner la silhouette de Paddy Bawn. Il se tenait, raide comme un piquet, juste à l'entrée, les deux chiens couchés à ses pieds. Je regardai Joan Hyland. Les yeux baissés, elle tapait du talon sur la terre battue, se demandant où je frapperais mon prochain coup. Sans la quitter du regard, je posai un doigt sur mes lèvres et fis du pouce un geste éloquent. Lorsque mes yeux revinrent à la porte, Paddy Bawn avait disparu et ses chaussures cloutées n'avaient pas éveillé le moindre écho dans la cour pavée. Un rude gaillard, ce Paddy Bawn.

— Votre mère doit se faire du souci, Miss Hyland.

— Cela ne lui fera pas de mal, me répondit-elle avec une ombre de dureté peu filiale...

Sa mère, une vieille idiote, m'avait dit un jour Paddy Bawn.

— Si Paddy Bawn venait jusqu'ici, repris-je, nous pourrions l'envoyer en avant à Leaccabuie et il viendrait à notre rencontre avec le poney, par la grand'route.

Je la regardai d'un air interrogateur et elle fit un geste d'approbation.

— Nous gagnerions peut-être du temps en prenant le chemin par lequel je suis venu. Les chiens n'auront pas de peine à nous retrouver.

— Croyez-vous avoir la force de...

— Je peux toujours essayer! En m'appuyant sur vous...

En me levant, je chancelai, et m'appuyai de la main au mur. Elle s'élança à mon secours. En réalité, j'aurais très bien pu ne pas vaciller, car j'ai une dure tête d'Ecossais et j'aurais pu, au besoin, rentrer à Leaccabuie par mes propres besoins. De plus, la secrète excitation que j'éprouvais à me sentir me rapprocher du but, me faisait oublier ma tête douloureuse.

La jeune femme enfila sa veste. Je m'appuyai fortement à son bras et nous sortîmes dans la nuit, laissant la chandelle se consumer sur la cheminée.

Je lui tenais le bras d'une ferme étreinte. Nos épaules se touchaient, et, par moments, je m'appuyais sur elle de tout mon poids — m'efforçant de ne pas envier Sean Glynn.

— Vous connaissez le chemin? lui demandai-je.

— Il y a d'abord un raccourci et un très bon sentier le long de la clôture.

— Et un autre qui se dirige vers Janemount?

— C'est exact.

— Je le pensais.

Elle dut deviner que je me moquais doucement d'elle, car elle me demanda :

— Pourquoi dites-vous cela?

— Je répondais à une pensée.

— Oui, dit-elle simplement. Sean et moi nous nous donnions souvent rendez-vous dans ce pavillon.

— Ce banc rustique m'y a fait penser, dis-je. Que faudrait-il pour que vous vous y rencontriez de nouveau?

— Rien que ce monde puisse offrir, dit-elle tristement. Vous ne connaissez pas Sean.

— Je suis prêt à parier, dis-je, et à engager jusqu'à ma chemise sur mon pari.

Nous avancions d'un bon pas. Les bruns mamelons des basses collines se profilaient sur le ciel d'un vert lumineux, et de temps à autre une bouffée d'air plus froid passait sur nous. Ni Paddy Bawn, ni les chiens n'étaient en vue. Je crus voir un instant un buisson se déplacer sur la crête d'un mamelon, et un peu plus tard, je crus entendre le bruit que fait un chien en traversant un ruisseau peu profond, mais ce fut tout. Paddy Bawn n'avait pas été si longtemps un franc-tireur pour rien.

Je tenais toujours solidement le bras de la jeune fille et je lui demandai brusquement :

— Connaissiez-vous Nuala... je veux dire Mrs Kierley... Miss Hyland?

Je sentis son bras tressaillir et je compris que j'approchais du but.

— Non. Je l'ai seulement rencontrée une fois ou deux.

— Elle était jolie, n'est-ce pas?
— Elle était très belle.

Au ton qu'elle employa, je compris que la beauté de Nuala Kierley était son pire défaut... du moins à ses yeux.

— D'après ce qui parut dans les journaux, je crus comprendre qu'elle était vaguement parente de Sean?

— Une petite-cousine, issue de germain... Son nom de jeune fille était O'Carroll.

Comme tous les Gaéliques, la jeune fille connaissait bien sa généalogie.

— Etait-elle... comment dire... avait-elle une bonne réputation?

— Je... oh, je l'ignore. Comment le saurais-je?

— Oui, évidemment. D'après les on-dit, elle quitta son mari — un curieux garçon, j'imagine — s'enfuit avec Sean... et vécut quelque temps à Leaccabuie.

— D'où ils repartirent ensemble.

— Et c'est tout?

— N'est-ce pas suffisant?

— Vous êtes-vous assurée que cela était réellement suffisant?

Ma question était dure et elle n'y répondit pas.

— Evidemment, si vous ne vous en êtes pas assurée...

— J'étais absurde, je le sais, et Sean... Sean n'a pas été très chic avec moi... Oh, je ne sais plus! Ma mère...

Sa voix se durcit en prononçant son nom.

— Votre mère?...

— Elle me disait que Sean... J'étais très jeune, alors... que Sean était un mauvais catholique... qu'il négligeait ses devoirs... qu'il avait perdu la foi... qu'il était damné...

— Ses amis le suivraient demain en enfer, s'il le fallait.

— Vous êtes dur avec moi, commandant Mac-Donald, dit la jeune fille avec humilité. Je sais que vous me méprisez... et que vous me haïssez, comme tous ses amis, Hugh Forbes, Mickeen Oge Flynn, Paddy Bawn. Vous êtes très loyal. Vous autres hommes vous faites preuve de tant de loyauté dans vos amitiés. Tandis que nous... que pouvais-je faire... après ce qui s'est passé? Sean a un caractère si violent et moi-même... J'étais très jeune... Que pouvais-je faire?

— Rien, à ce moment-là... dus-je reconnaître.

Je sentis trembler son épaule et j'évitai de m'y appuyer.

— Un homme, repris-je d'un ton sentencieux, est souvent à la merci d'une femme, bien que le contraire soit plus généralement admis. Et une femme est rarement aussi désemparée qu'un homme. Et il arrive — rarement, il est vrai — qu'une femme sauve un homme au lieu de l'entraîner dans sa perte.

— Je ne l'ai pas entraîné...

— Non! interrompis-je brusquement. Mais seriez-vous, maintenant, disposée à l'aider?

— Oh! Je ne sais...

Nous reprîmes notre route à travers la lande paisible.

— Sean ne vous a jamais rien expliqué? demandai-je enfin.

— Non. Je ne lui ai d'ailleurs posé aucune question.

— C'est bien... vous avez eu mille fois raison... Vous étiez, en somme, moins jeune... moins inexpérimentée que vous ne le pensiez. Et maintenant vous vous prenez pour une vieille dame, bien entendu?

Je l'entendis rire doucement.

— Non, je crois que je suis encore très jeune.

— Mais beaucoup plus sage... oui, infiniment plus sage... et une femme sensée se fait certaines réflexions. Les hommes sont de curieux animaux... et les femmes savent bien que si ils en valent la peine — ce qui est rarement le cas — elles doivent lutter contre eux sans arrêt. Non pas une fois, mais continuellement. Nous ignorons de quoi s'est rendu coupable Sean Glynn, nous ne savons pas ce qui l'a poussé à agir comme il l'a fait, mais...

— Je vous en prie, murmura la jeune femme, n'en dites pas davantage... Je ne peux plus le supporter.

— Rien qu'un mot encore. Si Sean Glynn mérite que vous l'aimiez, il mérite que vous l'aidiez... A vous d'en décider.

De nouveau je sentis son bras tressaillir contre le mien, et je décidai que j'en avais assez dit.

Moi, en tout cas, je ne trouvai pas ce retour trop long. Avant même que je m'en rende compte, nous avions rejoint la grand'route, et le portail de Leaccabuie se dressait devant nous.

Les vantaux en étaient grands ouverts et je crus entendre, dans l'allée, le pas de quelqu'un qui nous précédait.

— Mais où est donc Paddy Bawn? demanda Joan Hyland, s'arrêtant au milieu du chemin.

— Il ne nous aura pas trouvés et il sera rentré à la maison.

— Je ne peux pas... murmura-t-elle en réponse à ma question informulée. Je n'ose pas... Il a renversé les cierges...

Je la tenais toujours par le bras.

— Je vous promets, Miss Hyland, que personne — absolument personne — ne sera au courant de votre passage. Je donnerai discrètement à Paddy Bawn l'ordre d'atteler le poney, et... je ne peux tout de même pas vous laisser seule ici.

— Bon, dit-elle en se résignant devant l'inévitable.

Nous nous engageâmes dans l'allée obscure, bordée de hauts massifs, et je sentis son bras — chaud et fort — trembler sous le mien.

Déjà nous étions au pied du grand noyer, passions la haute porte, contournions les étables, et arrivions au pied du perron. La porte d'entrée était close, mais la fenêtre de la salle à manger jetait sur la cour pavée un large rais de lumière. La chose me parut curieuse, car Johanna Dillane fermait toujours les persiennes en apportant la lampe allumée.

— Un instant, dis-je tout bas.

Le châssis du bas était légèrement relevé et un léger courant d'air agitait faiblement les rideaux. Je jetai un coup d'œil dans la pièce et revins vers Joan Hyland, qui m'attendait.

— Laissez-moi vous montrer quelque chose, repris-je à voix basse. N'ayez pas peur! Venez!

Ma volonté fut plus forte que la sienne, ou peut-être s'accordait-elle avec la sienne. Elle se laissa conduire vers la fenêtre illuminée.

— Regardez, lui dis-je. Voilà ce que vous avez fait de Sean Glynn.

*
* *

Sean, à son habitude, était assis à la table. Mais, chose inhabituelle, il avait laissé tomber sa tête sur son bras replié sur la nappe immaculée, tandis que de son autre main, tendue, il tenait son verre par le pied. Le flacon, aux trois quarts vide, était devant lui.

— Oh! Sean... Sean! murmura Joan Hyland d'un ton navré.

— Allez-vous agir, maintenant, ou êtes-vous encore assez jeune pour continuer à faire l'idiote? lui demandai-je d'un ton acerbe.

Elle ne se donna même pas la peine de me répondre. Repoussant mon bras d'un geste vif, elle s'approcha de la fenêtre, releva le lourd châssis avec la vigueur d'un être jeune, et sauta dans la pièce d'un souple élan. Elle fit un pas... et s'arrêta.

— Sean!

Le bruit, cette voix — résonnant à son oreille ou dans son cœur — sortirent Sean de sa torpeur. Sa main tressaillit et le verre se renversa sur la nappe. Il releva la tête et ses yeux s'agrandirent, clignèrent, s'écarquillèrent à la vue de Joan Hyland. Puis il passa la main devant ses yeux, la regarda de nouveau et se leva lentement, complètement dégrisé.

— Je te salue, fantôme, dit-il d'un ton lugubre. En suis-je donc arrivé là? Je le redoutais depuis longtemps.

Il se tourna vers la table avec une lenteur calculée et souleva le carafon d'une main qui ne tremblait pas. Je faillis sauter à mon tour dans la pièce, mais la voix de Sean me retint, comme elle retenait Joan Hyland.

— Tu me trahis donc, toi aussi, dit-il en considérant en transparence le liquide ambré. Et il ne me reste plus rien... Bon!

Il reposa doucement le carafon sur la table et l'écarta de la main. C'était enfin le renoncement

Puis il se tourna vers Joan et lui sourit tristement, ses yeux sombres étrangement brillants, la voix sourde et monocorde.

— Vous êtes toujours là? Je vous voyais parfois en rêve, mais vous êtes plus belle que tous les rêves... Et vous êtes plus forte que l'alcool, ajouta-t-il en s'asseyant. Mes amis me croyaient touché parce que je suis hanté par une ombre, mais moi... moi, je sais qu'il n'en est rien. Et cependant, parfois... sortant de l'ombre, je vois le visage plein de reproches d'une femme... Pas vous, ma petite fille! Non, une femme que j'ai brisée de mes mains, pour la cause, consciemment et volontairement. Mais je ne la verrai plus désormais : c'est vous que je verrai — et je garderai mon secret — mais lorsque nous serons seuls...

Il continua de marmonner je ne sais quoi, puis il se leva brusquement en criant :

— Archie... Archie! Où êtes-vous?

— Sean! Regarde-moi!

La voix de Joan Hyland était ferme, et elle vint lentement, très lentement jusqu'à lui.

Les épaules de Sean fléchirent et il vacilla légèrement.

— Assieds-toi, Sean! dit-elle en lui effleurant le torse du bout des doigts.

Il retomba sur sa chaise sans la quitter des yeux.

— Tout va bien, Sean, dit-elle d'une voix baignée de tendresse. Oui, tout va bien, maintenant, Seaneen! Plus jamais je ne te laisserai.

Elle attira la tête de Sean contre son sein, et de ses mains longues lui caressa doucement les cheveux.

— Là... Nous avons été stupides et malheureux, mais c'est fini, maintenant. Nous ne nous ferons plus souffrir.

Il lui répondit d'une voix étouffée, mais les mots qu'il prononça ne parvinrent pas jusqu'à moi.

Le bras de Paddy Bawn m'entoura les épaules, et je m'y appuyai avec délices.

— Allons-nous-en, maintenant, Highlander. Je savais bien que vous étiez l'envoyé de Dieu...

Et il m'entraîna le long du mur.

— J'ai horriblement mal à la tête, Paddy Bawn. Mon fusil a explosé et j'ai bien failli me tuer.

— C'était donc ça! Non, vous n'auriez pas trouvé la mort dans notre vallée... ou nous vous aurions offert une tête de rechange. Dieu tout-puissant! On peut dire que les choses ont marché à notre idée... et j'ai joliment bien fait d'ouvrir la fenêtre en le trouvant endormi. Tout ira bien maintenant... et mon petit coin tranquille m'attend toujours à Knockanore Hill.

Mais une pensée m'obsédait, et je me sentis soudain plein d'amertume.

— Tout va bien pour eux, dis-je, et tout va bien pour vous, Paddy Bawn, mais Nuala Kierley? Cette malheureuse femme? Qui pense encore à elle?

— Vous, répondit laconiquement Paddy Bawn.

— Oui, car je la plains profondément.

— Que Dieu lui vienne en aide... et à vous aussi! dit Paddy Bawn en me serrant le bras.

Mais je vis que sa pensée était bien loin des femmes.

— Ecoutez donc! fit-il. J'ai eu la plus belle peur de ma vie, ce soir. Vous m'avez bien dit que le *Lua-Bawn-Shee* s'était enfui sur trois pattes et que vous l'aviez touché en plein?

— Sur trois pattes... oui!

— Ecoutez bien! Je l'ai surpris à la porte de la cabane, là-bas, et il a détalé sur ses quatre pattes — vous m'entendez? Sur ses quatre pattes. Et les chiens n'ont même pas levé le nez.

— Vous l'avez vu dans l'obscurité?

— Il a passé devant la porte, et la lumière est tombée sur lui... C'est Dieu qui nous l'a envoyé... et qui vous a envoyé ici... et demain, je vous le prouverai!

Mais ça, c'est une autre histoire.

TROISIÈME PARTIE

————

L'HOMME TRANQUILLE

CHAPITRE PREMIER

Paddy Bawn Enright, joyeux gars de 17 ans, partit un jour aux Etats-Unis, chercher fortune, comme le font tant d'Irlandais. Quinze ans plus tard, il revint à son Kerry natal, ayant perdu de sa gaîté et de sa jeunesse. Avait-il fait fortune? Personne n'en sut rien. Car c'était un homme tranquille, qui parlait peu de lui-même et de son passé.

Oui, un homme tranquille, d'une taille un peu au-dessous de la moyenne, aux solides épaules et aux calmes yeux bleus sous d'épais sourcils plus foncés que ses cheveux bruns... tel était Paddy Bawn Enright. Il tenait une épaule un peu plus haute que l'autre, et certains disaient qu'il avait pris cette habitude pour protéger ses yeux de l'éclat du métal en fusion, alors qu'il travaillait à Pittsburgh dans une fonderie d'acier. D'autres, que ce geste lui était resté de l'époque où il servait de punching-ball à ses copains dans un camp de boxe de l'Etat de New-York.

Il revint chez lui à l'âge de 32 ans — encore
assez jeune pour l'amour et pour la guerre —
constata qu'il était le dernier des Enright, et que
la ferme de ses ancêtres faisait dorénavant partie de l'exploitation de Will O'Danaher, de Moyvalla. Red le Roux — les cheveux roux et un
tempérament violent étaient de tradition chez
les Danaher — avait acquis la petite ferme des
Enright, et ses quelques arpents de terre, d'une
manière détournée, et les voisins se demandaient
avec curiosité comment Paddy Bawn allait réa-
gir. Car personne, de mémoire d'homme, ne se
souvenait avoir vu un Irlandais accepter sans
broncher de perdre son domaine familial.

Et pourtant, ainsi fit Paddy Bawn. Il ne tenta
rien pour rentrer en possession de son bien. Et
les gens se mirent à secouer la tête et à exprimer
sur son compte des appréciations peu flatteuses,
que d'autres se chargèrent de lui répéter.

— Le pauvre petit gars a peut-être raison,
disaient les gens. Car malgré tous les trucs de
boxe que lui ont appris les Américains, quelle
chance a-t-il contre notre Red? Cette maudite
brute le briserait comme une coquille de noix
entre ses deux grosses mains.

Mais Paddy Bawn laissait dire, souriait de son
air tranquille... La vérité, c'est qu'il en avait
assez de se battre. Il n'aspirait plus qu'à une
chose : à la paix — « un petit coin tranquille, à
flanc de colline », comme il le disait lui-même.
Et il allait son petit bonhomme de chemin,
entouré de ses vieux amis, toujours à la recher-

che de son coin tranquille. Et lorsqu'il le trouva, l'argent pour l'acheter ne lui fit pas défaut.

C'était une jolie petite métairie, sur un repli bien abrité de Knockanore Hill, juste au-dessous de la lande couverte de bruyère. La maison n'était pas grande, mais en parfait état, et, exposée en plein midi, elle recevait le moindre rayon de soleil. Et par-dessus tout, elle contentait pleinement Paddy Bawn, car elle respirait la paix qu'il avait tant cherchée, et jouissait de la plus belle vue de tout le Kerry... le vallon où couraient des eaux vives, le haut rempart des montagnes lointaines, la verte plaine liquide de l'Atlantique entre les noirs portails de l'embouchure de la Shannon.

Et pourtant, pendant près de cinq ans, Paddy Bawn Enright ne profita guère d'un jour de paix dans ce paisible asile.

L'horreur et l'amertume de la lutte contre les Black-and-Tans attristaient l'Irlande, et Paddy Bawn, mû par cet idéal plus puissant dans le cœur d'un Irlandais que tout autre désir, alla combattre pour ce que l'Angleterre cherchait à détruire en Irlande... la liberté de l'âme. Il se joignit à une colonne mobile de l'Armée Républicaine Irlandaise, colonne célèbre entre toutes et commandée par Hugh Forbes, ayant Mickeen Oge Flynn pour second. Et il combattit dans les rangs de cette colonne jusqu'à ce que la trêve fût signée. Mais même alors, la paix de Knockanore Hill lui fut refusée

Car c'était un homme loyal, et ses chefs, Hugh Forbes et Mickeen Oge Flynn, placèrent sur ses épaules un nouveau fardeau. Le prenant à l'écart, ils lui parlèrent de Sean Glynn, de Leaccabuie, et de son domaine qui surplombait la vallée de l'Ullachowen.

— Paddy Bawn, mon gars, lui dit Hugh de cette voix vibrante à laquelle personne ne pouvait résister, notre ami Sean nous inquiète... il est hanté par quelque chose.

— Je sais, dit Paddy Bawn.

— Et c'est un ami que nous ne pouvons pas abandonner, car, lui, ne nous a jamais lâchés, même aux jours les plus sombres.

— Que voulez-vous que je fasse?

— Que tu sois son régisseur et que tu restes à ses côtés jusqu'à ce qu'il redevienne lui-même.

— Et ce ne sera pas long, avec l'aide de Dieu, ajouta Mickeen Oge.

— Pour peu de temps, ou pour longtemps, dit Paddy Bawn, je resterai à ses côtés. Mon petit coin tranquille ne s'envolera pas. Je demanderai à Matt Tobin d'y avoir l'œil... et ce sera bien ainsi.

Et comme vous le savez, il resta auprès de Sean Glynn jusqu'à ce que l'ombre se dissipe et que Sean soit un homme marié et sans histoire.

Et enfin, et pour toujours — comme il se plaisait à le dire lui-même — il put tourner son calme regard vers Knockanore Hill.

Et là, dans un cottage de quatre pièces, blanchi à la chaux et couvert de chaume, Paddy Bawn s'installa paisiblement dans la vie qu'il comptait mener jusqu'à la fin de ses jours... avant que ne l'enveloppe la nuit éternelle. Pas un instant il ne pensa à amener une femme dans sa maison, et pourtant, bien souvent, ses amis, moitié en riant, moitié sérieusement, lui en représentaient la nécessité. Mais bien que leurs pensées n'eussent ni chaîne, ni trame, le sort les tissa sur son métier.

Paddy Bawn n'avait rien d'un tâcheron. Il s'y connaissait en travaux pénibles et savait combien ceux-ci étouffent l'âme dans l'homme. Il prit un journalier chaque fois que le besoin s'en faisait sentir. Il laboura quelques champs, sema juste ce qu'il lui fallait. Et à la fin d'un sillon, on pouvait le voir s'appuyer contre son monoculteur, s'essuyer le front du revers de la main, et se perdre longuement dans la contemplation de la mer verte et remuante, là-bas, entre les hautes portes sombres de l'embouchure de la Shannon.

Et parfois, le soir, il voyait s'élever sur le ciel orangé du couchant le panache de fumée d'un transatlantique. Il avait alors un sourire — un sourire de pitié — pour tous ces pauvres petits gars qui, attirés par l'appât de la fortune, s'en

allaient suer à Ironville, faire la contrebande du
mauvais whisky, ou prendre la file parmi les
chômeurs, dans l'ombre des gratte-ciel. Et il
éprouvait une joie secrète et profonde à se dire
que tout cela était désormais derrière lui.

Il aimait les chevaux. Il acheta une vieille
jument poulinière de bonne race, avec l'espoir
d'élever un ou deux chevaux de chasse. Il eut
un chien — un descendant de Master Ross —
au nez fin, à l'allure rapide. Les lièvres ne manquaient pas, sur les collines environnantes. La
lande de bruyère de Knockanore abritait à chaque saison deux ou trois couples de grouses. Il
les chassa à l'aide du fusil magnifique, à double
canon, que lui avait offert Sean Glynn. Et le
dimanche, en été, il descendait jusqu'à la rivière
et attrapait une truite ou deux. On se demande
vraiment ce qu'un homme pourrait bien désirer
de plus.

Les jours de marché, il descendait à Listowel,
y faisait ses affaires, retrouvait parfois des
copains, et buvait deux verres, jamais un de
plus. Quelquefois, par cette longue soirée où le
crépuscule est si lent à tomber, ou le dimanche,
après la messe, ses amis traversaient la vallée et
suivaient le sentier sinueux qui conduisait à son
cottage. Seuls les vrais amis faisaient ce long
chemin, et ils étaient toujours les bienvenus. La
plupart avaient appartenu à la colonne : Matt
Tobin, le batteur de blé, si précieux dans les
embuscades, car son Thompson ratait rarement
son coup; Sean Glynn, de Leaccabuie, si fier de

son premier fils; Mickeen Oge Flynn, qui s'en venait de Lough Aonach; Hugh Forbes, le Petit Homme Noir, dont la voix faisait vibrer les poutres; oui, des hommes comme ça. Et une fois, Mickeen Oge Flynn amena avec lui le commandant Archibald MacDonald, venu pêcher à Lough Aonach, et l'Ecossais se réjouit de constater que Paddy Bawn avait enfin trouvé le coin tranquille de ses rêves.

Une jarre de grès à demi pleine de whisky de malt faisait alors son apparition. Chacun se servait à sa guise et, dans un nuage de fumée, tous discutaient et se disputaient avec chaleur et cordialité.

— Paddy Bawn, mon fils, lui demandait parfois un de ses visiteurs, tu ne te sens pas seul, quelquefois?

— Et pourquoi, diable, me sentirais-je seul?

— Pas d'autre compagnie que la lumière du jour, le vent, et le soleil qui se couche dans toute sa gloire.

— Que me faut-il de plus?

— Mais après la vie que tu as menée aux Etats-Unis... et ces dernières années, parmi nous...

— Ces dernières années m'ont saturé d'action... et quant aux Etats-Unis, mon vieux, as-tu déjà vu une fonderie d'acier en pleine activité?

— Un spectacle digne d'être vu, à ce qu'il paraît.

— Digne d'être vu, certainement. Mais si je pouvais t'y transporter à l'instant même, tu penserais que Dieu t'a jugé digne, et à bon droit, d'aller en enfer. Voyons, mon vieux, un peu de bon sens!

Et là-dessus, les deux amis se mettaient à rire, et se versaient une nouvelle rasade de whisky de la cruche de grès.

Le dimanche, Paddy Bawn allait fidèlement à la petite chapelle de pierre grise au sommet des falaises sombres qui dominent Doon Bay. Et le sort, qui prend tout son temps, lui tendit un piège et le prit dans ses filets. Ecoutez bien!

Sagement assis sur son banc de bois, ou dévotement agenouillé sur le marche-pied poussiéreux, Paddy Bawn fixait le calme regard de ses yeux bleus sur la chasuble de l'officiant, récitait lentement son chapelet, ou tombait dans cet état de transe qui tient du rêve et de la vision, et dans lequel l'âme ne fait plus qu'un avec son Créateur.

Puis un moment vint où le regard de Paddy Bawn ne se fixa plus sur l'officiant. Il s'arrêta à deux bancs devant lui. Une jeune fille y était assise, qu'il ne voyait que de dos. Dimanche-après dimanche, il la retrouva. Paddy Bawn n'aurait pu dire comment sa présence lui devint indispensable. Mais il aimait la sentir là. D'abord, il la remarqua à peine, mais peu à peu il se prit à l'admirer, et cette admiration prit corps et chaleur. L'inconnue faisait partie, pour lui, du décor et de la cérémonie. Elle était devenue sa secrète partenaire. Et pourtant, pas une fois elle ne leva les yeux sur lui.

Le premier dimanche de chaque mois, la jeune femme devait assister à la première messe de communion, et Paddy Bawn souffrait de son absence. Ses prières s'en ressentaient. Et peu à peu, il prit l'habitude, lui aussi, de communier chaque mois. C'est ainsi que les chemins les plus divers nous rapprochent de la sainteté.

L'inconnue avait une nuque d'une blancheur de lait, sur laquelle se retroussaient de courtes boucles couleur de flamme. et Paddy Bawn aima la couleur et le mouvement de ces boucles. Il aima aussi la forme de ses épaules et la façon qu'elle avait de ployer le cou... plongée dans ses prières... ou dans ses rêves. Et après la bénédiction. il restait à sa place afin de lui lancer un rapide. mais sûr coup d'œil. lorsqu'elle sortait de l'église. Et il aimait aussi son visage... ses grands yeux écartés. profonds comme le firmament par une calme nuit d'été: ses pommettes bien dessinées. ses lèvres fermes et sensibles.

Et il se méprisait lui-même de se laisser toucher par une femme portant ce nom. Car c'était une Danaher de Moyvalla. et Paddy Bawn. en vrai Irlandais. haïssait jusqu'aux cheveux de ce Will Danaher le Roux qui l'avait frustré de son héritage.

« Je n'en dirai rien à personne. songeait Paddy Bawn. C'est seulement pour passer le temps. »

Une seule personne. dans la petite chapelle pleine à craquer. remarqua le regard de Paddy Bawn et comprit ce qu'il signifiait. Non pas la fille elle-même — elle savait à peine qui était

Paddy Bawn — mais son frère, Will le Roux, lui-même. Et cet homme retint un sourire — cette sale grimace de mépris qu'était son sourire — et, à son habitude, conserva dans un coin de sa mémoire cette révélation qui pourrait lui servir un jour.

La fille s'appelait Ellen... Ellen Roe O'Danaher. Et pour être franc, ce n'était plus une toute jeune fille. Elle était passée de la première jeunesse dans la seconde, dont la limite n'est pas définie. Elle pouvait avoir dans les vingt-huit ans — certainement pas moins — mais pas un gars, dans le pays, n'aurait pu prétendre qu'elle défleurissait. Sa fière allure, le ferme modelé de son visage sous la peau bien tendue, lui donnaient plus que la beauté du diable si prompte à se faner. Demandée en mariage à plusieurs reprises, elle avait repoussé toutes les offres, ou plus exactement, n'avait été autorisée à n'en accepter aucune. Son frère y avait mis le holà.

Will O'Danaher le Roux était un homme massif, aux cheveux de cuivre mêlés de gris, qui possédait la force d'un bœuf et un cœur plus petit qu'une pomme sauvage. Un homme autoritaire, sujet à des colères terribles. Fréquentant l'église par habitude, il ne révérait qu'un seul dieu... l'argent... Il vivait avec sa sœur dans la vaste ferme de Moyvalla, et Ellen Roe lui servait à la fois de gouvernante et de servante. Elle tenait sa maison avec économie, faisait à merveille le pain et la cuisine et n'exigeait aucun salaire. Son frère, par pure avarice, écartait tous les soupirants et déclarait à qui voulait l'entendre qu'il ne pouvait lui verser aucune dot... Une femme sacrifiée!

Will le Roux, lui-même, ne s'était jamais marié. Il ne connaissait pas de filles à marier ayant une dot assez grosse pour le tenter... ou alors, elles avaient acquis au couvent des goûts dispendieux... l'art déplorable de jouer au piano des airs de jazz, le vice abominable de la cigarette, un goût immodéré pour ces engins du diable que sont les autos... toutes les façons de dépenser l'argent.

Mais un beau jour la dot et le domaine — et la femme, bien entendu — se présentèrent, et Will le Roux ne fut pas long à saisir l'occasion.

Son voisin, James Carey, mourut de pneumonie par un triste mois de novembre, laissant sa ferme et ses terres à sa veuve, femme sans enfants, connue pour son avarice et son sens de l'économie. Will le Roux observa Kathy Carey, et elle ne lui déplut pas. Il rôda autour de ses terres, et elles lui plurent davantage encore, car il avait, de la terre, une faim... irlandaise. Dans la semaine qui suivit le Carême, il envoya, selon la tradition, un émissaire chargé d'ouvrir les négociations.

L'émissaire revint au bout d'une heure.

— Par mon âme, dit-il à Will le Roux, on peut dire qu'elle est vive, cette femme-là! Je n'avais

pas prononcé dix mots, que déjà elle m'inter-
rompait. « Je ne suis pas pressée, qu'elle dit,
d'entrer dans une maison où une femme est
assise au foyer. » « Vous parlez d'Ellen Roe? »,
que j'dis. « Je parle d'Ellen Roe », qu'elle dit.
« Ça pourrait peut-être s'arranger », que j'dis.
« Ecoutez bien, qu'elle dit. Lorsqu'Ellen Roe
aura un foyer à elle — et pas avant — je prê-
terai l'oreille aux propositions de Will O'Danaher. Voilà ma réponse. » Et là-dessus, elle ne
m'a même pas demandé si j'avais une bouche
pour boire.

— Un foyer à elle... par le Christ, elle en aura
un! J'en fais mon affaire! déclara Will le Roux.

C'était le moment ou jamais, pour Will O'Danaher, de se souvenir de Paddy Bawn Enright
et de la façon dont, à la messe, il regardait Ellen
Roe. Un mauvais sourire tordit les lèvres du
grand Will... Patcheen Bawn se permettant de
porter les yeux sur une O'Danaher! Un boxeur,
lui! Allons donc! Un propre à rien, se laissant,
sans protester, dépouiller de son bien!... Mais
quoi! Il se contenterait d'une petite dot, et Ellen
Roe ne mourrait pas de faim... Ainsi raisonnait
Will O'Danaher, indigne descendant de célèbres
chefs de clan.

Il ne perdit pas de temps à réfléchir. Lorsqu'arriva le jour de la foire à Listowel, il se mit à la
recherche de Paddy Bawn et abattit sur son
épaule sa grosse main velue.

— Paddy Bawn, j'ai un mot à te dire! Viens
boire un verre.

L'Homme tranquille hésita un instant.

— Bon, dit-il enfin.

Il détestait O'Danaher, mais ne voulait offenser personne.

Ils entrèrent au bar de Tade Sullivan et burent un verre... que Paddy Bawn paya. Will le Roux alla droit au but, d'un air protecteur, comme s'il accordait à Paddy Bawn une faveur.

— Je voudrais qu'Ellen Roe ait un foyer à elle, déclara-t-il.

Le cœur de Paddy Bawn lui monta à la gorge et l'étouffa à moitié. Mais son calme visage n'en montra rien. Quant à prononcer un seul mot, il en aurait été bien incapable, tant il avait la gorge serrée.

— Ta maison n'est guère grande, mais elle est bien située... et tu n'as pas un sou de dettes, à ce qu'il paraît.

Paddy Bawn acquiesça d'un signe de tête; Will O'Danaher reprit :

— On n'a jamais vu une grosse dot prendre le chemin de Knockanore, et je ne pourrais pas donner une grosse dot à Ellen Roe. Disons cent livres — oui, cent livres après la moisson — si les prix se maintiennent, bien entendu. Qu'en penses-tu, Paddy Bawn?

Paddy Bawn avala sa salive. C'était un homme lent, et il réussit à paraître calme.

— Qu'en dit Ellen?

— Je ne lui ai rien demandé. Et que voudrais-tu qu'elle dise, le diable l'emporte?

Paddy Bawn se tut un long moment.

— Ce que pense Ellen Roe, elle me le dira elle-même, Will le Roux, dit-il enfin.

Mais que pouvait dire Ellen Roe? Elle contempla son propre cœur et le trouva vide. Elle regarda le dur visage de son frère et se vit vieillissant, solitaire, au coin de l'âtre fraternel. Puis elle leva les yeux vers Knockanore Hill et vit le blanc cottage et les taches vertes des champs, et la toison brune de la bruyère. Là-haut, le soleil brillerait lorsque viendrait le printemps, et une brise fraîche soufflerait par les journées étouffantes d'été. Enfin, elle regarda Paddy Bawn, ce garçon bien bâti, aux traits nets, aux yeux clairs sous des sourcils touffus. Elle adressa à Dieu une prière silencieuse, baissa la tête, ploya les épaules dans une acceptation résignée, plus pitoyable que les larmes, plus fière que l'orgueil d'une grande dame. Quant à l'amour... Le temps en était passé!

Paddy Bawn fut loin d'être satisfait de cette résignation, mais il se rendit compte qu'il n'avait mérité en rien un accueil plus chaud. Il lut dans l'âme du frère, devina ce qui se passait dans l'âme de la sœur, et comprit que, quoi qu'il décidât, Ellen Roe était vouée à un foyer étranger, sordidement acquis. Car telle était la tradition. Que ce foyer, au moins, soit le sien. Il en existait de pires... et avec l'aide de Dieu... Sa résignation fut donc égale à celle d'Ellen Roe, mais il n'en nourrit pas moins de secrets espoirs.

Paddy Bawn et Ellen Roe furent vite mariés.

Quelques mots prononcés... et tout l'avenir en dépend : risque de tragédie, acceptation résignée, possibilité de bonheur. Le mariage fut des plus modestes. Will le Roux haïssait la dépense, et Paddy Bawn se montra d'accord, car ses amis se montraient surpris et vaguement inquiets de son étonnante et brusque décision. Et à l'exception de Matt Tobin, son garçon d'honneur, pas un seul de ses amis n'assista au déjeuner de noce.

Mais Will O'Danaher, malgré sa promptitude, n'obtint pas la main de Kathy Carey. Par un coup de folie, celle-ci prit pour époux son propre bouvier, un joyeux drille de l'île de Clare, qui lui en fit voir de toutes les couleurs et lui donna sa part de bonheur par-dessus le marché. Pour la première fois de sa vie, Will le Roux découvrit à quel point pouvait être mordante la langue de ses voisins, et dès lors, à son mépris pour Paddy Bawn Enright vint s'ajouter une solide haine.

*
* *

Paddy Bawn avait maintenant sous son toit la jolie fille aux cheveux roux, mais il ne se faisait aucune illusion quant aux sentiments qu'elle éprouvait à son égard. C'était à lui, et à lui seulement, qu'incombait la tâche d'en faire sa femme et son amour. De façon obscure, profonde, subtile, avec douceur et compréhension, il lui

fallait accomplir cette transformation. Et celle
qui en était l'objet ne devrait jamais s'apercevoir de rien. Lui-même ne se l'avouait qu'à
demi.

Il donna d'abord tous ses soins aux questions
matérielles. Il engagea une jeune servante pour
seconder Ellen Roe dans les gros travaux; remit
à sa femme l'argent du ménage, la laissant organiser à son gré tout ce qui touchait à la maison.
Elle y mit d'ailleurs toute son ardeur. Puis il
acheta un léger tonneau à roues caoutchoutées
et un demi-sang au trot allongé. Et les jours de
marché, mari et femme prirent l'habitude de se
rendre à Listowel, y effectuer ventes et achats,
et ils s'en retournaient, l'épicerie dans le fond
de la voiture, une pile de magazines américains
d'occasion sur le siège, à côté d'Ellen.

Et le soir, tandis que le vent de mer pleurait
dans la cheminée, ils s'asseyaient de chaque côté
d'un beau feu de tourbe, et Paddy Bawn lisait à
haute voix des histoires étranges et difficiles à
croire, dans ces magazines aux couvertures colo-
riées. Oui, des histoires parfois à peine croyables.

Ellen Roe écoutait sans rien dire, souriait parfois, et cela sans s'interrompre de coudre ou de
tricoter. Et au bout de quelques mois, ce fut surtout à la couture qu'elle se livra... confection-
nant de minuscules vêtements. Et lorsque la
lecture était terminée, la petite servante cou-
chée, ils restaient près du feu et s'entretenaient
calmement. Car tous deux étaient de caractère
paisible. Et bien qu'elle fût femme — ou parce

qu'elle était femme — Ellen Roe faisait parler Paddy Bawn. Peut-être essayait-elle, elle aussi, de mieux comprendre cet homme qui lui avait été donné, de gagner sa confiance, de lui faire raconter sa vie.

Il avait sa façon bien à lui, lente mais expressive, de lui décrire ce qu'il avait vu et ressenti. Il lui disait l'éclat aveuglant du métal en fusion, l'atroce chaleur, le bruit assourdissant; faisait surgir sous ses yeux le ring entouré de cordes, sous la lumière bleutée des lampes à arc, obscurcies de fumée; et la foule, une masse ondulante tachée de noir et de blanc. Elle en vint à comprendre la beauté du jeu, cet indomptable courage qui fait encaisser les coups et attendre l'instant favorable, et elle s'étonna lorsqu'il lui montra comment durcir le poignet pour porter le coup final. Et bien souvent, étant Irlandais, ses paroles étaient pleines d'humour et de hardiesse. Ellen Roe ouvrait de grands yeux, souriait, ou se mettait à rire en secouant ses boucles de feu. Que c'était bon de la voir rire!

Mais jamais ils ne parlèrent de la lutte contre les Black-and-Tans. Ce sujet, trop brûlant, faisait s'assombrir les hommes et frissonner les femmes.

Et en temps voulu, les amis de Paddy Bawn, non sans une certaine inquiétude, vinrent lui rendre visite... Matt Tobin, le batteur de blé, dès le début; puis, un peu plus tard, Sean Glynn, Mickeen Oge Flynn, Hugh Forbes et les autres. Leur inquiétude ne dura guère. Ellen Roe eut

tôt fait de les mettre à l'aise avec son sourire
timide, mais franc et accueillant. La table se
couvrait pour eux de scones crémeux, de crêpes
fines, de biscuits au fromage et de miel de
bruyère. Puis elle apportait elle-même le carafon
de whisky — qui avait remplacé la jarre de grès
toujours à demi vide — et les verres brillants.
Et Paddy Bawn se rengorgeait, fier comme un
paon.

Elle retournait ensuite à ses occupations, laissant les hommes à leurs discussions, mais pas
assez longtemps pour leur donner l'impression
qu'elle les négligeait. Elle venait alors s'asseoir
au milieu d'eux, les écoutait parler, glissant parfois un mot ou deux, qu'ils accueillaient en
silence. Et s'ils se laissaient emporter par l'ardeur de la discussion, ils s'arrêtaient, confus,
devant son sourire, empreint de sagesse et de
tolérance. Le sourire venu du plus profond des
âges de la Femme dont ils descendaient tous.

Et Ellen Roe s'émerveillait secrètement d'entendre parler son mari. Cette façon qu'il avait
de définir un homme ou une situation, de discuter guerre et politique; de l'art du chant, du
dressage des chiens de chasse, de la meilleure
manière d'élever pouliches et poulains... tout ce
qui compte, enfin.

Et c'est ainsi qu'au bout de très peu de temps,
Hugh Forbes, qui se disait : « Pauvre Paddy
Bawn! Elle a bien mis le grappin dessus! »,
déclara à Sean Glynn :

— Par les pavés de l'enfer, le bonheur de ce garçon fait plaisir à voir!

Et à leur visite suivante, les deux amis amenèrent leurs épouses, pour leur montrer ce qu'une femme doit être pour un homme. Et Hugh déclarait à sa Frances Mary :

— Si Dieu le permet, la prochaine aura les cheveux roux!

Mais l'histoire ne s'arrête pas là.

La femme, dans notre monde décadent, conquiert l'homme en lui témoignant de l'amour. Puis, quand elle l'a conquis, elle en vient parfois à l'admirer, ce qui est énorme. Enfin, si le sort ne lui est pas trop défavorable, elle ne descendra pas plus bas qu'une aimable indulgence. Et c'en est fini de la romance. Prenons maintenant le cas d'Ellen Roe! Elle vint s'asseoir au foyer de Knockanore, le cœur vide et étreint d'une grande angoisse. Que serait-elle devenue, si cette angoisse n'avait fait que grandir? Quelle tristesse... Quel dégoût!

Mais, Dieu soit loué, elle se mit, non sans raisons, à admirer Paddy Bawn. Puis, avec ou sans raisons, elle commença d'éprouver un tendre sentiment pour cet homme qui lui témoignait tant de gentillesse et d'attentions — et qui savait aussi se montrer fort. Et c'est ainsi qu'un beau jour, ou plutôt au cœur d'une nuit, elle découvrit qu'elle était tombée amoureuse de son mari. Et elle lui voua ce profond amour qu'il n'est pas donné à tous de ressentir ou d'inspirer.

⁑

Malheureusement, les choses n'en restèrent pas là. Sinon, l'histoire de Paddy Bawn s'arrêterait ici. Et ce fut la faute d'Ellen Roe si elles prirent une nouvelle tournure et si mon histoire continue.

Une femme qui aime son mari peut être, ou ne pas être fière de lui, mais elle se sentira une âme de tigresse si on l'attaque en sa présence. Or, il y avait un homme qui méprisait Paddy Bawn et le disait ouvertement. Le propre frère d'Ellen Roe : Will le Roux O'Danaher. Que ce fût à la foire, au marché ou à l'église, cette grande brute ne dissimulait ni sa haine, ni son mépris. Ellen Roe savait bien pourquoi. Oh! oui, elle le savait bien! Il avait laissé échapper une femme et une ferme. Et il avait perdu, en donnant sa sœur à Paddy Bawn, une servante qui ne lui coûtait rien. Et par-dessus tout, il était devenu la cible préférée de ses voisins à la langue acérée; et cela, il le supportait encore plus mal que tout le reste. Il rendait Paddy Bawn responsable de tous ses malheurs. Mais — et c'est ici qu'intervient le mépris — ce misérable Yankee, ce franc-tireur à la manque, qui avait supporté sans broncher de perdre son patrimoine, n'avait même pas assez de cran et d'estomac pour réclamer la dot qui lui était due. Trop heureux d'emmener sur la maigre colline de Knockanore une Danaher! Et par Dieu, qu'il ne s'avise pas de protester; sinon, on lui ferait rentrer les dents dans la gorge!

C'est ainsi qu'un soir, veille de marché, Ellen Roe dit à son mari :

— La moisson est finie, Paddy Bawn. Est-ce que mon frère t'a versé ma dot?

— Il n'y a rien qui presse, fit Paddy Bawn.

— Le lui as-tu demandé?

— Pas encore. Je ne t'ai pas épousée pour ta dot, Ellen.

— Ça, c'est une chose qu'un Will le Roux ne peut pas comprendre. Tu la lui réclameras demain, dit Ellen Roe d'une voix ferme.

— Très bien, dit Paddy Bawn avec insouciance.

Il ne voyait pas en quoi quelques livres de plus ou de moins pouvaient influer sur sa vie, car il n'avait jamais eu la fièvre de l'argent.

Et le lendemain, sur la place de Listowel, Paddy Bawn, à sa manière calme et tranquille, posa la question à Will le Roux.

Mais Will le Roux n'était ni calme, ni tranquille. Et il répondit avec hargne et mauvaise foi. Il ne disposait pas de cette somme, et Enright devrait attendre.

— Essaie une autre fois, Patcheen, dit-il avec son mauvais sourire. N'hésite pas... demande!

Et, tournant les talons, il se fraya à coups d'épaules un chemin dans la foule.

Sa voix forte avait porté loin et les gens, par petits groupes, se mirent à ricaner et à chuchoter : « Par Dieu, vous l'avez entendu? — Un vrai démon, ce Will le Roux! — Et près de ses sous, avec ça! — Ce n'est pas cent, mais mille livres qu'il pourrait aligner sans se gêner! — Quel type, tout de même! Voler la terre et refuser la dot! — Un type dangereux, avec ça! Il ne ferait qu'une bouchée du petit Bawn... et ses trucs de Yankee ne lui serviraient à rien! »

Matt Tobin, le batteur de blé, l'ami de Paddy Bawn, riposta à ces derniers mots :

— Je donnerais cher pour être là, le jour où Paddy Bawn Enright perdra patience.

— Un triste jour pour lui!

— Peut-être bien, dit Matt d'un ton aimable, mais j'arriverais du fond du Kerry pour voir qui serait le plus triste des deux.

Paddy Bawn entraînait sa femme, comme s'il n'avait rien entendu, ou ne voulait rien entendre.

— Tu vois, Ellen, dit-il, un peu gêné, les temps sont durs pour les gros fermiers... et nous n'avons pas besoin de cet argent.

— Et tu t'imagines que mon frère en a besoin? demanda Ellen d'une voix coupante. Il pourrait acheter toute la colline de Knockanore sans pour ça voir le fond de sa bourse.

— Mais, ma chérie, je t'aurais épousée sans dot.

Ellen Roe ne l'en aima que davantage, mais désira plus fort encore lui voir gagner le respect et l'admiration qu'il méritait. Il lui fallait agir immédiatement, maintenant que le gant était jeté, sinon son mari deviendrait la risée des gens du pays, sans indulgence pour celui qui ne défend pas ses droits.

— Quel fou tu fais! Mon frère ne raisonne pas ainsi... Promets-moi de lui demander de nouveau.

Elle sourit, et Paddy Bawn éprouva un pincement au cœur, car il y avait dans le sourire d'Ellen Roe — le fameux sourire des Danaher — une ombre de mépris, et il ne savait pas si ce mépris s'adressait à lui ou au grand Will.

Alors il posa de nouveau la question à Will le Roux. Il le fit à contre-cœur, mais il avait deviné ce qui se passait dans le cœur de sa femme, et il est possible aussi que le démon de la boxe ne fût pas complètement mort en lui — ce démon qui se réveillait malgré lui chaque fois qu'il s'approchait de Will le Roux.

Il lui réclama la dot une troisième fois. Et si Paddy Bawn s'efforça d'être discret, Will le Roux, au contraire, donna à la chose le plus d'éclat possible, accompagnant son refus de rires sonores et de grossières plaisanteries. De plus, il considérait de haut le petit Yankee, sans se douter que tous les rieurs n'étaient pas de son côté.

Bientôt, le différend qui opposait les deux beaux-frères devint un sujet de conversation dans toute la région. Les hommes en parlaient, les femmes aussi. Des paris s'organisèrent. A la foire ou au marché, si Paddy Bawn s'approchait

de Will le Roux, les hommes faisaient cercle, et
les femmes, s'enveloppant de leur châle, s'éloi-
gnaient. Un jour, disaient les hommes, la grande
brute se lasserait de ces demandes répétées et,
dans un de ses terribles accès de rage, tuerait à
moitié le pauvre gars, comme elle avait assommé
des types bien plus forts. Une vraie honte, par
ma foi! Et certains conseillèrent à Paddy Bawn
d'abandonner la partie et de confier ses intérêts
à un homme de loi. Paddy Bawn s'y refusa.
L'Homme tranquille commençait à se fâcher.
Mais les conseils de prudence ne lui vinrent pas
de ses amis, qui se contentaient de froncer le
sourcil, parlaient le moins possible et restaient
toujours à portée de main.

Et en effet, le jour vint où Will O'Danaher en
eut assez de s'entendre toujours poser la même
question. Cela se passait le jour de la grande
foire aux bestiaux d'octobre, à Listowel. Tout le
Kerry s'était rassemblé, ce jour-là. Sean Glynn,
de Leaccabuie, pour acheter ses provisions d'hiver, Mickeen Oge Flynn pour en vendre, et Matt
Tobin pour louer sa batteuse aux fermiers des
environs. Will le Roux, qui venait de vendre
à un bon prix une vingtaine de bêtes à cornes,
avait une épaisse liasse de billets de banque dans
la poche intérieure de sa veste. Il discutait avec
Matt Tobin du prix d'une semaine de battage,
lorsqu'il vit s'approcher Paddy Bawn et Ellen
Roe. Il faisait lourd, ce jour-là, et Will le Roux
avait avalé un ou deux whiskies de trop, ce qui
lui délia la langue et lui fit perdre toute mesure.

La première impulsion de cette grande brute fut de jeter l'argent à la tête de Paddy Bawn, puis de le chasser du marché à coups de pied dans le derrière. Mais non, ce serait folie de sa part! Cependant, il était temps, et grand temps, de s'occuper de cet avorton et de lui montrer ce qu'il en coûtait de s'attaquer à Will le Roux. Il s'avança à la rencontre de Paddy Bawn, et la foule s'écartait, puis se refermait derrière lui, pour ne rien perdre du spectacle.

Will le Roux agrippa Paddy Bawn par l'épaule — d'une poigne de fer — et se pencha pour lui ricaner au visage.

— Que me veux-tu, Patcheen? Ne te gêne pas pour me le dire!

Mickeen Oge Flynn fut peut-être le seul, parmi les assistants, à remarquer avec quelle aisance Paddy Bawn se dégagea — d'une rapide et souple torsion — et il dissimula un sourire. Mais Paddy Bawn s'en tint là. Il ne dit pas un mot, garda son air tranquille.

Will le Roux ricana de plus belle.

— Vas-y, petit taon! Que me veux-tu?

— Vous le savez bien, O'Danaher.

— Je le sais, oui. Et maintenant, écoute-moi, Patcheen!

Et de nouveau, l'énorme main s'abattit sur l'épaule de Paddy Bawn.

— Oui, écoute-moi bien, Patcheen! Si Ellen Roe avait une dot, ce n'est pas à un Paddy Bawn Enright, de Knockanore Hill, que je l'aurais donnée! Et maintenant, va-t'en au diable!

Et, d'une poussée de main, il l'envoya baller comme s'il n'était rien d'autre qu'un mannequin bourré de paille.

Paddy Bawn chancela, mais ne tomba pas. Il se ramassa sur lui-même, comme un ressort, les bras à demi levés, la tête en avant, le menton protégé par son épaule soulevée... Mais aussi vite que le ressort s'était tendu, il se détendit, et Paddy Bawn se tourna vers sa femme qui le regardait, tendue, le visage pâli, une lueur de défi dans les yeux.

— Femme... femme! dit-il d'une voix profonde. Pourquoi nous couvrir de honte ainsi?

— De honte! s'exclama Ellen Roe. Tu veux donc que la honte soit pour toi?

— Mais ton propre frère, Ellen... et devant tout le monde?...

— Mais il te fait tort...

— Dieu tout-puissant! s'exclama à son tour Paddy d'une voix irritée et douloureuse. Que me fait ce sale argent? Es-tu donc une Danaher, toi aussi?

Ellen Roe fut profondément blessée et elle chercha à le blesser en retour. Elle posa la main sur son ventre et regarda son mari dans les yeux, puis, d'une voix pleine d'amertume, elle dit :

— Oui, je suis une Danaher, et c'est un grand malheur que le père de mon fils, un Enright, ne soit qu'un lâche!

Les os du visage de Paddy Bawn saillirent sous les muscles, mais il répondit d'une voix calme :

— C'est donc là ce que tu penses? Rentrons chez nous, pour l'amour de Dieu!

Il voulut lui prendra le bras, mais elle se dégagea avec violence. Elle le suivit, cependant, la tête haute, à travers la foule qui s'écartait pour les laisser passer. Et le gros rire de son frère les poursuivit longtemps.

— Vous avez votre compte, tous les deux! leur cria-t-il en repoussant un homme qui riait à côté de lui, et en s'éloignant à grands pas.

Cette fois, les langues allèrent leur train : « Eh bien! Il s'en est fallu de peu! — Vous avez vu comme il l'a envoyé paître! — Sûr qu'il fera un détour, la prochaine fois qu'il rencontrera le grand Will... Et les gens qui racontent que c'est un ancien boxeur! — Tu me dois une livre, Matt Tobin. »

— Je te la paierai, grogna Matt Tobin.

Il resta là, les jambes écartées, à se gratter la tête d'un air pensif sous son chapeau melon, l'air déconfit. Son ami l'avait déshonoré devant tout le monde.

Ce fut alors qu'on entendit la voix de Mickeen Oge Flynn :

— Je prends ce pari à mon compte, et je le double.

L'homme le regarda, d'un air surpris. Il connaissait Mickeen Oge. Comme tout le monde, d'ailleurs.

— Bon, par Dieu! J'accepte! fit-il, beau joueur. Et je ne me plaindrai pas si je perds.

— Vous perdrez, mon brave, dit Mickeen Oge, et nous dépenserons l'argent ensemble.

Sean Glynn, de Leaccabuie, lui toucha l'épaule, et les deux amis s'éloignèrent de compagnie.

— Paddy Bawn est dans de mauvais draps, dit Sean tristement. Nous avions peut-être raison d'être contre ce mariage.

— Certainement pas, dit Mickeen Oge.

— Il ne peut pas digérer ça.

— Certainement pas, répéta Mickeen Oge.

— Quoi qu'il fasse, je le soutiendrai comme il m'a soutenu. Je ne rentre pas chez moi, ce soir, Mickeen Oge.

— Non?

— Non. J'irai le voir demain matin.

— Parfait! dit Mickeen Oge. J'irai avec vous. J'ai ma bagnole.

Paddy Bawn et Ellen Roe rentrèrent chez eux dans leur voiture et n'échangèrent ni un mot, ni un regard pendant tout le parcours. Et toute la soirée, aussi bien à table qu'au coin du feu, un lourd silence régna. Et pendant toute la nuit, ils restèrent étendus l'un à côté de l'autre, immobiles et muets. Tous deux remuaient les mêmes pensées, et ni l'un, ni l'autre ne voulait rompre le silence. Il était un Enright, elle une Danaher, et la dissension était entre eux. Ils dormirent peu.

Ellen Roe, le cœur lourd, les yeux clos, se repentait des dures paroles qu'elle avait prononcées, mais ne pouvait les retirer. Que son mari lui en donne d'abord l'occasion... mais comment... comment?

Paddy Bawn, couché sur le dos, les yeux grands ouverts dans l'obscurité, voyait les choses clairement. Il ne lui restait qu'une chose à faire : humilier cet homme et cette femme à la face du monde. Compromettre son bonheur dans ce monde et dans l'autre. Accomplir un geste si décisif, que plus jamais on ne reviendrait sur cette question... Et cependant, il gardait encore le faible espoir qu'un miracle pourrait intervenir. « Imbécile! se dit-il. Tu ne pouvais avoir la sœur sans briser d'abord le frère. »

Il se leva de bonne heure, ce matin-là, comme tous les jours, et se livra à ses besognes habituelles — remplir les mangeoires de ses quelques vaches et rafraîchir leur litière; étriller le hongre; aider la servante à verser le lait dans les cuves... Puis, à l'heure habituelle, il rentra et déjeuna en silence et sans appétit, ce qui n'était pas dans ses habitudes. Puis, retournant à l'écurie, il harnacha le hongre et l'attela à la charrette. Enfin, il revint à la cuisine et s'adressa à sa femme, pour la première fois ce matin-là :

— Ellen Roe, veux-tu venir avec moi à Moyvalla, voir ton frère?

Ellen Roe leva les mains en un geste d'impuissance, comme pour dire : « A quoi bon? ».

— Il faut que j'y aille, répéta Paddy Bawn. Ne veux-tu pas venir avec moi?

Ellen Roe hésita.

— Très bien, dit-elle enfin d'un ton morne. Mais si je rentre à Moyvalla, à Moyvalla je resterai, Paddy Bawn.

— J'en accepte le risque, dit Paddy Bawn, et je prendrai le blâme sur moi, maintenant et après... C'est Enright ou Danaher, aujourd'hui... et Enright ce sera, par la face du Dieu vivant!

— Je serai prête dans une minute, dit Ellen dont le cœur battait très fort.

Et ils parcoururent les cinq kilomètres qui les séparaient de la ferme de Moyvalla. C'était une belle matinée de la mi-octobre, un temps rêvé pour récolter les pommes de terre ou battre le blé. Et comme ils arrivaient au croisement de Lisselton, ils tombèrent sur Sean Glynn et Mickeen Oge, cahotant dans une vieille auto haute sur pattes.

— La morte-saison, en ce moment, dit Sean, mentant avec effronterie, et nous en profitions pour venir vous voir.

— Vous êtes les bienvenus, répondit Ellen Roe en regardant son mari.

Le cœur de Paddy Bawn se dilata dans sa poitrine à la vue de ses deux amis. Quoi qu'il arrive, ces deux hommes resteraient à ses côtés... et Dieu est bon.

— Je suis content de vous voir, dit-il. Voulez-

vous venir avec moi et me servir de témoins...
de témoins uniquement? ajouta-t-il en les regardant dans le blanc des yeux.

— N'importe où... et n'importe quand, déclara
Mickeen Oge.

Le demi-sang repartit de son trot allongé, et
l'auto put tout juste le suivre. Et c'est ainsi qu'ils
débouchèrent dans la vaste cour pavée de Moyvalla, qu'ils trouvèrent déserte.

La cour était bordée d'un côté par la ferme
elle-même, longue et basse, aux murs blanchis
à la chaux. De l'autre côté s'étendaient les communs, séparés en deux corps par une vaste arche.
Et à travers cette arche leur parvenait le ronronnement de la batteuse.

Tandis que Paddy Bawn attachait son cheval
à la roue d'un char à foin, une servante mal coiffée se pencha à la fenêtre de la cuisine et désigna
l'arche du doigt. Le maître était là-bas, devant
les hangars; devait-elle aller le chercher?

— Inutile, petite, je le trouverai bien... cria
Paddy Bawn. Ellen, veux-tu entrer et m'attendre?

— Je viens avec toi, dit Ellen d'une voix
calme.

Et comme Paddy Bawn ouvrait la marche, elle
fit de la tête un léger signe aux amis de ses amis,
les siens aussi, elle l'espérait... car elle savait
l'homme qu'était son frère.

Lorsqu'ils passèrent sous l'arche, le ronronnement et le bourdonnement se firent plus forts, et ils pénétrèrent dans une zone d'intense activité. Entre de hautes meules de gerbes de blé, la batteuse portative de Matt Tobin marchait à plein rendement. La large roue de transmission ronronnait doucement et la courroie de transmission, ondoyant et tressautant, se détachait, noire, sur la machine, d'un rouge vif. Sur la plate-forme, les hommes, les bras nus, enfournaient dans la batteuse les gerbes déliées sur un rythme égal et régulier. Et les dents de la batteuse mordant dans les épis faisaient un bruit de mâchoire qui se changeait peu à peu en une rumination satisfaite. La large bande transporteuse amenait la paille jusqu'à un plan incliné où d'autres ouvriers échafaudaient une longue meule. Quelques hommes, armés de fourches, démolissaient les hautes piles de gerbes, tandis que d'autres, plus nombreux, emplissaient les sacs de grain et se dirigeaient, les épaules courbées sous le poids des sacs, vers le grenier. Matt Tobin lui-même, penché sur le moteur, son chapeau melon sur la nuque, jetait dans le foyer des mottes de tourbe noire et dure. Ils étaient bien quarante en tout, car la coutume voulait que les amis et les voisins de Will le Roux l'assistent pour le battage, ce jour entre les jours, moitié travail et moitié plaisir, plein de cris, de rires, de grosses plaisanteries, et que clôturait un bal favorable aux amoureux.

Will le Roux O'Danaher fit le tour de la machine et jura abondamment. Sa chemise était ouverte, ses manches retroussées, et sa large poitrine, ses bras musculeux, étaient couverts de poils roussâtres.

— Par les feux de l'enfer! Regardez qui nous arrive!

Il était, par cette belle matinée, d'une humeur exécrable, malgré le plaisant labeur et la présence de tous ces hommes du Kerry toujours si prompts à s'égayer. Le whisky de la veille l'avait laissé en cette disposition où, comme on dit, un chien mordrait son maître. Il fit deux pas en avant et s'arrêta, jambes écartées, la tête projetée en avant.

— Qu'est-ce que vous voulez, cette fois?... aboya-t-il.

Accueil qui n'avait vraiment rien d'irlandais.

Paddy Bawn et Ellen Roe avançaient d'un pas ferme, suivis de Sean et de Mickeen Oge. Et comme ils approchaient, Matt Tobin arrêta progressivement le moteur de la batteuse. Will le Roux perçut le changement de registre et jeta un regard irrité par-dessus son épaule.

— Pourquoi, diable, arrêtes-tu la batteuse, Tobin? cria-t-il d'un ton furieux.

— Et pourquoi, diable, que je l'arrêterais pas? C'est ma batteuse! riposta Matt Tobin.

Et il abaissa le levier. Le ronronnement se ralentit, puis se tut.

— Nous verrons ça tout à l'heure, dit le fermier d'un ton menaçant.

Puis il se tourna vers les nouveaux-venus.

— Qu'est-ce que c'est? grogna-t-il.

— Quelques mots en particulier, dit **Paddy Bawn**. Je ne vous retiendrai pas longtemps.

— Tu feras bien... par un matin pareil, grommela Will le Roux. Tu devrais savoir, depuis le temps, que toi et moi nous n'avons rien à nous dire en particulier.

— Vous avez tort, dit Paddy Bawn. Ce que j'ai à vous dire, vous feriez mieux de l'entendre dans votre maison.

— Ou ici, sur ma ferme. Allez! Vas-y! Et que tout le monde t'entende.

Il lança un sombre regard, par-dessus la tête de Pady Bawn, à Mickeen Oge Flynn et à Sean Glynn.

— L'Armée irlandaise est dans le coup? demanda-t-il d'un ton méprisant.

— Nous sommes ici en qualité d'amis de Paddy Bawn, dit Sean d'un ton calme.

— Non, l'Armée républicaine irlandaise n'est pas dans le coup, O'Danaher, répondit Mickeen Oge en faisant du regard le tour des communs.

Et Will le Roux sentit un frisson lui couler le long du dos, car ce regard semblait dire : « Si l'Armée républicaine irlandaise en était, la désolation des désolations serait moins désolée que Moyvalla. »

Paddy Bawn regarda autour de lui. A la batteuse, aux gerbiers, aux meules, les hommes, appuyés sur leur fourche, attendaient. D'autres s'approchaient sous prétexte de s'enquérir de la raison de cet arrêt, mais en réalité pour ne rien perdre de la bagarre entre les deux beaux-frères.

Paddy Bawn vit qu'il se trouvait en plein clan Danaher : de grands gars costauds, au poil d'un blond roux, sûrs de leur force, fiers de leur sang. Parmi tous ces hommes, Mickeen Oge, Sean Glynn et Matt Tobin étaient les seuls que Paddy Bawn pût appeler ses amis. Dans les yeux de la plupart des autres, il lut, non de l'hostilité, mais, ce qui était pire, du mépris.

Bon! Will le Roux, bien que prévenu, l'avait voulu ainsi. Le spectacle pouvait commencer. Et il ne déplaisait pas à Paddy Bawn que la représentation eût lieu devant le clan des Danaher au grand complet. Dans le cœur de l'Homme Tranquille, le démon de la lutte s'éveillait.

Il ramena son regard sur Will le Roux. Un regard ferme qui ne bronchait pas.

— O'Danaher, dit-il sans plus déguiser son mépris, tu fais grand cas de l'argent, pas vrai?

— Y a pas de mal à ça. Tu fais de même, Patcheen.

— Si tu veux! Inutile de discuter! Les flammes de l'enfer se changeraient en glace avant que tu me comprennes... Tu as fait un marché avec moi pour me donner ta sœur, et tu m'as trompé. Mais je ne me laisserai pas faire par un Danaher qui a sucé le lait de l'avarice. Ecoute-moi bien, grande brute. Tu me dois cent livres. Vas-tu me les payer?

Sa voix calme s'élevait, menaçante. Will le Roux, prêt à s'élancer, hésita et adopta le mode ironique.

— Oh, oh! Notre Yankee est un vrai coq de

combat! Je payerai ce qu'il me plaira quand il me plaira.

— Tu payeras cent livres... aujourd'hui.

— Non! Et demain non plus!

— Bon. Le marché est donc rompu.

— Quoi?

— Garde tes cent livres et reprends ta sœur.

— Quoi? hurla Will le Roux. Qu'est-ce que tu dis?

— Tu as entendu. Voici ta sœur, Ellen. Tu peux la garder.

— Par les flammes de l'enfer! fit le grand Will, déconcerté pour la première fois de sa vie. Tu ne peux pas faire une chose pareille.

— La chose est faite, dit Paddy Bawn Enright.

Ellen Roe s'était tenue jusqu'à cet instant, tranquille comme une souris, derrière Paddy Bawn, mais à ces paroles elle s'avança, et Paddy Bawn fut forcé de la regarder. Ils s'affrontèrent, les yeux dans les yeux, et dans le dur regard Ellen Roe vit la peine.

— La mère de ton fils, Paddy Bawn Enright... murmura-t-elle pour lui seul.

— Et mon trésor le plus précieux... devant la face du Dieu vivant. A Lui de me juger.

— Je sais... je sais. Que Sa main te guide.

Et sur ces mots, elle se dirigea calmement vers Matt Tobin, debout devant la batteuse. Ses deux compagnons la suivirent, et Sean Glynn posa sur son bras une main ferme.

— Donnez-lui du temps, Ellen Roe, dit-il à voix basse. Oui, donnez-lui un peu de temps... Il est lent à se réchauffer, mais dans la colère, il est terrible.

— Gloire soit rendue à tous les saints et à tous les diables qui m'ont amené ici aujourd'hui! s'exclama Matt Tobin.

Quant à Mickeen Oge, il garda le silence.

Will O'Danaher le Roux n'avait rien d'un imbécile. Et sauf lorsque la rage l'aveuglait, il savait très bien jusqu'où il pouvait aller. Ce jour-là, la menaçante autorité qui émanait du petit Yankee le convainquit que la force brutale ne servirait à rien. Il se livra à de rapides réflexions... Même s'il infligeait à Paddy Bawn une terrible correction, l'opinion publique serait contre lui. Il ne pourrait plus jamais relever la tête... et tout ça pour cent malheureuses livres. Déjà il imaginait les rires méprisants, les regards moqueurs. Le scandale dans sa maison! Il lui fallait reprendre la situation en main... traiter la chose en plaisanterie.

Ces pensées lui passaient dans l'esprit tandis qu'il frappait le sol de son talon ferré. Brusquement, il rejeta la tête en arrière et éclata d'un rire puissant.

— Sacré petit idiot! Il prend tout au sérieux. T'as pas compris que je plaisantais? Cent malheureuses livres, c'est rien, pour un type comme moi. Reste là, imbécile!

Il tourna sur les talons, s'élança en se frayant le chemin d'un puissant coup d'épaule, et disparut sous l'arche.

Paddy Bawn resta seul au milieu du vaste cercle des hommes. Tous avaient abandonné leur poste, pour mieux voir. Et, avec leur instinct d'hommes simples, ils ne cherchaient pas à intervenir. S'interrogeant du regard, observant à la dérobée Paddy Bawn et Ellen Roe, et leurs amis, un peu en retrait, ils se contentèrent de froncer le sourcil et de secouer la tête.

Le petit homme de Knockanore se montrait enfin sous son vrai jour. Ils le regardèrent plus attentivement, et s'interrogèrent. Etait-il vraiment capable de se battre? Bah! Ils connaissaient leur grand Will. Furieux d'avoir dû allonger les billets, sa brutalité allait se déchaîner, et les passes de boxe du Yankee ne le protégeraient pas. Déjà ils se préparaient à intervenir, si les choses allaient trop loin.

Paddy Bawn ne regardait personne. Il restait là, les mains dans les poches, une épaule un peu plus haute que l'autre, les yeux baissés, l'air étrangement dégagé. Il semblait le moins inquiet de tous. Peut-être se souvenait-il des innombrables fois où, debout à l'angle du ring, il avait attendu le son de cloche.

— Dieu est bon, murmura Matt Tobin à l'oreille d'Ellen Roe.

Mais Ellen Roe, les yeux fixés sur Paddy Bawn, n'écoutait que son cœur.

— Tiens, Patcheen, fit Will le Roux surgissant, une liasse de billets graisseux et froissés à la main. Voilà ton argent! Prends-le... mais prends-le, je te dis! Et compte-le, ajouta-t-il en fourrant de force la liasse dans la main de Paddy Bawn. Assure-toi que tu as ton compte... et fous le camp d'ici! Et écoute-moi bien, dit-il encore en levant sa grande main velue. Si jamais je revois ta sale gueule, je l'aplatis avec ça... Compte donc, salaud!

Paddy Bawn ne compta pas les billets. Au lieu de cela, il en fit une boule entre ses doigts nerveux. Puis, tournant sur lui-même, il marcha d'un pas ferme jusqu'à la batteuse. Il fit un signe de main à Matt Tobin, mais ce fut Ellen Roe, vive comme l'éclair, qui obéit à ce signe. Se brûlant les doigts à la barre surchauffée, elle ouvrit toute grande la porte du foyer, d'où jaillirent des flammes. Alors Paddy Bawn, d'un geste aisé, lança les billets froissés en plein brasier. Quelques exclamations étouffées se firent entendre, et un morceau de papier noirci jaillit de la cheminée, dans un tourbillon de fumée noirâtre. Et ce fut tout.

Tout pour le feu.

Will le Roux poussa un véritable hurlement. Cri d'angoisse et de désespoir, plutôt qu'honnête exclamation.

— Mon argent... mon bon argent!

Il bondit, retomba sur place, puis en deux bonds il s'élança, le poing en avant, prêt à briser et à tuer. Fou de rage!

Mais pas une fois ses poings tendus ne touchèrent l'Homme Tranquille.

— Grosse brute épaisse! dit Paddy Bawn entre ses dents, tout en glissant sous le poing tendu.

La forte épaule se souleva légèrement, mais nul ne put suivre la foudroyante trajectoire du bras droit replié. Le coup résonna sec, et Will le Roux, malgré ses deux cents livres d'os et de chair, s'arrêta net, retomba sur ses talons, vacilla un moment, puis fit trois pas en arrière.

— J'ai parié sur toi, chef du clan des Enright! hurla Matt Tobin en soulevant son chapeau melon, qu'il remit en place avec violence.

Mais Will O'Danaher le Roux était un homme puissant. Ce premier coup aurait dû l'étendre sur le dos. Bien d'autres, à sa place, ne se seraient pas relevés. Mais Will le Roux ne tomba pas. Il se secoua, grogna comme un verrat et se jeta de tout son poids sur le Yankee. Il allait montrer aux hommes de son clan, aux Danaher, comment on met un Enright en pièces.

Mais Paddy Bawn, au lieu de se garer, attaqua, puissant, rapide, explosif comme une charge de dynamite. Tigre Enright se déchaînait enfin.

Et le clan des Danaher assista à une démonstration qu'il ne pouvait pleinement apprécier, mais qu'il ne devait jamais oublier. Des spectateurs par milliers avaient payé jusqu'à dix dollars pour voir Tigre Enright se battre... ses pieds rapides, son rythme haletant, les coups pleuvant de tous les angles, féroces, explosifs. Et jamais il ne s'était battu comme aujourd'hui. C'était la foudre faite homme. Toute sa rancune accumulée s'exprimait par ses poings terribles.

Et Will le Roux se montra un vrai goinfre. Il encaissa tout ce qui tombait, et en réclama davantage. Pas une fois il n'effleura son adversaire de son poing tendu. Il n'y comprenait plus rien. Son direct ne rencontrait que le vide, et pourtant, du commencement à la fin, Paddy Bawn fut l'agresseur. Sa rapidité était affolante. De quarante livres plus léger que Will le Roux, il le conduisit comme un toton d'un bout à l'autre de la vaste esplanade. Et pour la première fois de leur vie, ces hommes virent un poids lourd de deux cents livres mis knock-out par un petit coq.

Cinq minutes! En cinq minutes, Paddy Bawn Enright démolit son adversaire. Quatre... six... huit fois, il envoya le lourd géant mordre la poussière, et chaque fois le gros homme se releva, fou de rage, chancelant, saignant, jurant, et s'efforçant vainement de rendre les coups. Mais à la fin, il resta là, la bouche ouverte, ouvrant et refermant les mains sans raison. Et Paddy Bawn mit fin au combat avec son fameux coup double : un gauche au-dessous du sternum et un droit sous la mâchoire.

Will le Roux fut soulevé sur les talons; il

vacilla, puis tomba raide sur le dos. Et il ne broncha plus.

Paddy Bawn n'accorda même pas un regard au géant foudroyé. Il se dirigea droit vers le clan des Danaher, se toucha la poitrine d'un doigt et lança d'une voix d'acier :

— Je suis Patrick Enright, de Knockanore Hill. S'il y a parmi vous un Danaher qui dit mieux, qu'il y vienne!

Sa face était de pierre, sa poitrine se soulevait, ses narines frémissaient, et ses yeux enfoncés lançaient des flammes.

— Eh bien, hommes de Danaher!

Pas un ne broncha.

— J'ai parié sur toi, Patrick Enright! hurla Matt Tobin, fou de joie.

Paddy Bawn alla droit à sa femme et s'arrêta devant elle. Son visage était toujours dur comme pierre, mais sa voix s'éleva, calme mais vibrante de vie et d'ardeur :

— Mère de mon fils, me suivras-tu, maintenant?

— Est-ce ainsi que tu me le demandes?

— Ellen Roe Enright, ma femme, me suivras-tu?

— Je te suivrai, mon cœur, dit Ellen Roe en s'accrochant des deux mains à son bras. Venez, mes amis.

— Dieu est bon, dit Paddy Bawn.

Ellen Roe partit à son bras, plus fière qu'un

beau matin d'été. Mais étant femme, elle voulut avoir le dernier mot.

— Vierge Marie! s'exclama-t-elle. La peine que j'ai eue à faire de lui un homme!

— Le Seigneur s'en était chargé avant même que vous veniez au monde, dit sévèrement Mickeen Oge.

QUATRIÈME PARTIE

————

**L'ETANG
DE LA FILLE AUX CHEVEUX ROUX**

CHAPITRE PREMIER

Le fumoir était la plus belle pièce de l'hôtel : vaste, bas de plafond, avec une profonde cheminée, des poutres apparentes, des fauteuils-club confortables, et de nombreuses croisées donnant sur le Lough Aonach, dont on apercevait la nappe scintillante à moins de trois cents mètres. Il était exclusivement réservé aux pêcheurs... et à leurs compagnes. Cinq personnes s'y trouvaient rassemblées : le général de brigade Kelly Cuthbert et sa nièce, Kate O'Brien; Marcus Caverley et sa fille, Betty; et le commandant Archibald MacDonald. Et, chose étrange, ils parlaient de la tragique légende de « la Fille aux Cheveux roux ».

Le général fumait béatement son cigare, tout en observant les quatre joueurs installés à une table de bridge près d'une des croisées. Archibald MacDonald, l'air pensif, donnait machina-

lement les cartes, tout en murmurant, comme
pour lui-même et d'une façon plus spéculative
que sceptique :

— Je me demande si la Fille aux Cheveux
roux a existé... en réalité.

— En réalité... cela ne fait aucun doute, dit
Kate O'Brien. Et son nom était le mien.

— De votre sang?

— De ma race... et de la vôtre peut-être.

Elle ramassa ses cartes et rassembla quatre
piques maîtres dans sa main ferme. Les piques
n'étaient pas plus noirs que ses cheveux, et le
fond blanc des cartes semblait mort. comparé à
la lumineuse pâleur de son visage. Et elle parla
soudain, d'une voix bien timbrée, nuancée de
mélancolie :

— Il y a plus de deux cents ans, au temps
des Stuarts, alors que le sort de l'Europe se jouait
sur la terre irlandaise, et que cette terre était
rouge de sang irlandais, elle vécut, aima et
mourut — si jeune! Un renégat irlandais dé-
nonça aux Anglais l'homme qu'elle aimait. Cet
homme mourut, le traître mourut... et la Fille
aux Cheveux roux mourut elle aussi. Mais on
dit que son âme tourmentée hante encore les ruines de Castle Aonach. Et l'on dit aussi qu'elle
n'apparaît que lorsqu'un renégat irlandais doit
mourir.

— Vous croyez à ces absurdités. Miss O'Brien?
demanda le réaliste Marcus Caverley. On le
dirait, à vous entendre!

— Peut-être crois-je seulement qu'un renégat

irlandais ne devrait pas avoir le droit de vivre.

— Quand est-elle apparue pour la dernière fois? demanda le commandant MacDonald en regardant interrogativement la jeune fille par-dessus ses sourcils froncés.

Celle-ci acquiesça d'un signe de tête à sa muette interrogation.

— Oui, vous devez vous en souvenir... vous étiez prisonnier, à ce moment-là. Au temps des Black-and-Tans. Elle apparut... et un homme se noya dans l'étang qui porte son nom. C'était un Irlandais, mais ceux qui l'ont connu ne veulent pas croire que ce fut un traître.

— Martin Kierley.

— Oui.

— Probablement fusillé par Mickeen Oge et ses francs-tireurs, dit le général d'un ton convaincu.

— Non, pas fusillé, mon oncle. Il s'est noyé.

MacDonald contemplait ses cartes, le visage assombri.

— Il avait une femme... ce Kierley? dit-il, affirmant plus qu'il n'interrogeait.

— Nuala Kierley... mais elle, elle n'a pas trahi.

— Qu'est-il advenu d'elle?

— Nous aimerions bien le savoir. Elle a disparu... complètement.

— Peut-être aurait-il mieux valu pour elle partager le sort de la Fille aux Cheveux roux, dit MacDonald, qui ajouta, comme une citation : Où est-elle, comment vit-elle, de quoi vit-elle?

Betty Caverley eut un geste nerveux de contrariété. C'était une svelte jeune fille aux cheveux d'un blond de lin, aux doux yeux gris, au teint délicat. Mais sous son apparence fragile, on la sentait de la même pâte que son père, cet homme solide au teint coloré.

— Michael Flynn le Jeune est incapable d'un geste peu honorable, dit-elle d'un ton doux, mais ferme. J'en suis absolument persuadée.

— Moi aussi, Miss Caverley, approuva aussitôt le général. Mais un soldat est parfois obligé d'exécuter de terribles tâches... et je suppose que Mickeen Oge Flynn se considère comme un soldat.

— Et quel soldat! ajouta le commandant Mac-Donald. Je passe, partenaire.

— Et il continue à être un soldat, reprit Marcus Caverley. Il reste en contact avec les francs-tireurs... cache des dépôts d'armes...

— Sous nos pieds, peut-être, qui sait? reprit le général d'une voix soudain grave.

Sa brune nièce haussa les épaules d'un air agacé.

— Allez donc fumer votre affreux cigare sur la terrasse, mon oncle, dit-elle. Nous voulons finir cette manche. Et n'oubliez pas que vous êtes Irlandais, vous aussi... et pas très bon Irlandais.

— Je ne répudie ni mon sang irlandais... ni l'Empire britannique, dit le général en se dirigeant, raide et vexé, vers la terrasse.

— N'allez tout de même pas pêcher dans l'étang de la Fille aux Cheveux roux sans

Mickeen Oge, lui lança encore Kate O'Brien. Trois piques, ajouta-t-elle à l'adresse des joueurs.

Le général de brigade Kelly Cuthbert s'accouda à la balustrade de la véranda et se mit à lancer de furieux jets de fumée sous sa petite moustache blanche en brosse. Mais ce n'était pas un homme particulièrement colérique, et la vue de la nappe soyeuse du Lough Aonach qui brillait entre les arbres, illuminée par le soleil couchant, l'eut bientôt calmé. Demain serait peut-être un bon jour pour la pêche — avec une averse à l'occasion — et quelques saumons aventureux remontant de Dunmore Bay dans les criques les plus basses de la rivière. Déjà il voyait sa canne de greenheart ployer sous le poids d'un saumoneau de cinq livres entre les pierres qui bordaient le fameux étang... et Mickeen Oge, debout sur la rive, se plaignant amèrement de l'injustice du sort. Allons, la vie avait encore de beaux jours en réserve pour l'officier en retraite.

Il fut arraché à cette plaisante vision par le bruit des pneus du car de l'hôtel crissant sur le gravier, à la sortie du garage. L'auto s'arrêta devant le perron, et Michael Flynn l'Aîné, propriétaire de l'hôtel, homme d'une corpulence peu commune, descendit avec légèreté les marches du perron pour dire quelques mots au chauffeur. Celui-ci n'était autre que Mickeen Oge Flynn — le petit Michael Flynn le Jeune — qui n'était d'ailleurs ni spécialement petit, ni spécialement jeune, mais auquel on donnait ce surnom gaélique pour le distinguer de son oncle, dans une région où les Flynn et les Michael sont aussi nombreux que les buissons d'épines.

Le général retira son cigare de sa bouche.

— Où allez-vous, jeune homme? demanda-t-il.

Car il aimait bien Mickeen Oge, en dépit de leurs divergences de vues en politique.

— A la gare de Castletown, mon général.

— Diable! Un nouvel arrivant?

Au repos, le visage de Mickeen Oge avait la calme gravité de certains masques grecs, mais lorsqu'il souriait, son expression était toute d'humour et de malice. Il désigna son oncle du pouce.

— Demandez-le à ce vieux forban... mon général.

Le général examina Michael l'Aîné avec suspicion, et reçut en retour un regard d'une désarmante candeur.

— Un voyageur de commerce? demanda le général.

Il n'avait rien contre les voyageurs de commerce. Ils ne restaient généralement qu'une nuit, ne se mêlaient pas de pêche, et lorsque les dames se retiraient, dévidaient un chapelet d'histoires gaillardes et souvent fort drôles.

— C'est un certain Mr. O'Connor, dit Michael l'Aîné, sans plus de détails.

— Un pêcheur?

— Un Yankee, dit Mickeen Oge.

— Un Irlandais d'Amérique? Que le diable l'emporte!

La porte-fenêtre s'entr'ouvrit et un visage maigre et bronzé apparut.

— Mettez la pédale douce, Fusilier du Munster, dit le commandant MacDonald de son accent le plus chantant. Ces dames y sont habituées, mais n'oubliez pas que j'ai été élevé dans la religion calviniste.

Le général se dirigea vers la porte-fenêtre, la repoussa d'un coup sec et revint s'accouder à la balustrade.

— Et que diable ce maudit Yankee vient-il faire ici?

— Nous expliquer comment l'Amérique a gagné la guerre, suggéra Mickeen Oge.

— Il ne restera peut-être pas très longtemps, dit timidement Michael l'Aîné.

— Ça, c'est le bouquet! dit le général, qui connaissait bien son Michael l'Aîné. Cela veut dire qu'il passera ici tout l'été. Pourquoi avez-vous laissé cette vieille baudruche faire une chose pareille, Mickeen Oge? Ce damné Yankee va arriver avec quatre malles-cabines grandes comme des catafalques, toutes bigarrées d'étiquettes multicolores — de Trondhjem à Stamboul — récoltées au cours d'une tournée-éclair à travers toute l'Europe. Et il pêchera, aussi, avec une de ces cannes en tubes d'acier qui font peur au poisson. Au diable! Je n'ai jamais rencontré un Yankee qui sache pêcher dans les eaux basses, et il fera fuir la truite et le saumon d'ici à Dounbeg...

Ni la guerre, ni ses dangers, ni les pires vitupérations n'avaient jamais réussi à faire sortir Michael Flynn l'Aîné de son calme.

— Sur ces mots, je vous laisse, dit-il en souriant d'un air engageant.

Et il remonta les marches du perron avec la légèreté d'une balle de caoutchouc.

— Tu seras en retard pour le train, Michaeleen, lança-t-il encore à son neveu.

Puis il disparut dans la maison.

Le moteur pétarada et la vieille bagnole prit en cahotant la courte allée qui débouchait sur la grand'route et qui longeait la longue courbe du lac.

— Vous avez déjà été meilleur, général, reprit la voix paisible par l'entre-bâillement de la porte-fenêtre.

Et le vieil officier dut se plonger dans la contemplation du Lough Aonach dans la splendeur du couchant pour retrouver son calme.

Mickeen Oge Flynn, ainsi que l'avait prédit son oncle, arriva à la gare avec un bon quart d'heure de retard — ce qui est la ponctualité même, pour un rendez-vous entre Irlandais... mais ne coïncida pas avec l'arrivée du train. Se précipitant sur le quai de la gare de Castletown, Mickeen Oge le trouva désert, à l'exception d'un porteur solitaire qui, assis sur deux valises de cuir à l'air vénérables, tâtait une paire de cannes à pêche bien enveloppées dans leurs étuis respectifs.

— Ça, c'est du greenheart, Mickeen Oge, mais celle-là, au toucher, pourrait bien être de bambou refendu.

— A qui sont-elles, Jureen?

— A Mr. O'Connor, dit le portier, penché sur l'étiquette fixée à l'étui. Mr. Art O'Connor, allant de Cobh à Castletown, à destination de Lough Aonach... votre homme.

— Où sont les malles-cabines?

— J'ai rien vu d'autre que ça.

— Un nouveau type de Yankee! Où est-il?

— Yankee! Seigneur, il parle comme vous et moi. Il est au bar de John Molouney, ajouta-t-il avec un geste expressif du pouce. Il a voyagé dans le même compartiment que Kelty Murphy et John Tom Kissane — et Kelty Buie a raconté quelques-unes de ses meilleures... et vous les connaissez. J'allais justement les rejoindre, quand vous êtes arrivé... Je pensais que vous n'auriez guère plus d'une heure de retard...

— Jureen, est-ce qu'il t'arrive quelquefois de dire la vérité?

— Mais y a pas de mal à ça, Mickeen Oge! Pourquoi que vous vous presseriez? J'étais justement assis là, à me dire que quand ça chauffait, vous étiez toujours le premier sur la brèche... et à l'endroit le plus dangereux. Ah! c'était le bon temps!

— Tais-toi, rêveur, et apporte ces valises.

Devant l'expression décidée des yeux gris-
bleu de Mickeen Oge, le porteur empoigna les
valises et le suivit sans plus rien dire.

Ils trouvèrent les trois hommes au zinc du bar
de John Molouney, et l'un d'entre eux était
incontestablement le voyageur attendu. Il buvait
du stout dans une chope d'étain et écoutait un
petit bonhomme à la bouche expressive, à la voix
remarquablement riche et timbrée.

— ...Shawn le Bancal, nous l'appelions à
Leacca, et quand venait l'hiver, il avait l'habitude de distiller un peu de whisky... de contrebande, bien entendu... Une minute, Mickeen
Oge, que je finisse celle-là pour Mr. O'Connor.
Vous prendrez bien un verre de stout... et donne
aussi une chopine à Jureen, John... Bon, sir! Et
à une certaine saison de l'année, lorsqu'il n'y
avait plus moyen de se procurer, ni pour or, ni
pour argent, un sac de malte, Shawn le Bancal
se disait qu'il était grand temps pour lui de se
mettre en ordre vis-à-vis du Seigneur et de faire
ses Pâques...

Arrivé à ce point de son récit, le conteur lança
au nouveau-venu un regard interrogateur.

— Oui, dit celui-ci. Il lui fallait d'abord faire
sa confession annuelle.

— Pour sûr... que vous êtes catholique... sir.
Il confessait donc au prêtre de notre paroisse,
le vieux Père MacOwen, qui l'écoutait derrière
le judas, qu'à certains moments, le diable le ten-
tant, il lui arrivait de distiller un peu de
whisky... en cachette, Dieu nous pardonne! Et il

se repentait de tout son cœur et il promettait à
Dieu et au Père Mac de ne plus jamais allumer
un feu de tourbe sous un alambic... à moins que
la tentation ne soit trop forte et les prix trop
élevés.

« Pendant dix ou peut-être bien quinze années,
il fit la même confession, et le Père Mac lui infligea la même pénitence : donner cinq livres à la
congrégation de Saint-Vincent-de-Paul et dire
son rosaire chaque soir pendant dix jours. C'est
lui-même qui me l'a raconté. Et sûr, que ce fut
un triste jour pour la congrégation de Saint-Vincent-de-Paul lorsque le garde-champêtre lui
confisqua son alambic, sans l'arrêter pour tout
ça, d'ailleurs.

« Bon, sir! Mais voici qu'une veille de Pâques,
Shawn s'amène à Leacca et, sans regarder derrière lui, fonce dans le vieux confessionnal; et
— Dieu de miséricorde! — ce n'est pas le Père
Mac qui se trouve de l'autre côté du grillage,
mais un jeune prêtre tout frais sorti de Maynooth. « Bon sang! se dit Shawn, me voilà frais!
Je ne suis qu'une vieille bête, mais pour sûr que
l'an prochain — Dieu le voulant — je regarderai
d'abord à qui j'ai affaire. » Et le voilà qui se met
à dévider au jeune curé un tas de petits péchés
sans importance, qui n'auraient pas fait de mal
à une mouche, et quand le puits est à sec, il
prend son courage à deux mains et il avoue le
whisky de contrebande. Alors, là, ça devient terrible, affreux, je vous dis! Car à Maynooth, ils
enseignent aux jeunes prêtres que notre whisky,

c'est la ruine de l'Ouest, la mort de l'âme, une boisson fabriquée par le vieux Nick lui-même et sortant tout droit des tonneaux de l'enfer... Oh! malheur. Le jeune curé dit tout cela à Shawn et encore davantage, et lorsqu'il est à bout de souffle et d'arguments, il cherche ce qu'il pourrait bien lui infliger comme pénitence... de quoi le tenir agenouillé jusqu'au jour de l'Annonciation... ou encore de l'envoyer chez l'évêque en personne. « Attendez-moi, vieux réprouvé! », s'exclame-t-il; et le voilà qui se dirige vers l'autre confessionnal où le Père Mac recevait aussi les confessions, une par minute. « Père Mac, dit-il tout bas, j'ai là un vieux gredin qui vient de me confesser qu'il fabrique du whisky de contrebande. Qu'est-ce que je lui donne? » « Ce que vous lui donnez? dit le Père Mac. A ce vieux chenapan de Shawn le Bancal! Pas un penny de plus que cinq shillings la pinte... Et encore assurez-vous que c'est de son meilleur. » Eh! oui, ma foi! Vrai comme je vous vois!

Au milieu des rires sonores, Mickeen Oge, qui connaissait l'histoire par cœur, finit son verre de stout et se tourna vers le visiteur.

— Quand il vous plaîra, Master O'Connor, dit-il.

Et il se dirigea vers son vieux tacot. Cet Américain lui plaisait assez. Il savait écouter et n'avait pas l'air de se monter le cou.

Il se penchait sur la manivelle, lorsque la voix de l'étranger, dans son dos, le fit se redresser.

— Je n'ai pas très bien entendu votre nom.

— Michael Flynn, Master O'Connor.

— Le propriétaire de l'hôtel?

— Son neveu. On m'appelle Mickeen Oge.

— Mickeen Oge Flynn! Je le pensais bien. Savez-vous, Master Flynn, que j'ai entendu parler de vous très loin d'ici?

Le visage de Mickeen Oge, toujours penché sur la manivelle, ne refléta rien de ses sentiments. Possible que là où se retrouvaient des Irlandais, son nom fût parmi les plus connus... pendant un peu de temps.

— Un as parmi les as, murmura l'Américain, comme s'il répétait quelque phrase entendue là-bas.

Le sourire de Mickeen Oge ne visait que lui-même.

— Nous ne nous battons plus guère maintenant, dit-il. Et tout ce que j'y ai récolté, c'est six mois de prison... ou d'internement dans un camp, si vous préférez.

Brusquement, le moteur s'emballa sous l'impulsion de la manivelle.

— Vous plaîrait-il de monter devant, sir?

— Certainement.

Tandis qu'ils suivaient la route qui serpentait au pied des collines, Art O'Connor se livrait à toutes sortes de réflexions. Ce garçon au visage sérieux, aux vêtements de gros tweed, c'était donc ce Mickeen Oge Flynn dont son associé, Owen Jordan, lui avait tant parlé. Ce franc-tireur, ce gréviste de la faim, cet incorruptible républicain... qui conduisait maintenant un vieux

tacot pour un hôtel pour pêcheurs. Quelle dégrin-
golade! Ou, peut-être, n'était-ce qu'une façade!
Car si Owen Jordan disait vrai, l'organisation
républicaine existait toujours, de façon clandes-
tine... Après tout, cela ne le regardait pas. Il
portait un nom irlandais, il est vrai, mais qui ne
l'engageait en rien. Il voulait voir les choses par
lui-même, découvrir lui-même de quelle étoffe
étaient faits ces hommes, s'imprégner de l'atmosphère de l'Irlande, avant de souffler mot de ses
amis du Nouveau-Mexique. Peut-être son sang
irlandais se réveillerait-il un jour sous la pres-
sion de quelque événement, mais jamais il n'ac-
cepterait de perdre la tête... et encore moins son
cœur.

Mickeen Oge, analysant ses impressions, réflé-
chissait, lui aussi. Cet Américain lui faisait l'effet
d'un homme vrai... et ils sont rares. Calme, riant
avec mesure de choses qui en valaient la peine,
parlant sans hâte, prenant le temps de s'attarder au jeu de ses pensées et à celles des autres.
Et un simple regard à son visage coloré, à son
col bronzé que dégageait le col bas de la chemise
de flanelle, montrait que ce n'était pas un de
ces troglodytes vivant dans d'obscures cavernes
à l'ombre des gratte-ciel, mais un homme du
grand air et pratiquant les sports. Un homme
capable de tenir sa place dans une équipe de
pêcheurs passionnés et jaloux... Cependant, ce
serait peut-être une bonne chose de lui donner
quelques éclaircissements sur l'atmosphère très
spéciale qui l'attendait à l'hôtel.

Mickeen Oge ralentit et éleva la voix pour dominer le bruit du moteur :

— Envie de voir ce que nos rivières ont dans le ventre, Master O'Connor?

— Eh! oui...

Puis, avec un regard au ciel clair et haut et aux collines desséchées, aux plaques de gazon d'un gris verdâtre entre les champs de bruyère, il ajouta :

— Mauvais temps pour la pêche, hein?

— Ça, vous pouvez le dire! Nous n'avons pas attrapé un saumoneau depuis dix jours... mais la pêche à la truite n'est pas mauvaise sur les rives du lac.

— De grosses pièces?

— Superbes... et farouches comme des vierges. Vous n'en remplirez pas votre panier, mais une seule suffira à votre bonheur.

— Ça, c'est du sport!

— Si nous pouvions avoir un peu de pluie — et généralement ce n'est pas ce qui manque — il y aurait du saumon dans toutes les criques d'ici à Dounbeg... dix bons kilomètres.

— Parfait! Ce temps finira bien par se gâter.

— Et quand il se gâte, c'est pour de bon. Ce qu'il y a de bien, c'est que nous sommes en dehors des sentiers battus, ici. Et peu de gens savent combien la pêche est bonne dans cette région. C'est pourquoi les habitués...

Et Mickeen Oge fit une pause expressive.

— ...voient les intrus d'un mauvais œil. Je les

comprends. Je serais comme eux. J'imagine que je ne serai pas précisément le bienvenu?

— Je ne le pense pas, reconnut Mickeen Oge.

— Et combien d'adversaires devrai-je affronter ?

— Quatre ou cinq... et peut-être quatre ou cinq de plus quand le temps sera favorable.

— Ça fait huit ou neuf de trop.

— Les pêcheurs sont terribles, dit Mickeen Oge. Le commandant MacDonald serait prêt à vous étriper pour arriver avant vous dans un bon coin, et c'est l'homme le plus chic que je connaisse. Et le vieux Caverley préférerait vous réduire en farine dans un de ses moulins plutôt que de vous indiquer une de ses caches. Moi, je suis moins redoutable. Quant aux pêcheuses, elles sont très bien.

— Bonté divine! Il y a des femmes?

— Miss Caverley et Kate — Miss Kate O'Brien. Et celle-là est capable de soutenir une discussion de l'aube au crépuscule, et du crépuscule à l'aube. Elle est la nièce du général de brigade Kelly Cuthbert.

— Un général anglais?

— Oui. Il est là, lui aussi. Le genre d'homme à être sûr que vous êtes persuadé que ce sont les Américains qui ont gagné la guerre. Que choisissez-vous? La pendaison ou la noyade?

— Le bûcher! Ça ne va pas aller tout seul, à ce que je vois.

— Oh! ce n'est pas un mauvais bougre... le

général. Et les occasions de vous amuser ne vous manqueront pas, dit Mickeen Oge.

— Je compte sur vous pour m'y aider. Et merci de m'avoir prévenu, Master Flynn.

Art O'Connor commençait à aimer beaucoup son compagnon de route.

— Il n'y a pas de quoi, dit Mickeen Oge, en appuyant sur l'accélérateur.

Un peu après dix heures, Michael Flynn l'Aîné entra, comme il en avait l'habitude, de sa démarche légère d'homme corpulent, dans le fumoir.

Le commandant MacDonald et Marcus Caverley étaient penchés sur une table recouverte d'une plaque de verre et jonchée de plumes de couleurs vives, de métal brillant, de fil de soie, de cat-gut et de cire rouge et brune. L'habitant des Highlands montrait à l'homme du Yorkshire la seule façon de fixer les ailes de la mouche fameuse appelée « The Blue Charm » et dont le hackle seul était bleu. Ils étaient à ce point absorbés, qu'ils ne firent aucune attention à Michael l'Aîné, bien qu'ils eussent perçu sa présence.

Le général Kelly Cuthbert, étendu dans un confortable fauteuil, sa petite moustache blanche barrant son visage rougi par le grand air, se réjouit de l'arrivée de Michael l'Aîné, auquel il allait commander son dernier verre de la journée... un whisky irlandais particulièrement fort avec très peu de soda. Sa nièce, Kate O'Brien, lisait près de la porte-fenêtre, ouverte sur la véranda. Et de la terrasse leur parvenait la douce voix anglaise de Betty Caverley.

— Bonsoir, Michael Jeune. Est-ce que le temps sera bon pour la pêche demain?

Kate O'Brien remarqua une fois de plus, avec amusement, que Betty Caverley était la seule à traduire le diminutif de Mickeen Oge et à l'appeler Michael, ce qui créait entre eux une sorte de lien.

La voix de Michael, traînante et moqueuse, s'éleva à son tour :

— Non, jeune femme. Il fera ignoblement beau.

— Le commandant MacDonald dit que la truite mordrait peut-être par une nuit comme celle-ci... sur le lac, bien entendu.

— Ce soir, non... Mais demain, peut-être, au clair de lune.

— Oh! Michael, ce sera merveilleux!

— Voyez-vous l'éhontée! Essayez donc vos charmes sur le commandant.

— Mais...

— Mais oui, essayez donc! Dans un bateau... au clair de lune... vous induiriez en tentation l'ange Gabriel lui-même.

— Je préférerais tenter... quelqu'un d'autre, Michael.

— Très bien, petite fille! Je suis prêt à lui

rendre des points. Et maintenant, bonne nuit. Soyez sage... et n'oubliez pas de dire vos prières.

Kate O'Brien sourit. Mickeen Oge s'adressait à la jeune fille comme si elle portait encore ses cheveux dans le dos. Elle venait à Lough Aonach avec son père depuis des années, et peut-être Mickeen Oge n'avait-il pas remarqué que la fillette anguleuse s'était transformée en une séduisante créature. Quel aveugle, ce Michaeleen!

Ses pas décrurent sur le gravier, et Betty Caverley rentra dans le fumoir. Ses grands yeux au regard candide brillaient sous les cils sombres, ses cheveux cendrés l'auréolaient, et que de féminité dans la courbe de sa nuque et de ses bras nus!

— Michael et moi, nous allons pêcher demain soir, déclara-t-elle d'un air triomphant.

Son père la considéra d'un air pensif, tandis qu'un nerf tressaillait au coin de sa bouche, lui donnant une expression moitié moqueuse et moitié anxieuse.

— Betty Caverley, dit le commandant Mac-Donald sans détacher son regard des ailes de la « Blue Charm », tout est fini entre nous... Je ne suis pas l'ange Gabriel... et le jeune Michael non plus, après tout.

— Puis-je venir avec vous, Betty? demanda Kate O'Brien d'un ton égal.

— J'en serai ravie, Kate chérie.

Le sourire moqueur de la jeune Irlandaise fit monter le rouge aux joues de Betty.

— Que les Anglaises ont donc bon cœur, dit-elle en tapotant le bras de Betty. Ne rougissez pas, chérie... Est-ce votre faute si vous êtes jolie?

Michael l'Aîné s'approcha des deux hommes toujours penchés sur la table aux engins.

— Redressez-la, commandant, conseilla-t-il. Cette aile-là, oui... juste un peu! L'eau l'aplatira suffisamment. Je mets un petit morceau de glace dans votre bière?

— Un petit... oui, dit MacDonald d'un ton distrait.

— C'est excellent... j'en fais autant.

— A mon compte, bien entendu.

Michael l'Aîné s'approcha du général et lui posa un doigt sur l'épaule — geste qui aurait semblé impertinent de n'importe qui, sauf de lui. Les années avaient tissé un véritable lien d'amitié entre le général anglais et l'aubergiste irlandais.

— Alors, général, encore un jour de beau temps derrière nous, grâce à Dieu! La même chose?...

— En plus fort, si possible. Alors, il est arrivé, votre maudit Yankee? demanda-t-il avec une lueur d'intérêt dans son petit œil bleu et vif.

— Ma foi, oui! Et c'est un gars qui n'a pas froid aux yeux. Il m'a demandé si la truite argentée que je lui servais pour son dîner avait été pêchée de façon régulière.

— Une truite argentée? Qui donc l'a pêchée?

— Qui que ce soit, il ne l'a pas attrapée de façon honnête, fit la voix moqueuse de l'officier écossais.

— Aussi honnête que la lumière du jour, fit Michael l'Aîné, et il en aura une autre pour le déjeuner... Je vous verse un petit verre, jeunes femmes? ajouta-t-il en se tournant vers elles et en montrant la moitié de son gros pouce. C'est un mélange à moi.

— Il est fait de quoi, ce mélange, Michael l'Aîné? demanda Betty, souriante.

— Une pointe de miel de bruyère... comme ça; une feuille de menthe, une larme de prunelle et un jus de citron.

— Et pour relever le tout? demanda Kate O'Brien, curieuse.

— Un soupçon de bon whisky de malt, pour donner du corps à l'ensemble.

— Alors, allez-y... et ne prenez pas des verres trop petits. Quand nous présenterez-vous votre Américain, Michael l'Aîné?

— Ma foi, avec de jolies filles comme vous, je me demande si c'est bien prudent, fit le gros homme en se dirigeant vers la porte.

Dans le passage conduisant au bar, il rencontra Art O'Connor.

— Avant que je ferme le bar, Master O'Connor, demanda-t-il, désirez-vous boire quelque chose?

— Avec plaisir, Master Flynn. Un peu de votre Guiness dans une chope d'étain.

— Parfait, sir. Mais dans une chope d'argent, c'est encore meilleur. Vous trouverez le fumoir au bout de ce passage.

Michael l'Aîné se dirigea vers le bar privé,

où il trouva son neveu, installé au comptoir, un livre ouvert devant lui.

— Veux-tu boire quelque chose, Mickeen Oge?

— N...on. Je ne crois pas.

— Bon. Tu changeras peut-être d'avis. Alors, comme ça, tu vas à la pêche avec Miss Betty, demain soir?

— Pour ne rien attraper, probablement.

Michael l'Aîné s'activait au milieu de ses bouteilles.

— Il y a pêche et pêche, fit-il remarquer d'un ton détaché.

— Mais je n'en pratique qu'une, et vous le savez bien, mon oncle.

— Pour sûr que je le sais, mon neveu, pour sûr que je le sais. Mais je te trouve bien sérieux pour un garçon si jeune.

— Ne peut-on pas être jeune... et sérieux?

— Bien sûr, bien sûr... mais tout de même! J'ai peut-être eu tort de ne pas te renvoyer au séminaire... où tu n'avais plus que deux ans à étudier.

— Est-ce trop tard? demanda Mickeen Oge avec un sourire malin. Pourquoi ne pas m'y envoyer dès demain?

— Je n'en ferai rien, déclara Michael l'Aîné d'un ton ferme, à moins que tu aies vraiment la vocation... et j'en doute. Et si tu dois renoncer, renonce comme un homme...

Il posa sur son neveu un regard plein de sollicitude, voyant dans l'ardent lutteur l'enfant qu'il avait élevé.

— Cette maison... ce travail... ça ne te déplaît pas trop, Michaeleen?

— Ça me plairait tout à fait, si je n'avais pas un vieil idiot d'oncle...

— Veux-tu me fiche le camp d'ici!

— A l'instant, dit Mickeen Oge en se levant. Qu'est-ce que vous pensez de cet Américain, ce Mr. Art O'Connor? Un curieux nom, pour un Américain.

— Ouais. Il se défendra bien, à ce que je crois.

— Comment a-t-il eu notre adresse?

— Ça, je n'en sais rien. Il a écrit, il y a long-temps... tu étais absent...

— D'où écrivait-il?

— D'au delà les mers. De Montréal.

— De Montréal! Mais c'est au Canada... c'est l'Empire britannique. Nous ferons bien d'avoir un œil sur lui.

— Sois sérieux, mon garçon! Que diable l'Em-pire britannique a-t-il affaire avec nous?

— Aussi longtemps que l'Irlande n'est pas entièrement libre — et quand le sera-t-elle? — le Service Secret britannique s'occupera de nous. C'est un grand Empire, oncle, et ses agents ne dorment jamais... Ne fermez pas la porte de ser-vice, ajouta-t-il en s'éloignant, je rentrerai peut-être tard.

— Sois prudent, Mickeen Oge, dit son oncle d'un ton grave.

— Comme un furet, dit Mickeen Oge en refermant la porte derrière lui.

Michael l'Aîné secoua la tête. Ce garçon! N'avait-il pas assez souffert pour cette terre aimée? Six mois de prison, la grève de la faim pendant cinq semaines, une année à se cacher sur les collines... et toujours le même esprit, indomptable et indompté... Quel malheur qu'il ne se décide pas à se ranger et à amener une femme dans cette maison qui en avait tant besoin... et cette femme n'était pas loin d'ici... non, pas loin d'ici, pour sûr! Mais Dieu est bon... et le jeune sang finirait bien par parler un jour.

Art O'Connor, toujours en costume de flanelle, traversa le fumoir aux épaisses moquettes, le regard attentif. Et il remarqua qu'après un rapide coup d'œil, personne ne semblait s'apercevoir de sa présence.

— Bonsoir, mesdames, bonsoir, messieurs, dit-il d'une voix neutre en s'asseyant dans un fauteuil d'osier placé près de la cheminée.

Le commandant MacDonald fit entendre un vague grognement qui pouvait à la rigueur passer pour une réponse, sans pour cela interrompre l'exécution d'une ligature délicate; la gentille Betty murmura un faible « bonsoir », et ce fut tout.

Art O'Connor examina un à un les hôtes rassemblés au fumoir. Cet homme renversé dans son fauteuil, le visage hostile et fermé, devait être le général. Et la jeune fille perchée sur le bras d'un fauteuil — le type de l'Anglaise aux cheveux de lin, au teint délicat — était sans aucun doute possible la fille de l'homme assez corpulent qui s'affairait à la table... un certain Caverley. La jeune fille aux cheveux sombres, qui feignait de s'absorber dans sa lecture, c'était Miss O'Brien — Kate O'Brien — qui devait avoir dans les veines le sang de ses ancêtres pré-gaéliques, petits et bruns. Elle paraissait orgueilleuse comme Lucifer lui-même, et exigeante avec ça! Mais par Dieu! il y avait dans ce grave et pur visage de quoi troubler le cœur des hommes! Comment donc la décrivait Owen Jordan? « Une patriote asexuée qui repoussait les hommages des hommes. » Et c'était mieux ainsi, car à l'aimer, un homme perdrait son âme! Et celui-ci qui s'activait sur ses mouches artificielles, se nommait Archibald MacDonald et ne s'intéressait pas le moins du monde à un visiteur américain. Un amateur de la vie en plein air, qui ressemblait à sa sœur Margaid — bien qu'il n'eût pas ses cheveux roux... Pourvu qu'elle n'ait pas parlé de lui dans ses lettres! Car MacDonald semblait le genre d'homme qu'on n'abuse pas facilement.

Ainsi ils lui battaient froid, espérant probablement l'évincer de leur sélecte société, au milieu des collines. C'était pourtant de ces collines et de ces vallées que venaient ses ancêtres, et d'eux qu'il avait hérité son endurance physique et morale. Eh bien, il ne se laisserait pas évincer, il était prêt à le parier avec n'importe qui. Une étincelle de colère s'alluma en lui, une colère toute irlandaise. Diable! S'il n'y faisait pas attention, il se laisserait reprendre par l'atmosphère du vieux pays.

Il demanda l'autorisation de fumer. Betty Caverley inclina sa tête blonde, et Kate O'Brien le regarda pour la seconde fois. La première fois, comme il traversait le fumoir, elle avait noté la démarche balancée, assez particulière, de l'homme qui monte beaucoup à cheval. Cette fois, elle remarqua son visage bronzé, fortement charpenté, et ses yeux... si clairs qu'ils semblaient, comme ses sourcils, décolorés par le soleil et par le vent. Non, ce n'était pas là le touriste américain ordinaire, talonné par le temps. Il y avait en lui quelque chose de détendu et de nonchalant, et dans son regard une force contenue. Oui, ce regard l'intéressa, éveilla quelque chose en elle. Elle le regarda pour la troisième fois, alors qu'il allumait sa pipe, et à ce moment leurs yeux se rencontrèrent. Cela ne dura que deux ou trois secondes. Et l'Américain détourna son regard, sans manifester le moindre intérêt.

Kate O'Brien se sentit remarquée... puis dédaignée. Elle en eut de la colère et du dépit. Elle pencha sur son livre un visage assombri. Elle lui ferait payer cher cette impression.

Michael l'Aîné entra avec un plateau de drinks. Une mousse épaisse et crémeuse couronnait la chope étincelante qu'il posa sur un petit guéridon, à portée d'Art O'Connor.

— Une souris s'y promènerait, Master O'Connor, dit-il.

— Vous devriez fournir la souris, Michael, dit le général sans relever la tête.

— Et qui donc fournirait le chat, général? fit Michael l'Aîné en se dirigeant vers la porte. Bonne nuit à tous... et Dieu veuille que le temps change pour demain.

Art O'Connor avait parfaitement deviné l'insinuation déplaisante au sujet de la souris, mais il n'en montra rien. Parfait, général! Croisons le fer, si c'est là votre désir.

Chacun prit son verre et Kelly Cuthbert sortit de sa poche sa pipe de bruyère et sa blague à tabac.

— Vous plairait-il d'essayer le mien? offrit l'Américain. C'est du Cavendish de Virginie.

— Non, merci. Je ne fume que .du tabac anglais.

— Je l'ai essayé, dit O'Connor.

Et au ton de sa voix, on devinait qu'il l'avait trouvé exécrable.

— Il est assez bon pour moi, jeta le vieil officier.

— J'en suis persuadé, dit Art O'Connor d'une voix égale.

L'autre lui lança un regard irrité, but une

gorgée de whisky, une autre encore, s'éclaircit la gorge pour riposter... et se tut.

Le commandant MacDonald retint un sourire. Si cela continuait ainsi, le général allait sortir de ses gonds, et cela n'aurait rien d'agréable. MacDonald se leva, s'empara de sa chope de cristal et s'approcha de la cheminée, à laquelle il s'adossa.

— Vous pêchez, Master... O'Connor?

« Méfions-nous de cet Ecossais rusé! se dit O'Connor. N'en disons ni trop, ni trop peu. »

— Je suis amateur, oui, dit-il. La pêche n'est pas très bonne en ce moment, à ce qu'il paraît.

— Pas très bonne, en effet. Vous pêchez aussi aux Etats-Unis... en Californie, peut-être... ou au Nouveau-Mexique?

Un homme malin, décidément! Avait-il deviné qui était Art O'Connor? Ou Margaid lui avait-elle écrit? Mais déjà le commandant reprenait son verre de bière mousseuse, comme si la réponse ne l'intéressait pas.

— J'ai pratiqué la pêche au Canada, pendant un mois, dit O'Connor.

— Au Canada?

— Oui. En ce moment — il jeta un regard à la pendule dorée sous son globe de verre — il n'est que six heures là-bas, évidemment, mais en fin de journée deux de mes amis tendent un filet à travers le Gatineau et le fixent contre le courant à l'aide de briques... Et ils ne tarderont pas à remplir leur canoë de saumons de vingt livres... à condition qu'un garde-pêche ne sur-

gisse pas, ce qui fait partie du sport, bien
entendu.

— Du vulgaire braconnage! fit le général, en
s'adressant à personne en particulier.

— Incontestablement, dit l'Américain en souriant aimablement. A ce sujet, j'ai eu justement
une truite braconnée pour mon dîner. Qui de
vous l'a attrapée?

Kate O'Brien eut un rire bref, aussitôt retenu
et étrangement gai pour un si grave visage. Art
O'Connor la regarda d'un air à la fois interrogateur et réprobateur, et elle secoua la tête en
riant.

— Ce n'est pas moi, mais ce pourrait l'être,
dit-elle en réponse à ce regard.

— Et pourquoi pas? Je ne blâme personne.
Et si nous en sommes là, pourquoi ne pas essayer
de la gélignite ou de la chaux vive?

— Cela s'est fait, dit le général, s'efforçant
de garder son calme, et les gens ont attrapé du
poisson... et six mois de prison. Vous devriez
essayer, sir, suggéra-t-il avec intention.

— J'échapperais peut-être aux six mois de
prison si j'avais un ou deux dollars sous la main.

— Par Dieu, sir, on n'achète pas la justice,
ici, comme cela se pratique là-bas! dit le général,
se sentant plus Irlandais que jamais.

— Possible que non, fit O'Connor en buvant
une gorgée de bière.

Il prenait plaisir à faire sortir le vieil officier
de ses gonds, et ne s'en tiendrait certainement

pas là. En reposant son verre, il rencontra le regard de Kate O'Brien posé sur lui.

— Vous vous appelez... O'Connor, n'est-ce pas?

— Oui, Miss O'Brien.

— De retour en Irlande?

— Américain cent pour cent, et je m'en félicite.

— Mais d'ascendance irlandaise?

— C'est probable. Je n'y puis rien.

Kate O'Brien le regarda plus attentivement.

— Certains n'en sont pas dignes, dit-elle gravement.

— Je veux dire, expliqua calmement O'Connor, qu'au bout d'une ou deux générations, le sang irlandais s'atténue... le côté rêveur, les inhibitions, les superstitions... toutes ces absurdités gaéliques, si vous voyez ce que je veux dire.

— Je vois, oui... et l'on devient un Américain cent pour cent!

Une brusque hostilité, irraisonnée, jaillit entre eux. Non une hostilité latente, mais un sentiment violent qui demandait à s'exprimer par la botte et la parade.

— Le côté rêveur... murmura Kate O'Brien. Les Américains ne rêvent jamais?

— Si, mais ils se réveillent.

— Pour adresser des prières au tout-puissant dollar et ricaner à la face des miséreux.

— Mais non pour exporter du bétail et du

blé... alors qu'un million d'Irlandais meurent de famine.

— Touché! dit Kate O'Brien, en saluant comme en escrime. Je vois que vous connaissez votre histoire irlandaise.

— Mon arrière-grand-père est mort au cours de l'année noire de 1847.

— Parce que c'était un rêveur? Et l'Américain cent pour cent ne l'a jamais oublié. Allons, il y a encore du sang irlandais en vous, Master O'Connor.

Et le duel continua. Mais, liés par une subtile compréhension, ils n'étaient plus désormais des étrangers l'un pour l'autre. Ils se montraient sincères, libres, presque intimes, et... terriblement agressifs. Ils se portaient réciproquement sur les nerfs... et au fond de lui-même, Art O'Connor s'en voulait de se laisser entraîner à heurter ainsi cette belle fille aux cheveux de nuit.

Les autres occupants du fumoir ne se mêlaient pas à la discussion. Ils restaient en dehors du ring, se contentant de regarder et d'écouter, ignorés par les deux interlocuteurs animés d'une chaleur qu'ils ne devaient pas uniquement à leurs divergences de vues. Archibald MacDonald, élevant à ses lèvres la bière ambrée, retint un sourire. Ces deux-là s'infligeaient réciproquement une leçon... et l'un des deux la méritait.

Brusquement, O'Connor, comme conscient de l'excès de chaleur qu'il apportait à la discussion, vida sa chope de stout, se leva, traversa le fumoir

de son allure aisée de cavalier et lança un bonsoir général du seuil de la porte.

Le général donna un coup de talon dans le
tapis et étouffa un rire. Pour quelque obscure
raison, toute colère l'avait abandonné.

— Un gars qui a de la défense, le diable l'emporte! Il t'a donné du fil à retordre, Kate, fit-il
observer.

— Il ne s'en tire pas mal, reconnut-elle avec
honnêteté.

Son oncle, qui connaissait ses opinions poli-
tiques, dit d'un ton sarcastique :

— Tu devrais lancer contre lui Mickeen Oge
et ses francs-tireurs.

— Vous ne feriez pas une chose pareille, Kate?
dit Betty aussitôt.

— Certainement pas, dit Kate O'Brien en
riant. Il s'est un peu échauffé... et moi aussi. J'ai
fait bouillir son sang irlandais. Et ce n'est pas
la dernière fois. Un Américain cent pour cent,
vraiment!

— Par Dieu! s'exclama le général. Ce maudit
hôtel deviendra impossible à vivre, si vous continuez à discuter ainsi.

— Mais il mérite une leçon, dit Archibald
MacDonald, pour lui apprendre à tourner en
dérision son propre sang. Le seul danger, c'est
qu'en le poussant à bout, il ira si loin qu'il attirera l'attention de la « Fille aux Cheveux roux »,
vous ne croyez pas?

Kate O'Brien lui lança un vif regard interrogateur.

— Pourquoi pas? reprit le commandant. Même s'il n'est qu'à moitié sérieux, je n'ai jamais entendu pareil renégat. Cela vaudrait la peine d'observer ses réactions.

— Non, commandant! Qui se permettrait de défier les morts? dit la jeune fille en secouant la tête. Il n'oserait pas.

— Qui sait?

— Dans ce cas... fit Kate O'Brien.

Puis elle se tut.

CHAPITRE II

Patiemment, méthodiquement, Art O'Connor descendait le courant de la rivière, juste à sa sortie du Lough Aonach, en surveillant de l'œil sa ligne amorcée d'une crevette.

Derrière lui s'élevait une pente herbeuse couronnée d'un muret de pierres sèches. Et devant lui s'étalait la nappe brillante du lac, large d'une lieue, que dominait le mont Leaccamore. Un peu au-dessous de l'endroit où il se trouvait, s'arrondissait une calme crique bordée de pierres calcaires d'un blanc mat, qui s'enfonçaient en formant des gradins dans l'eau transparente. Pendant quelque dix kilomètres, jusqu'à la baie de Dunmore, la rivière alternait ainsi courants rapides et criques ombreuses, et il fallait, pour que la truite et le saumon remontent jusqu'au lac, les fortes marées du printemps ou des pluies abondantes.

Il y avait eu une averse ou deux la nuit précédente, ainsi qu'une marée de printemps, et, bien que l'eau fût sans couleur, quelques poissons aventureux pouvaient se risquer dans les courants; c'est pourquoi Art O'Connor tentait sa chance.

Mickeen Oge Flynn, qui pêchait lui aussi, avait disparu à un coude de la rivière. Là, lassé d'avoir essayé successivement tous les appâts possibles, des mouches aux crevettes, il renonça et s'installa en haut d'un talus, au pied d'un muret, et se mit à fumer béatement la pipe.

Au détour du sentier, nette et fine dans sa robe de toile bleue, parut Betty Caverley. Mickeen Oge, retirant sa pipe de sa bouche, s'en servit pour lui faire de grands signes d'accueil et ébaucha le geste de se laisser glisser au bas du talus.

— Restez où vous êtes, lui intima-t-elle.

— Très bien, ma'ame, dit-il docilement.

Elle vint s'asseoir à ses côtés, sur le talus herbeux, balançant ses fines chevilles, et se mit à s'éventer avec son grand chapeau de paille.

— Comme il fait doux, ce soir! Je suis montée jusqu'au vieux Castle Aonach.

— Et de retour! Vraiment, jeune fille, vous autres, Anglais, vous avez le goût de la marche sans rime ni raison.

— Et vous autres, Irlandais, celui de vous reposer... sans rime ni raison.

— Quelle meilleure excuse pourrais-je avoir ...que celle qui est à mes côtés?

— Merci, sir. Auriez-vous une cigarette pour moi?

Il lui tendit une allumette dans ses paumes incurvées et contempla le jeune visage si rarement, si délicatement teinté de rose. Ses doux cheveux, illuminés par le couchant, l'encadraient d'un vivant halo.

— Que c'est beau, murmura-t-elle doucement.

Mickeen Oge ralluma sa pipe avec la même allumette et en tira des bouffées sans rien dire. Betty Caverley contemplait son profil. Les traits aquilins et nettement découpés, la mâchoire ferme, le menton volontaire se dessinaient nettement, cernés de lumière. Des touches de gris apparaissaient dans ses souples cheveux noirs, et plus que des touches au-dessus de ses oreilles petites et bien collées. Et cependant, il était jeune encore... mais il avait déjà beaucoup souffert... Elle n'ignorait pas le rôle joué par lui au cours de la guerre civile, son internement, sa terrible grève de la faim, son évasion, sa vie de proscrit dans le maquis des collines... Mais jamais il ne lui parlait de ses expériences... Un homme étrange, si calme et si secret... et un pays étrange aussi. Et ce qui paraissait à Betty Caverley plus étrange que tout, c'était que cet homme pût faire un travail aussi humble et appartenir cependant à l'élite du pays... Oui, c'était vraiment un homme d'élite. Il était, de nature, profondément silencieux, mais elle, et elle seule, savait le faire parler, et rire, et se montrer gai et détendu.

— Vous n'avez rien attrapé? demanda-t-elle enfin.

— J'aurais aussi bien pu employer le seau de Simon Simplet.

— Et Art O'Connor?

— Oh! il finira bien par capturer un saumon, s'il s'en trouve un assez aventureux pour remonter la rivière. Je n'ai jamais vu un homme plus obstiné que lui.

— C'est vrai, reconnut Betty en riant. Et quelle vie il apporte à l'hôtel. Avant-hier soir, le général a failli s'étrangler avec son whisky en s'entendant déclarer que l'Angleterre était à bout de souffle lorsque l'Amérique intervint pendant la Grande Guerre.

— Ça lui venait bien, approuva Mickeen Oge.

— Et ce n'était rien encore. Mais je savais que ce vieil officier aurait une attaque si l'on disait devant lui que l'Irlande avait montré peu d'enthousiasme à y participer. « Quatre-vingt mille Irlandais sont tombés sur les champs de bataille, s'est-il exclamé, et tous des volontaires! — Ils auraient mieux fait de mourir pour l'Irlande! », a riposté Art O'Connor.

— Bravo pour lui! fit Mickeen Oge.

— C'est ce que lui dit Kate O'Brien, mais il se retourna contre elle. « Les Irlandais qui sont restés chez eux ne se sont pas montrés tellement ardents, a-t-il déclaré. Avez-vous jamais eu dix mille hommes sous les armes? — C'est d'armes que nous manquions », a déclaré Kate, dont les yeux lançaient des éclairs... vous savez

comme elle est. « Non, c'est de cœur! », a-t-il
riposté... mais cœur n'est pas le mot qu'il a
employé.

— Oui, je sais. Et alors?

— Kate était furieuse. « C'est donc ça que
vous appelez être un Américain cent pour cent!
lui a-t-elle jeté à la figure. Nous avons eu des
Irlandais d'Amérique — comme Owen Jordan
— qui n'ont pas eu peur de se battre! Et vous? »
Il est devenu pâle sous son hâle, et il l'a regardée
sans répondre.

— C'était dur, fit Mickeen Oge. Kate n'aurait
pas dû lui dire une chose pareille.

— Elle a dû le sentir, car elle est partie se
coucher tout de suite après. Mais hier soir, ils
ont recommencé de plus belle. On dirait qu'ils
n'attendent que cela et ils monopolisent la conversation.

— Cela commence quelquefois comme ça, dit
Mickeen Oge.

— Quoi donc?

— Ce que vous pensez.

— Vous voulez dire... l'amour? Mais il ne
débute pas toujours ainsi, heureusement.

— Mais le plus souvent de façon absurde, dit
Mickeen Oge d'un ton moqueur.

Ils se turent un moment, et autour d'eux, tout
était silence. Bientôt les grives moduleraient leur
chant vespéral dans les arbres qui bordaient la
rive, et les corbeaux regagneraient leur nid en
croassant. En cet instant qui précède le coucher
du soleil, régnait un grand calme et pas une

moire ne ridait la nappe de soie du Lough
Aonach.

— Ce doit être la solitude, murmura la jeune
fille, qui vous incite à vous replier sur vous-
même... à porter un masque.

— Mais je ne me sens jamais solitaire, petite
fille.

— Parce que vous avez une raison de vivre?

Le visage de Mickeen Oge se durcit. Betty Caverley l'observait, et soudain, se penchant vers
lui, elle posa sa main sur son bras.

— Je sais beaucoup de choses, Michael, bien
que vous ne m'ayez jamais rien dit.

— Je ne voudrais pour rien au monde vous
confier des secrets dangereux... dangereux pour
vous, je veux dire.

— Mais je saurais les garder! s'écria-t-elle.

— J'en suis persuadé, dit-il d'une voix chaude.
Et qui sait, Betty, reprit-il d'un ton plein de
mélancolie, tout cela n'est peut-être qu'une lutte
inutile, les dernières convulsions d'un rêve destiné à mourir.

— Non... non! dit la jeune fille avec fougue.
Mais y a-t-il du danger?

— Un peu... Un espion ou deux! Vous, par
exemple... reprit-il, avec une fausse sévérité.

— Vous savez bien que non, dit la jeune fille
en secouant sa tête auréolée de blondeur.

— Pourquoi me questionnez-vous, alors? Vous
êtes peut-être une espionne célèbre.

— C'est mon droit de vous questionner, dit
Betty Caverley d'un ton assuré. Nous sommes de

vieux amis. Vous rappelez-vous la première fois que vous m'avez appris à me servir d'une canne à pêche.

— Je revois la petite fille qui poussa des cris d'orfraie lorsqu'elle décrocha sa première truite.

— Et vous m'avez dit : « Voyons, petite sotte, elle ne vous mordra pas! » Et c'est justement ce qu'elle a fait.

— Mais non, vous vous êtes piquée au hameçon... Et vous voilà une jeune fille, maintenant.

— Et je viens ici chaque été. Ce doit être aussi beau en hiver.

— Vous trouveriez ces lieux bien solitaires.

— Non, j'aime ce pays, dit-elle rêveusement, les yeux au loin, les mains nouées aux genoux, le torse arqué. Je pourrais y vivre toute l'année, ajouta-t-elle avec douceur. Que faites-vous en hiver, Michael le Jeune?

— Oh, des tas de choses. Il y a la chasse... et les travaux de la ferme... et les visites à mes amis, Hugh Forbes, et Sean Glynn, et Paddy Bawn... et puis surtout, mes livres.

— Oui, je sais, vous lisez beaucoup. J'ai exploré votre bibliothèque l'autre jour... classiques, essais, voyages, sport, chimie et surtout, tous ces ouvrages de théologie... si rébarbatifs!

— Vous savez qu'on me considère un peu comme un prêtre défroqué.

— Oui, je sais, Michael.

— Et d'ailleurs, reprit-il d'un ton pensif, il n'est pas impossible que je rentre dans les

Ordres, si Michael l'Aîné m'y pousse. Après tout, c'est le refuge final.

— Là, vous voyez bien que vous vous sentez seul! Je le savais.

— Quelquefois, petite fille. Mais la solitude ne manque pas de charme. Elle est la source de tous les rêves.

La jeune fille s'assombrit.

— Alors vous rentreriez dans les Ordres si votre oncle vous en pressait?

— Pourquoi pas?

— Mais il n'en fera rien.

— Non, fit Mickeen Oge en lui lançant un regard oblique. Pour le moment, il n'a qu'une idée, me marier.

— Oh, Michael! fit Betty Caverley en ouvrant des yeux immenses. Vous ne laisseriez pas votre oncle vous choisir une femme!

— C'est la coutume, dans ce pays.

— Une horrible coutume. Mais moi aussi, je trouve que vous devriez vous marier, Michael, reprit-elle d'un ton sérieux.

— Eh bien, si je change d'avis, j'en parlerai à Michael l'Aîné. Il a une jeune fille en vue, paraît-il, et quelqu'un de pas mal... pour une jeune fille.

Il se mit lentement debout, tandis que la jeune Anglaise restait assise sur le talus, laissant errer son regard sur le mont Leaccamore baigné d'une brume bleue. Oui, Michael l'Aîné choisirait pour son neveu une fille saine et fraîche, pourvue d'une dot... et la dot serait plus importante que la jeune fille... et Michael le Jeune ne serait pas heureux — comment pourrait-il l'être — et elle-même ne reviendrait plus dans ce pays... Elle soupira et se leva à son tour, machinalement.

Ce fut à ce moment qu'un cri déchira le silence et se répercuta le long de la rivière.

— Par tous les saints! s'exclama Mickeen Oge. Il est tombé sur un poisson géant... ou dans la rivière. Venez, Betty!

Il s'élança, mais si vite qu'il courut, la jeune fille resta à ses côtés, ne se laissant pas distancer.

— Vous avez le cœur ailé, et des jambes de chevreuil, lui lança-t-il, courant toujours.

Art O'Connor était sans aucun doute tombé sur une pièce de choix. Dans l'eau jusqu'aux cuisses, il reculait doucement, serrant fermement le manche de sa canne qui décrivait une courbe profonde au-dessus de la crique. La pointe s'agita deux fois et la ligne tendue décrivit un cercle dans l'eau.

— Donnez-lui un peu de jeu, cria Michael Oge, et redressez votre ligne.

Il lançait ces encouragements par pure habitude, car visiblement Art O'Connor s'y connaissait et s'en tirait admirablement, fatigant le poisson en eau profonde et l'amenant doucement vers la rive. Et dix minutes plus tard un saumon remontant de la mer reposait sur le gravier.

— Voyez qu'elle gueule magnifique, il a! dit Mickeen Oge à Betty, tandis que tous deux se penchaient, têtes jointes, sur le saumon.

— Il est superbe!

— On en voit rarement de plus beaux. Il fait au moins cinq livres et il brille comme un shilling neuf! Mais comment a-t-il pu remonter le courant depuis Dunmore?

— Un coup de chance! dit Art O'Connor. Prenez ma ligne un moment, Mickeen Oge. Je veux m'assurer de quelque chose.

Il parlait d'une voix calme, étrangement dépourvue d'enthousiasme. Tournant le dos à la rivière, il en franchit le bord caillouteux, escalada le talus glissant et grimpa sur le mur qui le couronnait. Puis, mettant la main en visière, il fouilla l'horizon. Il ne vit qu'une pâture à l'herbe d'un vert grisâtre qu'éclairait le soleil déjà bas et que rayaient les ombres déjà longues de hauts chardons. Au delà s'élevait d'un côté un bouquet d'arbres et de l'autre, sur la hauteur, on discernait les cheminées de l'hôtel, à quelque cinq cents mètres de là.

Le pré était vide, mais en regardant plus attentivement, Art O'Connor vit une silhouette féminine descendre le sentier qui partait de l'hôtel.

Il reconnut Kate O'Brien, et l'attendit, toujours perché sur le muret. Elle était vêtue de jaune très pâle, et son allure racée, ses yeux magnifiques, yeux sombres, avaient de quoi

faire battre le cœur d'un homme. Tête nue, elle
balançait à la main un vieux panama. Elle devait
avoir marché assez vite car ses joues, habituellement pâles, étaient délicatement colorées et
elle respirait vite.

— Vous regardez du mauvais côté, lui cria-
t-elle. La vue est derrière vous. Ici, il n'y a que
de l'herbe desséchée par le soleil et des chardons
que n'agite aucun vent. Que cherchez-vous en
ces lieux?

Elle parlait d'un ton chantant. Il l'observa
attentivement.

— Une femme d'une rare beauté, étrangement
vêtue, dit-il doucement.

— De telles femmes ne se trouvent que dans
le palais d'un roi... et non dans les pâtures, dit
Kate O'Brien en souriant.

— Plus fluide que le vent dans les arbres, elle
s'est évanouie comme un rêve... mais sa beauté
m'obsède.

— Mon pauvre ami, fit Kate O'Brien, moqueuse, j'ai été trop dure avec vous, hier soir,
et votre tête de Yankee, si forte soit-elle, ne
l'aura pas supporté. J'en suis désolée.

— Vous pouvez l'être, si vous êtes de son
sang... Oui, elle est de votre race, mais dix fois
plus belle que vous... et presque aussi perverse.

— Que voulez-vous donc dire? demanda la
jeune fille en fronçant le sourcil.

— Peu importe! Je viens d'attraper le plus
beau saumon de la rivière.

— Et cet exploit vous est monté à la tête!

Mais où l'avez-vous pêché? Et par un soir pareil!
Je veux le voir. Donnez-moi votre main.

Elle s'agrippa à lui et, avec l'aisance d'une
fille élevée à la campagne, se rétablit sur le mur,
sauta sur le talus et se laissa glisser jusqu'en bas.

— Par exemple! s'exclama-t-elle, penchée sur
le saumon. Ce que les autres vont être jaloux!

— Comme le diable lui-même... et cela n'aura
rien d'étonnant, dit Mickeen Oge. Vous m'éton-
nez, Art O'Connor. Vous venez d'attraper le
premier saumon de la saison et vous êtes là,
calme comme Baptiste!

— Je m'excuse, mais ce saumon est le dernier
de mes soucis... Dites-moi, Flynn, y a-t-il dans le
pays une femme — jeune et très belle — qui
se promène, sa tête rousse brillant au soleil, les
épaules couvertes d'un châle vert?

— Seigneur! s'exclama Mickeen Oge, les yeux
agrandis d'horreur.

Betty Caverley retint son souffle tandis que
Kate O'Brien s'écriait :

— Qu'avez-vous donc vu? Art O'Connor.

— Je l'ai vue... elle!

— Où... ici?

— Là-haut... Je vais vous dire comment. Oh,
je connais la légende.

Sa voix était grave, entièrement dénuée
d'émotion et il leur fit un tableau extrêmement
vivant de ce qu'il avait vu et ressenti.

— Je pêchais au milieu de la crique, faisant
de mon mieux et me traitant d'imbécile parce
que je ne me décidais pas à abandonner — com-

me vous l'aviez fait, Flynn — et me jurais de
faire un dernier essai avec un leurre spécial que
le commandant MacDonald avait préparé pour
moi. Dix lancers, me dis-je, pas un de plus!
J'étais là, dans l'eau jusqu'aux cuisses, en train
de remplacer une crevette par une mouche,
lorsque je remarquai qu'autour de moi, tout était
étrangement calme. Oui, d'un calme mystérieux!
De ce calme qui précède parfois, en été, le coucher du soleil. Non, plus mystérieux encore! J'ai
ressenti la même impression une fois, avant une
éclipse du soleil. Une grive, qui chantait sur la
rive opposée, se tut et le murmure de la rivière,
mieux perceptible dans ce silence, me parut pro-
venir d'un autre monde. J'éprouvai un sentiment
de solitude... je me sentis étranger dans ce lieu
solitaire baigné d'une lumière qui n'était pas de
ce monde... puis j'éprouvai le poids d'un regard
sur ma nuque.

« Je me retournai, levai la tête, et là... s'appuyant contre le muret, je la vis! Non pas un
fantôme, mais un être de chair et de sang... ou
alors mes yeux m'abusent. Le soleil brillait sur
ses boucles d'or roux et le châle qui entourait
ses épaules était plus vert que l'herbe. Elle ne
me regarda pas. La tête dresée, elle contemplait
l'extrémité de la crique, et tandis que je la dévo-
rais du regard, elle leva son bras d'une blancheur de lait et du doigt me montra quelque
chose. Je regardai dans la direction qu'elle
m'indiquait et là — sous ce rocher — je vis
jaillir la queue d'un poisson bondissant à moitié

hors de l'eau... Par pur instinct, je lançai ma
ligne, tirai trop vite... et le manquai. Je regardai alors par-dessus mon épaule. La femme était
toujours là, la main tendue. Je lançai ma ligne
à nouveau et, à la troisième fois, il mordit... Vous
connaissez tous l'effet de choc que l'on ressent
dans tout le corps et qui vous fait bondir le
cœur. C'est alors que j'ai crié... Et voilà... J'ai
ferré le saumon et lorsque je me suis retourné
de nouveau, la femme avait disparu... J'ai couru
jusqu'au muret et je n'ai vu personne que Miss
O'Brien qui descendait la combe, au-dessous de
l'hôtel. Vous n'avez pas aperçu une femme aux
cheveux roux, Miss O'Brien.

— Je n'ai vu personne, dit gravement Kate
O'Brien, mais tandis que vous ameniez le saumon, elle aurait eu le temps de gagner le couvert
des arbres.

— Oui, évidemment... Je connais la légende,
Flynn, répéta Art O'Connor en regardant attentivement Mickeen Oge. Etait-ce une mauvaise
plaisanterie ou serait-ce une apparition de celle
que vous appelez la Fille aux Cheveux roux?

— Celle que vous avez vue, je ne la connais
pas, dit gravement Mickeen Oge. Le jeu se joue
entre elle et vous.

— Fort bien! Je le jouerai... qu'elle soit de
chair, ou pur esprit. Je ne l'ai vue que par-dessus
mon épaule, mais elle est digne de s'asseoir au
côté de Mona Lisa au milieu des rochers... car
elle est belle encore et non moins redoutable.
Un visage que je n'ai jamais contemplé et qui

m'est pourtant étrangement familier... comme un visage vu en rêve... ou peut-être le symbole de notre race, Dieu nous protège!

Il fit un pas en avant et montra de la main la crique profonde. Puis il reprit d'une voix vibrante et pleine de défi :

— Si le visage de cette femme apparaissait dans les profondeurs de cette crique, un homme pourrait être tenté de la rejoindre... et il se noierait comme tant d'hommes se sont noyés pour elle... dans la légende.

Il se détourna sur ces mots et s'éloigna sans un regard pour eux, abandonnant sa canne, le saumon, oubliant tout ce qui n'était pas ses propres réflexions.

— Il est touché au vif, dit Betty Caverley.

Puis comme frappée par une pensée soudaine, elle saisit le bras de Mickeen Oge.

— Soyez prudent, Michael, murmura-t-elle.

— Calmez-vous, petite fille. Je ne me sers jamais d'une femme, ni morte, ni vive.

Kate O'Brien suivit des yeux Art O'Connor qui s'éloignait. Une secrète colère faisait flamber son regard.

— Plus redoutable que Mona Lisa, murmura-t-elle. Oui, Betty! ajouta-t-elle avec un sourire moqueur. Pour un Américain cent pour cent, il a été drôlement touché.

CHAPITRE III

Mickeen Oge suivait nonchalamment, mais non sans but, un courant d'eau vive qui serpentait au fond d'un vallon boisé, à faible distance de l'hôtel et allait se jeter dans la rivière à deux kilomètres de là. A un moment donné, le sentier quittant le cours d'eau, fit un tournant et s'engagea entre les arbres. Mickeen Oge le suivit.

Au sommet du vallon, à la lisière des arbres, il déboucha brusquement sur le mur d'enceinte, coiffé d'herbes folles, de la cour d'honneur du vieux château en ruine, Castle Aonach. Une brèche irrégulière dans l'épaisse muraille lui permit de pénétrer dans cette cour qui n'était plus qu'un arpent d'herbe grossière d'où jaillissaient les tiges élancées de framboisiers sauvages, tandis que d'épais buissons de sureaux poussaient au pied des murailles. De l'autre côté de l'enceinte s'élevait le vieux donjon, au-dessus d'une arche élégante; sur la droite, une porte béante s'ouvrait sur l'escalier de la tour aux créneaux en ruine.

Mickeen Oge traversa la cour, passa sous l'arche et, chose curieuse, se trouva au-dessus de la rivière. Le château, perché sur un promontoire, la dominait, et seul un parapet l'isolait de la rive abrupte et rocailleuse. Il escalada ce parapet, et sautant de roches en roches, parvint au bord d'une longue anse abritée, célèbre par les gros poissons qui s'y abritaient.

S'installant sur une roche formant saillie, Mickeen Oge bourra soigneusement sa pipe. Une ombre planait sur son visage grave. Il attendait Art O'Connor qui descendait la rivière, et penser à l'Américain l'assombrissait. C'était un homme si sympathique et pourtant... Que savait-on de lui? Il disait habiter les Etats-Unis, cependant il arrivait droit du Canada... et le Canada fait partie de l'Empire britannique. Qui lui avait indiqué cet hôtel isolé dans ce coin perdu?...

Il était fort possible, naturel, même, que la Grande-Bretagne s'intéresse au mouvement républicain clandestin en Irlande. Et pour se documenter, il lui fallait utiliser ses propres agents. Personne n'ignorait que Mickeen Oge Flynn était un républicain enragé, et que l'organisation secrète existait toujours; bien des gens le soupçonnaient d'avoir la charge des dépôts d'armes et de munitions. O'Connor cherchait-il à connaître l'emplacement de ces dépôts?... Qu'il essaie...

Comme Mickeen Oge allumait sa pipe, un bruit de chaussures ferrées heurtant les cailloux lui parvint et l'homme auquel il pensait parut au tournant de la rive, fendant l'eau lentement, ses bottes imperméables lui montant jusqu'à mi-cuisse, sa longue canne se dressant comme une lance au-dessus de sa tête. Mickeen Oge lui adressa un bref signe de tête.

Art O'Connor lui répondit de la même façon, esquissa un sourire et se tourna vers la crique. Mais lorsqu'il regarda Mickeen Oge par-dessus son épaule, un froncement de sourcil avait remplacé son sourire.

— Est-ce là l'étang que je dois éviter? demanda-t-il.

— Pourquoi?

— Vous savez bien. L'étang de la Fille aux Cheveux roux!

— A vous d'en juger.

— Je vais tout de même lui dire deux mots.

Avançant sans bruit, il fit tourner son moulinet au bruit d'abeille. Ce garçon s'y connaissait, pas de doute, et il avait l'inlassable patience du véritable pêcheur. On lui voyait cette souple torsion du poignet qui, à une seconde près, briserait un hameçon sur les rochers, et la mouche, lancée d'une main sûre, venait se poser sur l'eau comme une caresse... Un espion, lui aussi, doit posséder une patience inlassable et pratiquer tous les sports. Il lui faut être courageux, plein de ressources, insoucieux de la mort et sans autres armes que son intelligence...

Mickeen Oge, s'interrogeant, ne put se découvrir le moindre ressentiment contre cet homme. En fait, s'il était là ce soir, c'était par simple mesure de prudence. Il n'était pas superstitieux, mais il y avait quelque chose de sinistre et de fatal dans cette légende de la Fille aux Cheveux roux. Chaque fois qu'elle était apparue, un homme s'était noyé. Et Mickeen Oge, bien que n'y croyant pas, au fond, voulait s'assurer qu'il n'arriverait pas malheur à Art O'Connor tant qu'il pêchait dans cette région.

C'est ainsi que Michael Oge Flynn laissait courir ses pensées tout en fumant et en veillant. Il était si profondément plongé dans ses réflexions qu'il ne prit pas garde au silence qui était tombé sur la crique jusqu'au moment où son attention fut attirée par Art O'Connor, qui, les yeux exorbités, contemplait la rive escarpée, au-dessus de lui.

Mickeen Oge se tourna à son tour et la chair de poule lui hérissa le dos.

— C'est elle! s'exclama-t-il.

Et le choc qu'il reçut lui fit comprendre qu'il n'y avait jamais cru.

Accoudée au parapet, elle contemplait la crique. Ses beaux bras nus retenaient le châle vert qui lui couvrait la poitrine et les épaules, et ses cheveux étaient de flamme. Et elle était belle... belle et tragique, le visage blanc comme neige, le regard vague... Un visage comme on en voit en rêve, à la fois étrange et familier...

Un violent clapotis le fit se retourner brusquement.

Art O'Connor, s'arrachant à sa contemplation, s'élançait vers la rive d'un élan si furieux que l'eau jaillit plus haut que ses bottes, l'éclaboussant jusqu'au visage. Mickeen Oge se tourna de nouveau vers le parapet. La Fille aux Cheveux roux avait disparu.

O'Connor n'eut pas un instant d'hésitation. Il ne prit même pas le temps de poser sa ligne avec précaution, la laissant tomber, la pointe sur un rocher. Puis il monta à l'assaut de la rive escarpée, bondissant comme un léopard.

La pente était raide et la gravir lui prit du temps. Ses bottes pleines d'eau l'alourdissaient et lorsqu'il arriva au parapet, il le trouva désert. Il s'arrêta un moment pour reprendre haleine. Devant lui, au pied du donjon s'étendait un espace herbeux aboutissant à la lisière du petit bois bordant l'étroit vallon. Impossible d'atteindre le couvert des arbres en un temps si court. Restait les ruines du vieux château...

Il passa sous l'arche, entra dans l'enceinte. Elle était vide. C'est alors que la porte ouvrant sur l'escalier de la tour attira son regard. « Cette fois, je la tiens », se dit-il.

Trois minutes après, il repassait la vieille porte branlante, l'air perplexe. Personne ne se cachait dans la salle aux arches brisées, à ciel ouvert et les hirondelles nichant ne seraient pas revenues si vite à leurs nids si quelqu'un était monté avant lui. Et d'ailleurs, où se dissimuler?

Il parcourut l'enceinte du regard, estimant la distance jusqu'à la brèche dans la muraille. Non, même la nymphe la plus rapide n'aurait pu atteindre la brèche avant qu'il ne passe sous l'arche. Lentement, tandis que l'eau clapotait dans ses bottes, il fit le tour de l'enceinte, observant toutes choses de son œil exercé...

Et, brusquement, il s'immobilisa comme un setter à l'affût.

Son œil de chasseur se fixa sur un point précis. Au pied de la muraille, à quinze pas, un épais buisson de sureau jaillissait des fondations et, à ses pieds, gisait une branche fraîchement brisée. En regardant mieux, il distingua une trace de pas à peine visible. Il s'approcha et s'arrêta près du buisson.

— Sortez de là! dit-il d'une voix calme. Allons, sortez de là qu'on vous voie!

Rien ne bougea. Et si la nymphe s'était transformée en arbre, pas une feuille ne frissonna.

Art O'Connor se dirigea rapidement vers l'angle formé par le rempart et le buisson, et écarta les branches. Personne ne s'y dissimulait.

Mais il aperçut dans la muraille une cavité que dissimulait l'épais feuillage et il se pencha pour l'explorer du regard. Cette cavité pouvait avoir un mètre de largeur sur un demi-mètre de profondeur. Les côtés en étaient creusés dans l'épais mortier des vieilles demeures, mais le fond était constitué de pierers non cimentées soigneusement empilées.

Il resta un long moment penché, à explorer le trou du regard, puis un sourire lui vint aux lèvres.

— Je veux bien être damné!... s'exclama-t-il.

— Ainsi, vous l'avez trouvé, dit une voix calme dans son dos.

Il se redressa, se retourna.

Mickeen Oge se tenait à trois pas de lui, les jambes écartées, les mains sur les hanches, la tête en avant, ni furieux, ni agressif, mais simplement attentif.

O'Connor ferma à demi les yeux.

— Trouvé quoi? demanda-t-il.

— Ce que vous cherchiez.

— Tiens! Vous étiez donc du complot tramé contre moi?

— Je ne trame rien contre vous, mais si vous tenez à le savoir, je suis contre l'ingérence de l'Angleterre dans mon pays.

Art O'Connor montra de la surprise, puis la lumière lui vint en un éclair.

— Par Dieu! Je l'ai bien mérité!

Il fit un pas en avant, vit se raidir les épaules de l'Irlandais.

— Calmez-vous, Mickeen Oge Flynn! Attendez un instant! (Ils étaient maintenant tout près l'un de l'autre.)

— Ce n'est pas vous qui m'avez envoyé la Fille aux Cheveux roux?

— Ne serait-ce pas vous qui l'auriez provoquée?

— Ma foi, je commence à le croire. Mais laissons cela. Je n'étais pas à la recherche de ce que vous avez caché derrière ces pierres. Je vais vous montrer ce que j'ai découvert. Regardez!

Il écarta les branches du sureau et Mickeen Oge scruta, par-dessus son épaule, la cavité creusée dans le mur. Et les mêmes mots qu'à O'Connor lui montèrent aux lèvres.

— Par exemple! Je veux bien être damné!...

— Comme j'ai failli l'être, fit Art O'Connor en riant.

Mickeen Oge se pencha et tendit la main vers la cavité, mais Art O'Connor le retint.

— Attendez! Laissons cela pour le moment. Nous ne serons pas trop de deux, pour jouer à ce jeu-là. Si nous parlions un peu, proposa-t-il en regardant Mickeen Oge.

— C'est un jeu dangereux, dit Mickeen Oge. Et nous ferons plus qu'en parler. C'est moi qui vous le dis.

— Ecoutez donc, Flynn, dit l'Américain en prenant Mickeen Oge par le bras, et en l'entraînant.

Tous deux s'éloignèrent en parlant avec animation. Et au rire étouffé de Mickeen Oge répondit le rire sonore d'Art O'Connor.

CHAPITRE IV

Kate O'Brien et Betty Caverley, accoudées à la balustrade de la véranda, contemplaient vaguement, s'élevant au-dessus de la nappe argentée du Lough Aonach, la haute masse sombre du Leaccamore sur les flancs duquel commençaient à scintiller les taches de lumière des fenêtres des cottages. Elles se taisaient, et Art O'Connor, sortant du fumoir et refermant la porte-fenêtre derrière lui, ne rompit pas ce silence.

Au fumoir, le vieux Kelly Guthbert, qui sirotait son whisky, fit remarquer, les yeux au plafond :

— Notre ami est moins combattif depuis un jour ou deux.

— Vous le regrettez? demanda Caverly pardessus son journal.

— Pourquoi pas? Je ne déteste pas discuter

avec lui... et je n'ai jamais vu pêcheur plus patient.

Le commandant MacDonald qui arpentait le fumoir, les mains dans les poches, regarda l'officier en retraite par-dessus ses sourcils.

— Est-ce que vous commenceriez à l'aimer, par hasard?

— Ma foi! C'est un vrai sportif... et il a oublié d'être bête.

— Il prétend l'avoir vue deux fois... la Fille aux Cheveux roux.

— Il se paie notre tête, probablement... à moins qu'il n'ait gardé un fond latent de superstition irlandaise.

— Vous n'y croyez pas?

— Je ne l'ai jamais vue.

— Lui, affirme qu'elle lui est apparue. Vous connaissez la légende...

— Voulez-vous suggérer par là qu'il espionne Mickeen Oge? Je n'ai jamais pu supporter les espions.

— Mais s'il espionnait Mickeen Oge, il serait de votre côté.

— Certainement pas! fit le vieil officier, indigné. Mickeen Oge peut être un jeune idiot jouant avec le feu, mais c'est un gentleman.

— Grattez l'Irlandais et vous trouverez le rebelle, dit Caverly en riant.

— Allez au diable, dit le général, vous me fatiguez, tous les deux.

Et il enfouit sa moustache dans son verre.

Betty Caverley, remontant sur ses épaules son

grand châle blanc, descendit de la véranda et s'engagea dans l'allée. Elle se sentait d'humeur mélancolique. Son ami, Michael le Jeune, l'évitait depuis quelques jours, et elle se faisait du souci à son sujet. Il avait renoncé à l'habitude de venir flâner sous la véranda et de lui adresser quelques plaisantes paroles, et elle comprenait soudain à quel point ces instants lui manquaient. Elle se sentait irritée contre lui, et plus encore contre son oncle. Michael l'Aîné, qui prétendait lui choisir une femme... comme une vache laitière à la foire, se disait crûment la jeune fille.

Elle franchit le portail, déboucha sur la grand'-route et trouva Michael d'Aîné installé sur un grossier banc de pierre dominant le lac, et fumant paisiblement. Un homme souriant, Michael l'Aîné, mais solitaire et paraissant se plaire en sa propre compagnie.

— Bonsoir, jeune fille, dit-il. Et où allez-vous ainsi, toute seulette?

Il avait vu cette enfant devenir une femme, mais, à l'occasion, il continuait à la traiter en petite fille.

— Pas plus loin qu'ici, dit Betty Caverley en prenant place à ses côtés. Michael l'Aîné, il faut que je vous gronde.

— Je suis curieux de vous entendre. Allez-y.

— C'est à vous de mettre de l'ordre dans cette maison, mais les choses pourraient aller mieux.

— Elles pourraient aussi être pires.

— Michael l'Aîné, je me tourmente.

— C'est le sort commun... et le mien aussi.
Mais quoi donc vous tourmente, petite fille?

— Je me tourmente au sujet d'Art O'Connor...
et de Michael le Jeune.

— Ecoutez-moi, mon petit cœur. Inutile de
vous inquiéter au sujet du jeune Yankee... mais
pour ce qui est de Michael Oge, je me fais du
souci, moi aussi.

— Oui, je le sais. Il se passe ici des choses
étranges, et Michael joue un jeu dangereux.

— Non, ce n'est pas ça du tout. Je me tourmente, parce que Michael est un lâche.

— Michael Flynn l'Aîné, vous plaisantez... ou
vous mentez.

— Ni l'un ni l'autre. Que diable! Ce garçon
a peur d'une femme... d'une fillette!...

— Oh! c'est donc ça? fit Betty Caverley, que
cette explication irritait plus encore.

— Absolument, dit Michael l'Aîné d'un ton
ferme. Et ce n'est pas moi que vous devez gronder, mais ce garçon lui-même. Car s'il n'y a pas
assez d'ordre dans cette maison, c'est l'homme
jeune et fort qui est à blâmer, lui qui pourrait y
amener une femme... une épouse... et une mère
aussi, par la grâce de Dieu.

— Est-il vrai, fit la jeune fille se rapprochant
de lui et le regardant droit dans les yeux, que
vous pressez Michael de vous laisser lui choisir
une femme?

— Et pourquoi pas, petite fille? Est-ce que je
ne choisirai pas pour lui la plus belle touffe de
noisettes du noisetier?

— Peut-être... mais lui, qu'en pense-t-il?

— Qu'elle est la plus haute branche d'un pommier sauvage en fleurs... douce et pure... et hors de sa portée.

Betty Caverley recula et la désolation envahit son cœur. C'était donc vrai que Michael le Jeune nourrissait un rêve...

— Jeune fille, reprit doucement le gros homme, comment savez-vous que je le presse de prendre femme et que s'il ne dépendait que de moi, et si je connaissais le cœur de sa bien-aimée — ce qui certes n'est pas le cas — de jeunes voix résonneraient bientôt dans cette maison?

— C'est Michael le Jeune qui me l'a dit.

— Et moi qui le traitais de lâche, s'exclama Michael l'Aîné en se frappant le genou. Et comment a-t-il commencé? Le rusé garçon! Et que vous a-t-il dit encore?

— Oh! fit Betty dont le cœur se mit à battre très fort.

— Alors, petite fille?

— Il ne m'a rien dit de plus.

Ah, bon! fit Michael l'Aîné d'un ton résigné. Sa lâcheté lui collait encore le gosier, mais pour sûr...

— Je... je ne vous comprends pas, oncle Michael, fit Betty en se levant et en se dirigeant vers le portail.

— Comment le pourriez-vous, en effet, lui cria-t-il en retour.

— Vous perdez la raison, oncle...

— Et je la perdrais bien davantage si j'avais
vingt ans de moins, mon petit bouquet de noisettes!...

Lorsque Betty Caverley parvint au pied de la
véranda, Kate O'Brien et Art O'Connor étaient
toujours accoudés à la balustrade. Elle les entendit se parler avec une inhabituelle douceur, et
effleurant les marches du perron de ses pieds
légers, elle courut se réfugier dans sa chambre.
Kate O'Brien et Art O'Connor continuèrent
leur conversation.

— Elle vous fait donc peur?

— Elle me hante jusque dans mon sommeil...
sa beauté...

— Et sa cruauté?

— Oui, elle est sûrement cruelle.

— Pourquoi?

— Parce qu'elle refuse de pardonner.

— Comment pourrait-elle pardonner?

— Elle devrait comprendre — maintenant
que le fardeau de la vie a glissé de ses épaules
— qu'un Irlandais peut être loyal à une autre
cause sans être pour cela un traître.

— Je ne vous comprends pas.

— La nièce d'un général de brigade devrait
me comprendre.

— Ah! Mais vous parliez d'un Irlandais?

— Mais oui, d'un Irlandais! Pourquoi pas? Il

y a deux partis irlandais dans cette île. L'un des deux est-il fatalement traître à son pays?

Kate O'Brien, sans élever la voix, dit d'un ton froid :

— Vous n'avez rien à redouter de la Fille aux Cheveux roux, Art O'Connor, mais si vous êtes celui que vous dites, il y a ici un homme que vous devriez craindre comme le Jugement dernier.

— Le jeune Flynn?... Je ne crains ni lui, ni personne.

— Non? Cependant, je vous conseille de prendre demain le premier train pour Castletown.

— Je partirai peut-être après-demain. En attendant, je tiens Mickeen Oge dans le creux de ma main et je peux mettre l'autre main sur une de ses cachettes quand je voudrai... et je n'aurai pas à aller loin... Et là-dessus, bonsoir, chère, et ne vous tourmentez pas pour moi.

Tournant sur ses talons, il rentra dans le fumoir.

Kate O'Brien ne le suivit pas. Elle resta un long moment immobile, contemplant sans le voir le lac scintillant, les mains posées sur la balustrade de la véranda. Puis brusquement elle se détourna, passa par la grande porte, suivit le couloir qui menait au bar privé. Elle y trouva Mickeen Oge, installé au comptoir et lisant.

— Que dois-je vous servir, jeune femme? demanda-t-il en souriant. Sec ou à l'eau? Dites vite, que j'aille le raconter à votre oncle.

Ne recevant pas de réponse, il leva les yeux et

la vit avec surprise se pencher vers lui, le visage grave, le regard troublé.

— Il nous faut agir sans tarder, Mickeen Oge. Ce dépôt de munitions que vous avez à Castle Aonach... déplacez-le... dès ce soir.

Il la regarda attentivement, d'un air sérieux.

— Qui est-ce?

— Vous le savez. Demain, il sera peut-être trop tard.

— Croyez-vous que je n'aie pas pris de précautions alors que la Fille aux Cheveux roux lui est apparue?

Kate O'Brien rejeta la tête en arrière et éclata d'un rire amer.

— La Fille aux Cheveux roux! Si elle ne s'est pas manifestée elle-même, elle a animé de son esprit quelqu'un de sa race et de son sang. Il vous à tous trompés, excepté elle. Le dépôt est donc en sécurité.

— Le dépôt est toujours là, dit Mickeen Oge, mais celui auquel vous pensez n'y portera pas la main.

— Mais nous ne pouvons courir ce risque, dit Kate O'Brien en frappant le comptoir de la main. Et s'il part demain?

Mickeen Oge eut un sourire à la fois mélancolique et cruel.

— Il ne partira d'ici ni demain... ni après-demain... ni...

— Mickeen Oge, s'exclama la jeune fille, si vous... s'il arrive quelque chose à ce garçon, je romps mon serment!

— Il n'arrive que ce qui doit arriver, Kate
O'Brien, dit gravement Mickeen Oge. Et vous
n'aurez pas lieu de rompre votre serment. Fiez-
vous à moi, ajouta-t-il avec douceur en effleurant
du doigt la main de la jeune fille.

Sans répondre, elle se détourna et sortit du
bar.

— Nous nous conduisons peut-être comme des
imbéciles, marmonna Mickeen Oge, perplexe.

*
* *

— Voulez-vous que je vous dise une chose,
général, fit Michael Flynn l'Aîné. Dans deux
jours, nous aurons la pluie.

— Rusé renard! s'exclama le général. Vous
avez deviné que j'avais bougrement envie de
faire mes paquets et de m'en aller.

— C'est moi qui vous le dis. Dans deux jours...
Je le sens dans mes vieux os. Et inutile de continuer à aller fouetter de l'eau comme vous le
faites... Et inutile aussi de traîner dans la maison en vous dressant sur vos ergots comme des
coqs en colère... Deux jours... et que penseriez-
vous, en attendant, d'un pique-nique à la fontaine Aonach, comme ceux que nous faisions
quand nous étions plus jeunes, Dieu me pardonne!

— Allez au diable, vous et vos piques-niques,

fit le vieil officier. Et demandez à ces dames ce qu'elles en pensent.

« Et voilà! se dit Michael l'Aîné. Mais pourquoi ces deux garçons m'ont demandé d'organiser ce pique-nique, je voudrais bien le savoir. Ils doivent avoir une diablerie en tête... mais il en sortira peut-être du bien... avec l'aide de Dieu. »

La fontaine Aonach ne se trouvait pas dans l'enceinte du vieux château, mais à l'angle d'un champ, à quelque deux cents pas des murs en ruines. Une source d'eau limpide, quelques marches usées descendant à une petite vasque creusée dans la pierre, deux ou trois gros chênes, tout cela avait constitué autrefois un lieu saint, et bien avant encore une fontaine druidique. Et des prières, pas toujours chrétiennes, avaient été adressées au ciel dans des buts pas toujours recommandables.

Un peu avant midi, Mickeen Oge s'y rendit avec un poney chargé de lourds paniers. Les autres le suivirent un peu plus tard, les hommes munis de leur attirail de pêche... dans l'espoir que peut-être un nuage passerait devant le soleil... ou que par miracle une averse criblerait l'eau de la rivière, ou encore, qu'un saumon aventureux montrerait le bout de sa queue. Et ils firent un excellent déjeuner... arrosé de cidre bouché, de bière glacée et d'une bouteille de Paddy Flaherty, cet excellent whisky irlandais.

Tout de suite après le déjeuner, Mickeen Oge emmena le poney à travers le champ, et, sous l'arche, jusqu'à la cour d'honneur. Avant de partir, il chercha Kate O'Brien du regard et effleura de la main les paniers vides. Avait-il l'intention de déménager les munitions? Elle regarda vers l'enceinte et se toucha la poitrine du doigt, mais Mickeen Oge secoua la tête en désignant d'un signe imperceptible Art O'Connor. Et Kate O'Brien comprit qu'elle devait rester où elle était et veiller.

Un peu plus tard, Art O'Connor s'éloigna à son tour, mais dans la direction opposée, vers le parapet qui dominait la rivière. Et dès cet instant, Kate O'Brien, d'un naturel si posé, fut saisie d'une incompréhensible agitaion. Elle ne pouvait rester en place et son regard anxieux allait constamment du trou noir de l'arche au parapet.

Les trois hommes qui restaient fumaient béatement, et digéraient leur déjeuner en se demandant s'ils allaient piquer un petit somme ou préparer leurs lignes. Quant à Betty Caverley, elle restait silencieuse, et parfois quelque secrète pensée mettait un peu de rose à ses joues. Elle se demandait si elle ne ferait pas le tour par le vallon pour pénétrer dans l'enceinte par la brèche du mur. Mais non! Puisque Mickeen Oge jugeait bon de l'éviter, ce n'était pas à elle de le rechercher. Mais la tentation était grande...

Dix minutes plus tard, la tête d'Art O'Connor apparut au-dessus du mur. Il restait là, immobile, semblant guetter quelque chose, et rencontrant le regard de Kate O'Brien, disparut brusquement... Dix secondes après, il reparut, mais plus près du château...

Kate O'Brien se leva brusquement, ce qui eut le don d'exaspérer son oncle.

— Sacrebleu, petite! Ne peux-tu pas rester tranquille un moment?

Confortablement couché sur le dos, la tête sur un panier renversé, il fumait un de ses infâmes cigares. La cendre n'allait pas tarder à lui tomber dans le cou et il luttait contre le sommeil sans beaucoup de conviction.

— Prenez garde de ne pas étouffer, lui fit remarquer sa nièce en s'éloignant.

Quelque chose dans le son de sa voix fit que son oncle se redressa et la suivit du regard. Elle ne se dirigeait pas vers le parapet derrière lequel se dissimulait Art O'Connor, mais vers la cour d'honneur du vieux château.

Elle marchait vite, elle courait presque, mais Art O'Connor, enjambant le parapet, fut plus rapide qu'elle, et se dirigea droit vers l'arche. Dix pas l'en séparaient lorsque Mickeen Oge, émergeant de l'ombre, surgit au milieu du passage.

— Sacrebleu! s'exclama le général.

Il se redressa tout à fait, puis bondit...

— Mais c'est sérieux! s'exclama-t-il. Le Yankee est armé! Vite, MacDonald! Il risque de blesser ce jeune imbécile.

En dépit de son âge, le vieil officier allait bon train, Caverley s'essoufflant derrière lui, Archibald MacDonald à l'arrière-garde, ne se pressant

guère et se frottant le menton d'un air perplexe.
Betty Caverley était sur la même ligne que le
général. Son cœur battait, ses genoux se dérobaient sous elle. Ce qu'elle avait tant redouté se
produisait enfin : deux hommes s'affrontaient,
non pour elle, non pour Kate O'Brien, pas même
pour le bien ou pour le mal, mais pour une idée,
ou plutôt, pour un idéal... Tout s'effaçait devant
cette dure réalité.

Art O'Connor, bien campé sur ses jambes
écartées, la main droite à la hauteur de l'épaule,
brandissait un automatique à l'air cruel. A moins
de douze pas, Mickeen Oge Flynn lui faisait face,
au milieu du passage, les mains aux hanches, la
tête en avant, l'œil attentif.

Le vieux soldat arrivait tout pantelant. O'Connor pivota légèrement, le bras toujours tendu.

— Halte! Pas un pas de plus!

Kelly Cuthbert s'arrêta, et les autres derrière
lui. Il n'avait rien d'un lâche, mais il était persuadé que ce maudit Yankee n'hésiterait pas à
tirer si on l'y poussait.

— Etes-vous fou? demanda-t-il.

— C'est bien à vous de parler de folie, fit l'autre d'un ton dédaigneux en les embrassant tous
de son bras armé. Vous êtes des êtres illusoires
vivant dans un monde imaginaire. Flynn et moi
sommes les seuls à vivre réellement — parce
que nous vivons dangereusement — travaillant
dans l'obscurité, dressés l'un contre l'autre dès
le début. Et vous venez me jouer des tours, vous
et votre Fille rousse!

— Laissez donc la Fille aux Cheveux roux en dehors de tout cela, dit Kate O'Brien sauvagement.

Ses yeux brillaient. Aucune crainte ne se lisait sur son visage.

— Je n'en ferai rien! riposta Art O'Connor. Qui a-t-elle désigné? Quel nouveau fantôme va s'ajouter à tous ceux qui hantent ces ruines?

Puis s'adressant à Mickeen Oge :

— Laissez-moi passer, Flynn, dit-il, menaçant.

— Propriété privée, dit Mickeen Oge qui ajouta plaisamment : et les contrevenant seront poursuivis.

— Ne faites pas l'idiot! Il faut que je m'assure que rien n'a été déplacé... Laissez-moi passer!

La main de Mickeen Oge se déplaça imperceptiblement.

— Pas de ça! s'exclama O'Connor. Je vous ai à l'œil... et je passerai.

— Vous ne passerez pas! le défia Mickeen Oge.

— Vous l'aurez voulu! fit O'Connor dont le bras se raidit davantage, comme s'il se préparait à accomplir le geste fatal.

C'est à ce moment-là que Betty Caverley surprit tout le monde. Avec la rapidité de l'éclair, elle se jeta entre les deux hommes et fit face à O'Connor, les bras étendus.

— Votre revolver, Michael! cria-t-elle par-dessus son épaule. Prenez votre revolver... vite!

Se redressant de toute sa taille élancée, les bras toujours étendus, une flamme de défi dans les yeux, elle reculait pas à pas vers Mickeen Oge lorsqu'elle sentit soudain deux bras forts l'enlever de terre et l'emporter en passant sous l'arche à l'intérieur de l'enceinte.

Michael Oge se pencha sur le blanc visage blotti au creux de son bras. L'effroi agrandissait encore les beaux yeux gris, fixés sur lui.

— Ce n'est rien, petite fleur de pommier, dit-il tendrement. Rien qu'un jeu absurde à l'adresse de Kate O'Brien. Elle s'était fait le visage de la Fille aux Cheveux roux et nous avons voulu lui infliger une leçon. Ma petite fille! Il ne faut pas avoir peur!

Elle battit des cils, s'agita dans ses bras.

— Je n'ai plus peur... maintenant. Mais j'ai honte! Lâchez-moi... Je peux marcher...

— Je n'en ferai rien, dit Mickeen Oge, fermement. Il faut bien vous habituer à reposer dans mes bras... mon vaillant petit défenseur!

Elle blottit son visage, rose de confusion, au creux de la réconfortante épaule.

— Là, voilà qui est bon, dit Mickeen Oge, en posant ses lèvres sur les cheveux de lumière. Et voilà qui est mieux encore, ajouta-t-il, comme elle relevait la tête et haussait vers lui son doux visage...

Art O'Connor, les yeux arrondis de surprise, considérait l'arche vide.

— Je veux bien être damné! s'exclama-t-il.

Puis, soudain, son visage s'éclaira et il se tourna vers le petit groupe d'assistants, muets d'étonnement.

— La pièce est finie, mes amis, et le rideau baissé. La dernière partie n'avait pas été répétée. J'espère qu'elle vous a plu... La route est libre, général, vous pouvez monter sur la scène, si le cœur vous en dit.

Le général, la bouche ouverte, les yeux ronds, semblait à la limite de l'apoplexie.

— Jeunes... jeunes vauriens! lança-t-il.

Puis tournant sur ses talons, il s'éloigna à grands pas en laissant échapper un flot d'expressions extrêmement imagées.

Marcus Caverley le suivit, mais d'une allure plus lente, et un peu incertaine. Il souriait à demi du sourire d'un homme que les événements ne prennent pas par surprise, mais qui sait qu'il vient de perdre son plus cher trésor.

Archibald MacDonald, se frottant le menton, adressa à Kate O'Brien un sourire ironique et amusé.

— Ils m'ont eu... pendant un instant, dit-il. Et vous, avez-vous marché?

— Peuh! fit Kate O'Brien, sans se compromettre.

Le commandant se dirigea en direction de la rivière en secouant la tête.

— Quelle bande de jeunes idiots, murmura-t-il. Rien que l'amour en tête... et pas une pensée pour la pêche!

Mais brusquement son long visage prit une expression sérieuse, mélancolique même. Oui! Des êtres illusoires vivant dans un monde imaginaire! Cela lui convenait à merveille. Tous ses amis étaient casés... ou fichus... et lui seul restait célibataire. Au diable tous ces mariages! Qu'est-ce après tout, sinon une loterie? Dans cette crique, Martin Kierley s'était noyé, et dans l'hôtel, de l'autre côté du vallon, Nuala Kierley lui était apparue un court instant. Curieux qu'il ne l'eût jamais oubliée! Elle était sortie de la nuit et rentrée dans la nuit, avec ses cheveux étincelants, ses yeux profonds, son blanc visage... et si belle! Le symbole même de l'Irlande... errante, brisée, perdue et vénérée. Perdue? Où était-elle maintenant, comment vivait-elle, de quoi vivait-elle?...

Kate O'Brien n'avait pas bougé et son grave et pâle visage n'exprimait aucune agitation. Art O'Connor s'approcha d'elle.

— Idiots que vous êtes! dit-elle d'un ton froid. Vous avez terriblement effrayé cette enfant.

— Mais comment pouvions-nous imaginer...

— Et cette stupide mise en scène! Croyez-vous m'avoir abusée un seul instant?

— Et vous, croyez-vous m'avoir abusé? rétorqua-t-il avec feu. Et ce que vous avez fait était plus qu'une sottise... c'était presque un sacrilège... Vous, et votre perruque rousse et votre châle vert, jouant de vos bras si blancs! Tenez, reprenez tout ça, ajouta-t-il en lui fourrant un paquet dans les bras, tandis qu'elle détournait les yeux, gênée... Quelle folie de votre part de le dissimuler dans la cachette de Mickeen Oge! Et ne saviez-vous pas que je reconnaîtrais vos yeux, sous n'importe quel déguisement?

Ses yeux jetaient de tels éclairs, qu'elle baissa les siens sous son regard.

— Et considérez, reprit-il en la menaçant du doigt, considérez l'étendue de votre faute! Vous tournez en ridicule cette tragique légende de la Fille aux Cheveux roux... dont le sang coule dans vos veines. Comment avez-vous pu faire une chose pareille? Et pourquoi?

— Je voulais vous prouver que le sang irlandais parle encore en vous, dit-elle sans relever les yeux.

— Eh bien, maintenant vous le savez! Qu'en avez-vous de plus?

— Rien, je suppose, dit-elle d'un ton inexpressif en se détournant. Oui, j'ai été cruelle... vous l'avez dit vous-même, plus cruelle que Mona Lisa.

Il lui posa la main sur le bras tandis qu'une expression de doute et de crainte envahissait son visage.

— Mais j'ai dit d'autres choses aussi, si vous vous les rappelez... et je les pensais.

Elle lui jeta un rapide regard et il lui prit la main, en un geste impulsif.

— Kate O'Brien, vous et moi étions faits pour être amis... et pour nous disputer à l'occasion.

Elle baissa la tête en dissimulant un sourire.

— Je croyais que vous partiez demain?

— Si vous pouviez prendre sur vous de me demander de rester, je resterais, disons... un an... ou dix.

— Je crois que je pourrais m'y résoudre, murmura Kate O'Brien.

Le visage d'Art O'Connor s'illumina. Il prit la jeune fille par le bras, l'entraîna.

— Venez, tigresse, et cherchons ensemble des sujets de dispute dignes de nous.

Ils traversèrent le champ d'un pas accordé. Lorsqu'ils arrivèrent à la fontaine Aonach, ils n'y trouvèrent plus personne. Chacun était retourné à ses propres affaires. Seuls, les reliefs du piquenique marquaient encore leur passage. Les deux jeunes gens, côte à côte, contemplèrent en silence l'eau cristalline dans le bassin de pierre. Un mince filet argenté courait entre les fougères et allait se perdre dans des touffes de cresson sauvage d'un vert bleuté.

— Kate, ne nous disputons pas... pas maintenant, murmura Art O'Connor en entourant de son bras les épaules de la jeune fille.

— Je n'en n'ai plus envie, dit-elle en levant sur lui ses yeux profonds.

La petite source continua de faire entendre sa chanson cristalline, insouciante, lointaine, comme se contant à elle-même un secret. C'était une source païenne, après tout, et en dix mille années, elle avait contemplé plus d'une fois le spectacle qui se reflétait dans ses eaux.

PARTIE V

MYSTERE A DUBLIN

CHAPITRE PREMIER

Le commandant Archibald MacDonald bâilla paresseusement et s'arracha au fauteuil-club où il se prélassait. Il aurait volontiers dormi un moment, mais vraiment il faisait trop beau pour rester à somnoler dans un hall d'hôtel. La nuit dernière, en quittant Glasgow, il avait passé le second quart, sur le pont du *Lairshill,* en compagnie du lieutenant Macgugan et ils s'en étaient raconté de bien bonnes! Un peu plus tard, dans la cabine de Mac, ils avaient discuté musique gaélique, tout en savourant un café fort et bouillant.

Le commandant décrocha d'une patère son chapeau de tweed et, traversant le hall, sortit sur le vaste perron. Il s'y arrêta, bourra sa pipe et contempla, de l'autre côté de la vaste avenue, par-dessus les toits des taxis, les arbres poudreux de Stephen's Green Park. Le portier, un vrai géant, s'approcha de lui.

— Votre ami, sir... à quelle heure l'attendez-vous?

— Il peut arriver d'un instant à l'autre. Il voyage en voiture. Il fait chaud, hein?

— Comme en enfer, sir.

— Je crois que je vais descendre Grafton Street... à la recherche d'une bonne bière allemande.

— Les pubs n'ouvrent pas avant trois heures et demie. Essayez donc Davy Byrnes, dans Duke Street, sir.

— Entendu! Si mon ami arrive — Glynn est son nom, Sean Glynn — dites-lui que je ne tarderai pas à rentrer.

Il alluma sa pipe, traversa la chaussée, évita de justesse un tram et un autobus, et poussant un portillon, entra dans le parc. Il flâna le long des allées, les mains dans les poches, enveloppé de la fumée de sa pipe, détendu. Des enfants donnaient à manger aux canards, sur les bords cimentés du grand bassin, vaguement surveillés par des nurses excédées. Des vieillards somnolaient au soleil. Des jeunes gens, qui lui parurent aussi inoccupés que lui, flânaient sans but. Il aimait cette ville à demi étrangère de Dublin, à demi étrangère même pour l'Irlande, dont elle est la capitale. Une ville nonchalante, sans hâte ni trépidation d'aucune sorte. Dissimulant ses courants secrets sous une surface lisse. Une ville d'affaires aussi, mais donnant cependant l'impression que les affaires y avaient moins d'importance que... quelque chose d'autre.

Curieux comme cette ville de Dublin et comme ce peuple irlandais l'attiraient! Il devinait ce que dissimulaient les apparences : ces rêves, éternellement insatisfaits, aboutissant à ces convulsions toujours répétées qui poussaient un Empire à douter de sa propre permanence. Car ce peuple gardait son entité en dépit de tous les efforts faits pour l'asservir. Oui, l'Irlande éveillait en lui de mystérieuses correspondances... une nonchalance... un détachement... une attente aussi.

Un homme de haute stature, ce commandant Archibald MacDonald, cet officier britannique en retraite, bien que dans la force de l'âge. Grand et mince sous ses lâches vêtements d'homespun. Solide et fort, avec son visage bronzé, ses yeux au regard ironique. Il repoussa en arrière son chapeau de tweed, et son front, par contraste avec ses joues hâlées, parut très blanc sous ses cheveux noirs.

Il se sentait étrangement vacant. Il en avait fini avec l'armée, et n'avait plus rien à faire — rien du moins qui en vaille la peine — et il savait bien que le désœuvrement n'est jamais une source de contentement. Demain, Sean Glynn et lui partiraient dans le sud-ouest où ils passeraient un mois à pêcher la truite et le saumon. Et ensuite? Retourner en Ecosse pour une nouvelle saison de pêche, jusqu'à l'ouverture de la chasse? Ses revenus lui permettaient de ne rien faire, et il ne possédait pas un coin à lui. Continuerait-il à pêcher et à chasser, comme tant de gens de sa classe, jusqu'à ce que les années fassent de lui un de ces vieux originaux dont personne ne se soucie et que chacun accueille avec un affectueux mépris?...

Pourquoi ne ferait-il pas un saut au Nouveau-Mexique, pour rendre visite à sa sœur Margaid? Et alors?... Il recommencerait à pêcher et à chasser avec son beau-frère, Owen Jordan, et avec Art O'Connor, qui avait épousé Kate O'Brien... A moins qu'il ne se marie lui-même! Mais qui, diable, voudrait l'épouser? Tous ses amis irlandais étaient mariés maintenant : Hugh Forbes, Sean Glynn, Mickeen Oge Flynn, Paddy Bawn Enright... tous de chics types, et tous casés, leur roman d'amour, douloureux ou plaisant, derrière eux... Oui, il était grand temps qu'une honnête tragédie fasse irruption dans son univers.

Il s'arrêta devant le monument élevé à la mémoire des Fusiliers de Dublin tombés dans la guerre des Boers, et parcourut des yeux la liste des noms à consonance irlandaise. Ces hommes étaient morts pour la haute finance, contre les petites républiques, mais ils s'étaient courageusement battus... Il traversa Grafton Street et vit devant lui le portique du Gaiety Theatre. Cela lui rappela que Sean Glynn, venant de sa campagne, serait content de passer là une soirée. Il décida de louer deux fauteuils.

On donnait une pièce d'un auteur anglais fort

connu, et orchestre et balcons étaient complets.
Mais on lui proposa deux fauteuils dans la loge
du directeur, s'il ne voyait pas d'objections à la
partager avec celui-ci. Il accepta les deux fauteuils. Si Sean Glynnn préférait l'Abbey, il aurait
certainement retenu des places par télégramme.

Grafton Street n'était pas encore envahie par
la foule des fins d'après-midi. Etroite, sinueuse,
pavée de bois, cette rue avait un caractère intime
et nonchalant qui frappait, même à Dublin.

Un trou d'ombre fraîche s'ouvrait sur la gauche. Des gens entraient, sortaient. Une porte
voûtée, surmontée d'une croix, une cour dallée...
ce devait être une église... quelque chapelle
catholique. Toutes les églises catholiques de
Dublin étaient construites en retrait ou dans des
venelles. Comme le lui avait expliqué Mickeen
Oge Flynn, c'était là une survivance de l'époque
où aucune église romane ne devait être érigée
sur une grande artère. Eh bien, puisqu'il se trouvait dans une ville à demi étrangère et que, dans
les villes étrangères, l'usage veut que l'on visite
les églises, pourquoi n'entrerait-il pas?

Il suivit une femme élégante qui plongea dans
le bénitier une main non dégantée et s'en effleura
le front d'un geste gracieux et félin. La nef s'offrit à lui, profonde et haute, calme et sereine,
coupée du bruit de la rue, pourtant toute proche.
Moins sombre que Notre-Dame, moins imposante
que Chartres, moins sévère que Saint-Paul, mais
possédant cependant une atmosphère très parti-

culière, byzantine, d'un luxe un peu criard, il se
dégageait de ce scintillement même, une impression de paix profonde.   Un buisson ardent de
minces cierges votifs aux tremblantes flammes
jaunes flambait à l'extérieur du sanctuaire, et de
délicates sculptures ornaient le pied de l'autel.
Un Christ au sépulcre... une œuvre gracieuse,
manquant de force et de tragique, mais pleine
d'une infinie mélancolie.

Il avança sans bruit dans l'allée, dont le tapis
amortissait ses pas, et s'assit un peu à l'écart.
Il faisait bon être ici... même si l'on n'avait pas
de prière à dire... Mais instinctivement les mots
vous montaient aux lèvres... « Notre Père, qui
êtes aux cieux... pardonnez-nous nos péchés... »
Fallait-il pardonner au traître, par exemple, à
celui qui était prêt à vendre son idéal par goût
du lucre ou du pouvoir... comme les hommes
l'avaient fait de tout temps, comme ils le faisaient
actuellement... même en Irlande?...

Des femmes entraient, sortaient, s'agenouil-
laient, priaient... Des hommes aussi, des ouvriers,
des chômeurs, des hommes en employant d'autres et des hommes dont personne ne voulait...
Oui, c'était bien un raccourci de l'Europe latine...
Et l'Eglise catholique prêchait à tous l'idéal du
Christ, prudemment interprété par un sage vieil-
lard... et son collège de cardinaux... dans leur
palais aux onze cents fenêtres... Archibald, quel
sacré calviniste tu fais!

Un filet d'eau glacée lui coula dans la nuque.

Il frissonna. Une porte ou une fenêtre ouverte devait laisser passer un courant d'air. Il regarda autour de lui. Il n'y avait ni porte, ni fenêtre ouverte, et aucun courant d'air. Juste un frisson glacé le long de son dos. Et c'est alors qu'il vit la femme...

Elle était agenouillée de l'autre côté de l'allée, les mains jointes sur l'accoudoir du prie-Dieu, la tête droite. Le buste droit aussi, les épaules effacées, le menton levé, les yeux fixés sur le tabernacle dominant l'autel, plongée dans quelque contemplation toute intérieure... au delà de toute pensée consciente. Son profil, dans la lumière diffuse, avait la pureté d'un camée, et il en avait aussi l'absence de couleur. Sous son grand chapeau bleu en auréole, ses cheveux étaient plus pâles que l'or le plus pâle. Elle était jeune encore.

Elle sortit de cet état de transe. Sans un effort, sans un mouvement d'épaule, sans rien qui indiquât qu'elle revenait à la vie, elle ramassa ses gants, s'engagea dans l'allée, et c'est alors qu'elle regarda franchement Archibald MacDonald, comme lui la regardait.

Elle vit un long visage bronzé et des yeux calmes comme une eau tranquille. Un homme sûr de lui et qui devait affronter sans crainte n'importe quelle femme... n'importe quelle crise.

Elle non plus ne devait rien redouter, ni personne. On la sentait détachée de tout. Un être vrai, sans la morne insipidité de la femme moderne. Elle posait sur toutes choses un regard sérieux, attentif, accompagné d'un imperceptible froncement de sourcils. On sentait qu'elle devait sourire rarement, rire plus rarement encore, et que ce regard attentif était toujours là, ajoutant un charme secret à son amusement. Et bien qu'elle fût très claire de teint et de cheveux, elle donnait l'impression d'être brune.

Ils se regardèrent ainsi pendant quelques secondes. Puis, avec cette aisance qui l'avait frappé, elle détourna de lui son regard et se dirigea sans hâte vers une porte latérale. Mince, élancée, elle portait un léger manteau d'un gris bleuté... Oui, ce devait être une femme pour laquelle la vie n'avait plus de secrets.

Un instant après, Archibald MacDonald sortait à son tour de l'église et reprenait sa flânerie dans Grafton Street. A un moment donné, il s'arrêta devant une vitrine où étaient disposées avec goût de charmantes parures féminines qui attirèrent son œil d'homme, pourtant peu exercé. Il regarda, s'étonna, puis cessa de s'étonner. Une femme se tenait à ses côtés.

C'était la femme qu'il avait contemplée dans l'église. Ils se regardèrent avec la même attention, puis, sans hâte aucune, l'étrangère se détourna et disparut dans la foule.

Archibald MacDonald resta cloué sur place, contemplant la vitrine sans plus rien distinguer et se frottant pensivement le menton. Ce ne pouvait être qu'une coïncidence. Ce n'était pas ce genre de femme... à moins que...

Il continua son chemin et arriva, par Stephen's Green, à l'entrée de Harcourt Street. C'était là que se trouvait la Municipal Art Gallery, et rien ne l'empêchait d'y passer une demi-heure. Il désirait revoir certaines toiles de Keating, de Johns, et un extraordinaire paysage de Constable dans lequel l'infini du ciel faisait paraître dérisoire une plaine immense.

Il poussa le portillon et pénétra dans ce qui avait été autrefois une demeure géorgienne de la grande bourgeoisie, et parcourut, sans but bien défini, les salles à peu près vides. Des tableaux de toutes sortes, des meilleurs aux moins bons, pas très bien disposés dans des salles assez mal éclairées.

Il était en arrêt devant une orgie de couleurs, œuvre d'un peintre italien moderne, lorsqu'une femme apparut sur le seuil de la porte. Il leva les yeux. Il sentit son cœur s'arrêter, puis repartir un peu plus vite... à peine plus vite.

Comme elle passait devant lui, ils se dévisagèrent, et le visage de l'étrangère ne manifesta pas la moindre surprise. Et pourtant, que diable, il y avait de quoi l'être! Lui-même, qui laissait rarement lire en lui, avait dû laisser échapper quelque étonnement.

Il contempla sans la voir la palette de couleurs déversées devant lui, et se frotta le menton de son geste habituel. Il y avait là plus qu'une coïncidence. Cela ressemblait bougrement à une invite... et il n'était pas homme à répondre à ce genre d'invite.

Il se dirigea lentement vers la large porte et la vit dans la salle des sculptures, une annexe bien éclairée, sous une verrière. Il fit le tour de la salle, prenant son temps, considérant tour à tour le torse d'un Fenian, la barbe de Tolstoï, la tête de Bernard Shaw par Rodin, et la rejoignit enfin devant le buste de Lady Gregory par Epstein.

— Le véritable type de la paysanne, dit-il, ne s'adressant à personne en particulier.

— Oui. Elle croyait comprendre les paysans, répondit-elle d'un ton aussi impersonnel.

— Et ce n'était pas le cas?

— Si! Mais le fait est que... le paysan irlandais n'existe pas.

En ceci, elle avait raison. L'habitant de la campagne irlandaise n'est pas un paysan. Quelqu'un l'a défini tel un nomade forcé de travailler la terre et qui la travaille mal. Fermier par nécessité, tenancier de bar par inclination, et politicien par idéal.

— Vous aimez les œuvres de Lady Gregory?

— J'ai joué dans certaines de ses pièces à l'Abbey.

— Oh! Vous faisiez partie de la troupe?

— Plutôt en amateur. Je n'étais pas une très bonne comédienne.

Elle ne s'était pas retournée pour le regarder, et, déjà, de sa démarche lente et aisée, elle s'éloignait du buste de Lady Gregory et s'arrêtait devant le sourire sardonique de Bernard Shaw. Ce n'était pas un congé... simplement l'interruption d'une conversation banale.

Cette femme avait l'habitude du monde et savait rester elle-même. Elle n'avait pas cherché à manifester une surprise qu'elle n'éprouvait pas. Non, elle était simplement restée elle-même. Elle s'exprimait avec une certaine aisance. Et il aimait sa voix. Une voix irlandaise, sans aucun doute, et bien timbrée. Où cette aventure le conduirait-il? De nouveau, il se frotta le menton d'un air perplexe.

— Nous nous sommes rencontrés plusieurs fois cet après-midi? fit-il remarquer.

L'inconnue se pencha davantage sur les sourcils sardoniques de Bernard Shaw.

— Pourquoi en parler? Je m'en suis abstenue, murmura-t-elle.

— Je suis désolé... mais je le serais plus encore...

Il se tut brusquement, et elle acheva sa phrase pour lui, sans se retourner :

— ...Si vous pensiez que je vous ai suivi?

— Exactement.

— On peut se le demander, en effet, mais...
vous n'êtes pas très galant.

— Pardonnez-moi et... faites-moi le plaisir de
venir boire une tasse de café avec moi.

La rebuffade serait-elle pour maintenant? Elle
se retourna et le regarda... de ce regard direct,
pensif, perplexe.

— Rien qu'une tasse de café, répéta-t-il en
soutenant son regard.

Brusquement, elle sourit, et, comme il l'avait
pressenti, son sourire, à la fois léger et profond,
s'accompagna d'un imperceptible froncement de
sourcils. Un sourire qu'on ne devait pas oublier
aisément.

— Merci, dit-elle. Avec plaisir.

Ce n'était pas plus difficile que ça.

Ils se retrouvèrent dans Harcourt Street, tandis qu'un des gardiens les suivait du regard avec
admiration... cet homme de haute stature, au
visage énergique et bronzé, cette femme élancée
et charmante, aux cheveux de lin.

— Il me semble qu'il y avait autrefois un bar
agréable tout en haut de Grafton Street, lui fit-
elle remarquer.

— Vous avez été absente de Dublin?

— Quelques années, oui.

— Et vous faites un pèlerinage aux lieux que
vous aimiez?

— Cela se pourrait.

— Moi aussi. C'est un bonheur pour moi que nous ayons suivi la même route.

— Merci.

— Vous êtes Irlandaise, bien entendu.

— Et vous Ecossais... des Highlands.

— C'est presque la même chose.

— Vraiment?

— La même façon de sentir les choses... et la même idée de ce que l'on peut voir à Dublin par un après-midi d'été.

— Et le même goût pour le café... ou préféreriez-vous de la bière? Et je me demande... avez-vous adressé la même prière que moi à l'église des Carmélites... ou peut-être n'avez-vous pas prié du tout?

— Si. « Notre Père, qui êtes au ciel, ai-je dit, permettez-moi de ne jamais pardonner à un traître. »

— Je n'ai jamais pardonné à un traître.

Elle dit ces mots avec simplicité, mais d'une voix profonde et pleine d'une émotion contenue. Il lui lança un regard de côté. Son visage était vide de toute expression, mais il comprit qu'il venait de la toucher au cœur.

— Personne, jamais, ne le devrait, murmura-t-il.

Ils étaient arrivés dans la partie la plus animée de Grafton Street et attendaient le feu vert pour traverser.

— Hello, Nance! s'exclama derrière eux une

voix au fort accent anglais. Il y a vingt maudites minutes que je vous attends!

L'inconnue ne parut pas surprise... ou ne le montra pas.

— Désolée, Harry! dit-elle sans se retourner.

Puis, regardant Archibald MacDonald, elle lui adressa son léger et profond sourire.

— Navrée que nous ne puissions bavarder autour d'une tasse de café, capitaine MacDonald, dit-elle.

Puis de nouveau, par-dessus son épaule :

— A tout à l'heure, Harry.

Elle s'élança sur la chaussée d'un pas rapide et sauta dans un tram qui s'ébranlait en direction de Terenure.

Le prénommé Harry — un bel homme, bien bâti, bien vêtu — lança un « Au diable! » retentissant et s'élança à son tour sur la chaussée. Un taxi le manqua de peu, bien que le chauffeur, homme remarquablement humain, eût freiné de toutes ses forces. Pour toute récompense, il s'entendit appeler d'un nom malsonnant, et, en retour, en bon Irlandais, indiqua à cet homme irascible son immédiate et finale destination. Et là-dessus, Archibald MacDonald les abandonna à leur sort.

Un instant, il avait hésité à courir après le tram, mais une secrète inspiration l'incita à n'en rien faire. Déçu, frustré, il n'en ressentait pas moins, au plus profond de lui-même, une confiance que rien, pourtant, ne justifiait. Il haussa les épaules, tourna sur ses talons et se mit à descendre Grafton Street.

— Le diable emporte cet Harry! grogna-t-il avec une chaleur toute irlandaise.

♣

Se rappelant l'adresse que lui avait donnée le portier, il s'y rendit, s'installa au bar et commanda de la bière de Münich. Le bar, qui s'emplirait tout à l'heure, à la sortie des ministères, était vide.

Il revécut en esprit l'heure qui venait de s'écouler. Intéressante, excitante même, et, en dépit de sa fin abrupte, riche de promesses. Car la confiance continuait de l'habiter, et il pressentait que cette rencontre n'était que le prélude d'un événement plus important... Une femme remarquable, étonnante, et qui le connaissait! « Capitaine MacDonald », avait-elle dit. Or, il y avait maintenant cinq ans qu'il était commandant. L'aurait-il rencontrée autrefois? Mais comment l'aurait-il oubliée? On n'oublie pas une femme pareille... Et brusquement, il se redressa, et sa bouche s'ouvrit d'étonnement.

— Par Dieu! s'exclama-t-il en frappant le bar de son poing fermé.

La porte tournante pivota et un client s'installa au bar, si près de lui que MacDonald se recula un peu sans le regarder.

— Vous connaissez cette dame?

La voix était celle d'un Anglais cultivé, et, sous le sourire de commande, le regard brillait, impérieux. Archibald MacDonald reconnut, sans déplaisir, l'homme que l'inconnue avait appelé Harry. L'étonnante idée qui l'avait frappé tout à l'heure faisait son chemin dans son esprit... Cet Anglais l'aiderait peut-être à l'élucider. Mais il lui fallait se montrer prudent.

Le barman s'approcha, et tandis que le nouveau-venu commandait de la bière anglaise, l'Ecossais l'examina à la dérobée. Assez beau, avec son visage lisse, ses traits forts; pas très grand, mais bien bâti, quoique commençant à s'épaissir un peu, et l'allure d'un homme entraîné à tous les sports.

MacDonald reposa sur le comptoir sa chope de bière.

— Que me demandiez-vous?

— Vous connaissez cette dame?

— Ou me connaît-elle? suggéra le commandant.

— Ne vous méprenez pas, je vous en prie, dit l'Anglais, toujours souriant, mais le regard froid. Je ne vous accuse nullement d'avoir importuné cette dame.

— Je le sais.

— Je me rends parfaitement compte que Nance — Miss O'Carroll — a des relations à Dublin, mais il est un point que je tiens à préciser. Miss O'Carroll ne s'intéresse plus aux questions irlandaises. Elle est ici pour y traiter ses propres affaires — et les miennes, pourrais-je ajouter — et elle et moi désirons ne plus revenir sur... le passé. J'espère m'être fait comprendre.

— Vous m'avez suivi jusqu'ici pour me donner ces informations?

— Exactement.

— Et vous parlez au nom de cette dame... également?

— Certainement, sir. Elle est ma fiancée.

— Vous n'avez pas peur de ses amis irlandais, j'espère?

— La peur n'a rien à voir là-dedans. C'est une question de choix.

La voix restait calme, mais le regard se faisait menaçant. Non, cet homme n'était certainement pas un lâche.

MacDonald considéra sa bière ambrée, puis répondit avec calme :

— J'ai entendu dire — je manque moi-même d'expérience sur le sujet — mais des hommes dignes de foi m'ont affirmé qu'il ne faut pas tenir les rênes trop courtes avant le mariage... et après non plus, d'ailleurs. Dois-je en conclure que les amis irlandais de cette dame pourraient ne pas voir votre mariage d'un œil favorable?

— Les amis irlandais de cette dame peuvent aller se faire pendre, sir, fit l'Anglais avec chaleur.

— Un risque que court tout bon Irlandais... riposta l'Ecossais.

La porte tournante pivota une fois de plus, et un homme très brun, au visage bronzé, entra.

— Le portier m'avait bien dit que je vous retrouverais ici, vieil ivrogne, s'exclama Sean Glynn, qui s'arrêta court.

Son regard venait de se poser sur l'Anglais. Il cligna des paupières, fronça le sourcil, puis se détourna et serra la main de son ami.

— Que buvez-vous là, Archie? Oh! de la blonde! Commandez-moi donc de la Guiness... Et comment allez-vous, mon pauvre vieux?

— Mais le mieux du monde, fit Archie.

L'Anglais vida son verre sans hâte excessive et se dirigea vers la porte, sans un regard pour les deux amis. Dublin était donc toujours la même ville inquiétante... L'espace d'un éclair, il avait lu une menace dans le regard du nouveau-venu. Pourquoi être venus à Dublin? Il avait tout fait pour dissuader Nance d'entreprendre ce pèlerinage... Enfin, encore trois jours et ils retrouveraient la loyale Belfast et la royale Edimbourg... et au diable l'Irlande!

Sean Glynn, le sourcil froncé, suivait l'Anglais du regard.

— Il a du culot, ce type-là, de revenir à Dublin, grommela-t-il. Évidemment, il ne peut plus rien lui arriver, maintenant...

— Vraiment? fit MacDonald. Vous le connaissez?

— Oui, mais lui ne me connaît pas, dit Sean d'un ton sérieux, grave même. Six — ou plutôt, non — sept ans passés, lui et moi avons joué un jeu dangereux ici, à Dublin... Il a perdu, mais je ne suis pas sûr d'avoir gagné. Il s'appelle Hanley — Sir Henry Hanley — et il était agent secret au service de l'Angleterre durant la guérilla contre les Blak-and-Tans. Il est à moitié Irlandais.

— J'ai été injuste envers l'autre moitié, dit MacDonald.

— Sans aucun doute. Si la trêve de 1921 avait tardé d'une semaine, Hanley aurait quitté l'Irlande comme la poule noire de ma mère. Connaissez-vous l'histoire?

— Non.

— Elle franchit le seuil et tomba raide morte, on n'a jamais su pourquoi. Mais ne parlons plus de ce Hanley... Son souvenir me laisse dans la bouche un mauvais goût. Peut-être vous en parlerai-je un jour... Vous savez déjà certaines choses.

Il but une large rasade, mais MacDonald ne le laissa pas s'en tirer à si bon compte.

— Que fait-il dans la vie? demanda-t-il.

— Hanley... Sir Henry Hanley? Vous avez cer-

tainement entendu parler de lui? Non? C'est vrai
que vous avez été absent longtemps. Oh! il fait
très bonne figure dans nos îles. Grand amateur
de courses automobiles... a été disqualifié une
douzaine de fois et sa licence suspendue; poids
moyen amateur de premier ordre... mais il commence à engraisser. Oh! c'est un type courageux.
Il a eu une très belle conduite pendant la guerre
et s'est montré très hardi dans l'accomplissement
de ses missions. Il est plein aux as et aime à vivre
dangereusement. Actuellement, il a, je crois, des
intérêts dans une compagnie théâtrale.

— Une compagnie théâtrale? répéta MacDo-
nard d'un ton rêveur, en tapotant sur le bar du
bout des doigts.

— Oui! Et l'année dernière, il a divorcé d'avec
Eleanor Carluke, l'artiste de music-hall bien
connue.

— Il a divorcé?

— Oui. Il a des idées assez particulières en ce
qui concerne les femmes... du moins à ce qu'on
m'a dit.

— Il pense sérieusement à se remarier, dit
MacDonald.

— Et comment, diable, le savez-vous? fit Sean
en ouvrant de grands yeux.

— Je vous le dirai plus tard. Et, à propos de
théâtre, nous allons au Gaiety, ce soir.

— Par Dieu, non! Nous allons parler toute la
nuit et aller aux courses demain.

— Nous ferons tout cela, et le Gaiety par-dessus le marché. J'ai loué deux fauteuils, et si vous vous imaginez qu'un Ecossais va laisser perdre deux places, vous vous trompez joliment. Je suis d'ailleurs persuadé que la pièce vous plaira.

— Bon! Après tout, la nuit est longue... La même chose, ou voulez-vous essayer quelque chose de plus fort?... Maudit Hanley!

CHAPITRE II

Lorsqu'Archibald et Sean Glynn arrivèrent au théâtre, le premier acte était déjà bien entamé. Sean avait eu tant de choses à raconter, avant, pendant et après le dîner, que les deux amis n'avaient pas eu le temps de se changer. Ils s'installèrent au fond de la loge, assez peu soucieux, au fond, de voir la pièce. L'homme en smoking assis sur le devant se retourna... C'était Sir Henry Hanley. Il fronça le sourcil, fit mine de se lever, y renonça et se remit à regarder la scène. On le sentait préoccupé, avant tout, de garder son calme.

Sean Glynn jura entre ses dents, mais Mac-Donald ne fit que sourire. La simple coïncidence qui leur faisait occuper la même loge que le directeur paraîtrait certainement de mauvais augure à cet homme qui, ayant été agent secret britannique, n'avait aucune raison de se sentir particulièrement en sécurité en Irlande.

La pièce, d'un auteur anglais très connu, démarrait lentement, comme la plupart des pièces anglaises. Les deux amis n'avaient donc pas perdu grand'chose, et, de toute façon, le spectacle ne les intéressait que médiocrement. Mais vers la fin de l'acte, Sean Glynn reçut le choc de sa vie.

La femme à laquelle Archibald MacDonald avait adressé la parole au cours de l'après-midi apparaissait sur la scène. Elle n'avait qu'un rôle secondaire, qu'elle remplissait bien, mais sans brio.

— Seigneur! s'exclama Sean en se penchant en avant.

— Du calme, mon vieux, fit MacDonald en lui mettant la main sur l'épaule.

Sean lui saisit le bras d'une étreinte convulsive.

— C'est Nuala Kierley, murmura-t-il. Vous vous rendez compte? répéta-t-il en resserrant son étreinte. Nuala Kierley!

— Je sais.

— Mais Nuala Kierley! Bon Dieu, Archie! Nuala Kierley!

— Tout à l'heure, Sean... tout à l'heure! dit MacDonald en montrant du menton l'homme assis devant eux.

Sean contempla le dos de l'homme au smoking et son regard se fit menaçant. Il commençait à comprendre certaines choses.

A ce moment, le rideau tomba.

Hanley n'avait pas bronché, durant que les

deux amis chuchotaient dans son dos. A cet instant, il se leva et sortit rapidement de la loge,
sans leur accorder un regard.

Sean était déjà debout.

— Nuala Kierley! répéta-t-il, surexcité. Ses
yeux, sa voix, elle n'a pas changé. C'est un véritable miracle! Il y a six ans que je la cherche.

— Je l'ai rencontrée cet après-midi, dit Archibald MacDonald d'un ton calme, en se renversant
sur sa chaise.

— Quoi?

— Nous avons parlé. L'homme qui était assis
là — Sir Henri Hanley, mais elle l'appelle Harry
— a l'intention de l'épouser.

Quelles que fussent les intentions de Sean
Glynn, cette étonnante nouvelle ne lui fit pas
perdre son calme. Il reprit sa place.

— Vous feriez mieux de tout me raconter,
Archie, dit-il simplement.

Et MacDonald lui fit le récit simple et clair
de ce qui s'était passé, sans l'accompagner de
considérations philosophiques.

— Il faut absolument que je la voie, déclara
Sean lorsque son ami se tut.

— Après la pièce?

— Evidemment... Il faut que je lui parle. Elle
ne peut pas épouser Hanley. C'est même le seul
homme qu'elle ne puisse pas épouser.

Archibald MacDonald eut un rire étrangement
amer.

— Ne dramatisez rien, Sean. Je me fais d'ailleurs la même recommandation. Voyez-vous, je

n'ai jamais oublié cette femme... que je n'ai fait
qu'entrevoir le soir où vous l'avez amenée au
Lough Aonach.. au temps où j'étais votre prisonnier.

— Et moi donc! dit Sean. C'est de penser à
elle sans arrêt, qui m'a rendu à moitié fou.

— Parce que vous avez dramatisé la situation... depuis le début. C'est pourquoi je ne l'ai
pas reconnue immédiatement, cet après-midi.
Elle représentait pour vous Erin elle-même,
errante, brisée, mais non vaincue... Et ce n'est
en réalité qu'une actrice de second plan, jouant
dans une pièce médiocre.

— C'est Nuala Kierley, répéta Sean d'un ton
obstiné. Et il faut que je lui parle.

Déjà les spectateurs reprenaient leurs places.
Mais Hanley, même lorsque le spectacle eut
recommencé, ne revint pas dans la loge.

Sean Glynn, pas plus que MacDonald, n'aurait été capable de dire en quoi consistait la
pièce. Il ne s'intéressait qu'à Nuala Kierley, et
son rôle n'était pas suffisamment important pour
donner un sens à l'intrigue. Entre de longs inter-
valles de silence, Sean faisait à voix basse des
remarques qu'il adressait autant à lui-même qu'à
son ami :

— Rien n'a changé en elle, ni ses cheveux,
ni ses yeux, ni sa voix... Mais la scène ne lui con-
vient pas. Elle est trop statique... et elle ne peut
pas s'identifier à son personnage... Mais comme
l'actrice principale paraît vulgaire auprès d'elle!
Six ans... et me voilà... et la voilà... et ce Han-

ley... et tout recommence... Mais elle ne peut pas l'épouser! C'est hors de question...

Au dernier entr'acte, les deux amis allèrent boire quelque chose au bar, et Sean eut comme une hésitation. Il posa la main sur le bras de MacDonald.

— Vous avez raison, Archie! Je comprends votre point de vue. Je suis un homme marié, père de famille, et à la tête d'une grosse exploitation. Et vous, vous êtes le type même du célibataire féru de sport et vous laissant conduire par le temps qu'il fait et le vent qui souffle. Pourquoi nous créer des complications?...

— Qu'est-ce que je viens faire dans cette histoire?

— Par Dieu, vous n'y êtes pour rien, en effet. Mais, chose curieuse, je ne sais pourquoi, j'ai l'impression que vous y êtes mêlé. Je me trompe, bien entendu... Voyez-vous, Archie, nous ne nous libérons jamais de nos actes. Nuala et moi, avons été entraînés à accomplir une certaine action, et nous ne nous en sommes jamais libérés... Ce soir encore, j'en mesure toutes les conséquences...

— Pour vous seulement, peut-être.

— Non! Il faut que je la voie et que je lui parle. Et que je la voie seule! Nous formions une bonne équipe, elle m'écoutera. Nous nous aimions beaucoup...

On le sentait prêt à tout pour obtenir cette entrevue, et MacDonald comprit qu'il risquait d'y avoir du grabuge avec Hanley.

Vers la fin du troisième acte, après que Nuala

Kierley eut fait une sortie, une pensée frappa le commandant. Il effleura du doigt le genou de Sean.

— Il est possible qu'elle ne revienne pas sur scène... et Hanley est certainement anxieux de l'emmener aussi vite que possible.

Sean fut debout instantanément.

— Rentrez à l'hôtel, Archie, et retenez une table. Je vais essayer de la persuader de venir souper avec nous.

— Je vous accompagne, dit son ami.

Sean le regarda et l'approuva d'un geste.

— Bon. Mais n'intervenez en aucun cas, mon vieux! Laissez-moi faire!

— Soyez tranquille, mon fils, fit le prudent Ecossais.

Il était grand temps. Un taxi stationnait devant l'entrée des artistes.

— Retenu? demanda Sean.

— Par un gentleman qui est entré là, sir.

— Nous aurons peut-être besoin de vous, dit Sean.

A cet instant, Hanley sortit; Nuala Kierley, tête nue, enveloppée d'une cape, l'accompagnait, se préparant à aller souper, probablement. Sean Glynn se dirigea aussitôt vers elle.

— Nuala, ma chérie!

— Sean! fit-elle d'une voix troublée.

Il prit sa main, la retint dans les deux siennes.

— Que c'est bon de vous revoir. Vous allez venir souper avec nous. Elle secoua la tête, sans sourire, mais Sean, qui lui tenait toujours la main, s'efforça de dominer la situation.

— Il le faut, Nuala, il le faut absolument! Elle lui sourit alors, de son léger et profond sourire, et répondit avec sincérité :

— Cela ne servirait à rien, Sean... à rien du tout.

— Nuala... seulement une heure...

— Je soupe, ce soir, avec Sir Henry Hanley.

— Je ne vous laisserai pas partir, dit Sean entre ses dents.

La main puissante de Hanley se posa sur son épaule.

— Que signifie?

Sean se dégagea d'un geste vif.

— Hanley, si vous cherchez la bagarre, vous l'aurez!

Archibald était un honnête citoyen, respectueux des lois, mais à l'occasion, il pouvait oublier la loi aussi totalement que n'importe quel Irlandais... et garder toute sa tête. Il vit que la bagarre était inévitable, une bagarre qui ne mènerait nulle part. Lui seul pouvait la tourner à l'avantage de son ami. Il se montra rapide, pour un homme bien décidé à ne pas s'en mêler.

— Gentlemen! dit-il d'un ton choqué. Sean, vous me surprenez!

Prenant son ami par le bras, il le lui serra
légèrement.

— Soyez raisonnable, mon vieux, et mettez
Miss O'Carroll en voiture.

— Bon, dit Sean.

MacDonald ouvrit la portière, et la jeune
femme monta dans le taxi, Sean ne lui lâchant
la main qu'au dernier moment.

— A l'hôtel! chuchota MacDonald à l'oreille
de son ami. Je vais le retenir! Filez donc... puisqu'il le faut absolument!

L'énergique poussée qu'il infligea à Sean l'envoya s'affaler dans le fond du taxi. La portière
claqua.

— Filez! hurla MacDonald au chauffeur.

Il ne vit pas la voiture disparaître. Pendant les
minutes qui suivirent, il eut mieux à faire.

Comme Hanley s'efforçait de le pousser de
côté, MacDonald le saisit par le revers de sa veste
blanche. L'autre se dégagea d'un coup de poing,
et les boutons de son smoking sautèrent. Il courut dans la direction du taxi, mais MacDonald,
attrapant le bas de son léger manteau du soir,
le fit tomber sur le pavé et lui sauta dessus.

Cet Hanley était un homme d'une force et
d'une énergie peu communes. Il se releva, en
dépit de tous les efforts de MacDonald, et le
repoussa brutalement. Le taxi avait disparu...

— Et maintenant? fit MacDonald.

— Je vais vous corriger, sale roquet!

A l'instant où Hanley leva le poing sur lui,
MacDonald comprit qu'il était fichu. Il était

capable de tenir sa partie dans une bagarre ordinaire, mais avec un boxeur entraîné, il ne pouvait guère faire autre chose qu'encaisser. Ses seuls atouts étaient sa rapidité, son endurance et certaines notions de la lutte écossaise. Tout ce qu'il espérait, était de faire durer le combat assez longtemps. Il plongea, s'efforçant d'attraper Hanley aux jambes, et l'autre le frappa durement sur la tête, puis à la nuque. Ils roulèrent sur la chaussée, l'Ecossais dessus. Mais pas pour longtemps. L'autre roula sur lui avec une vigueur accrue, et MacDonald ne put que se cramponner...

Le taxi devait être loin maintenant... aucun chauffeur de taxi ne pouvait résister aux arguments de Sean Glynn... Ah! il s'était mis dans de jolis draps... du scandale sur la voie publique... lui, un respectable officier en retraite... Pourquoi, diable, avait-il fallu qu'il intervienne?... Quelle foutue ville, ce Dublin... Il était bon pour une amende de cinq livres... mais Sean pourrait peut-être arranger ça... Pourvu que je tienne bon...

On entendit une exclamation, puis une voix sonore au-dessus de leurs têtes :

— Eh! là... Eh! là...

Quelqu'un remit Hanley sur pied. MacDonald se releva péniblement et vit un immense policier irlandais tenant son adversaire par le col. Ils se trouvaient au centre d'un rassemblement... porteurs de journaux, flâneurs, et spectateurs dont le flot s'écoulait. La pièce était terminée.

Hanley était hors de lui, et cela se comprenait. Il avait été, en somme, assez mal traité. Se libérant de la poigne du policeman, il lança un furieux droit à MacDonald, qui rejeta la tête en arrière assez vite pour ne recevoir qu'un coup léger à la pommette. Mais l'agent ne l'entendait pas de cette oreille et se saisit de nouveau d'Hanley. Et c'est alors que celui-ci commit une fatale erreur. Il frappa le policeman : d'un coup droit qui lui arracha un grognement indigné.

Sir Henry Hanley n'avait décidément pas de chance... il n'en avait jamais eue à Dublin. Faisant toujours de son mieux, du moins à son point de vue, il n'avait récolté que le pire. Et la récolte, cette fois, promettait d'être d'importance. Car le policeman se trouvait être un des célèbres poids lourds de l'équipe de boxe de la Garde Civique de Dublin. Et un homme au sang chaud, avec ça... Et la joyeuse foule de Dublin assista à un spectacle des plus réjouissants...

Archibald MacDonald n'en vit que le début. Quelqu'un lui fourra son chapeau dans la main, et une voix rude lui enjoignit : « Filez, pendant qu'ils s'expliquent! » Les Dublinois, habitués à des années et des années de lutte avec la police britannique, n'ont pas encore appris à se mettre du côté de la loi et de l'ordre. MacDonald fut littéralement happé par la foule. Il vit que deux autres policemen se portaient au secours de leur collègue — qui n'en avait aucun besoin — et il s'éloigna. C'était la seule chose à faire. Il se perdit dans la masse des spectateurs qui sortaient du théâtre.

Il quitta King Street, descendit Grafton Street, traversa Anne Street, et se retrouva dans Stephen's Green. Et tout en marchant, il retrouvait ses esprits. Il remit son veston d'aplomb, refit son nœud de cravate, épousseta la poussière de ses genoux. Un de ses yeux le brûlait. Mais pour les passants, il n'était qu'un citoyen comme les autres, son chapeau baissé, à la mode irlandaise, sur son œil enflé, et la poussière ne se voyait pas sur les épaules de son homespun gris. Une veine qu'il ne se soit pas changé. Et tout en marchant, il se demanda comment Nuala Kierley avait pris son enlèvement. Car ce n'était rien moins qu'un enlèvement, et une grave offense...

Nuala Kierley et Sean Glynn étaient installés dans un angle du hall, presque vide, et MacDonald remarqua qu'elle était, et de beaucoup, la plus calme des deux. Assise dans un fauteuil d'osier, ses beaux bras appuyés à un guéridon au revêtement de verre, elle levait les yeux vers Sean Glynn. Lui ne la regardait pas. Il se rongeait les ongles, les yeux fixés sur la porte tournante. On sentait qu'il ne supporterait pas une minute de plus une pareille anxiété... Et juste à ce moment, Archibald MacDonald entra et se dirigea vers eux. Il paraissait plus calme que jamais.

Le visage de Sean s'illumina.

— Vous voilà!

— La pièce était terminée, je suis donc parti avec la foule, dit l'Ecossais en regardant la jeune femme.

— Où est Sir Henry Hanley? lui demanda-t-elle d'une voix aussi calme que la sienne.

— Inutile de vous tourmenter à son sujet, Mistress Kierley, dit MacDonald avec un sourire aimable. Il s'est certainement assuré un logement pour la nuit.

— Je suis... désolé, Nuala! fit Sean. Pour un type prudent, Archie, je suis prêt à parier sur vous en toute occasion... Je vous présente Archie MacDonald, Nuala... mais je crois que vous vous êtes déjà rencontrés. Il est commandant, maintenant.

— Un policeman ou deux pourraient bien nous rechercher, demain matin, dit le commandant.

— Nous sommes dans le seul hôtel où l'on ne viendra pas s'enquérir d'un bagarreur écossais, dit Sean.

Nuala Kierley avait gardé tout son calme.

— Qu'êtes-vous en train de faire de moi... gentlemen? demanda-t-elle d'un ton uni.

— Nous ne le savons pas encore, déclara Sean.

— Je ne vois pas pourquoi je ne me lèverais pas pour sortir d'ici.

— Nous viendrions avec vous... nous sommes

prêts à faire un scandale dans les rues de Dublin... à mettre le feu à Custom House... Pas vrai, Archie?

— Et au Palais de Justice, renchérit son ami.

— Et si c'est nécessaire, ajouta Sean en agitant un doigt menaçant, je donnerai un coup de fil à ... — il nomma un personnage haut placé dans les sphères gouvernementales — et il ne permettra pas à Nuala Kierley de faire des âneries.

— Car vous estimez que je fais des âneries?

— Nous employons les plus sûrs moyens de vous en empêcher, non?

— En effet, fit la jeune femme, qui, se renversant dans son fauteuil, éclata de rire.

D'un rire bas et sonore que démentait à peine l'expression songeuse du regard.

— Oh! Dublin! Comme je sens que je t'ai retrouvée. Vous êtes un être sans frein, Sean, et vos amis sont vos émules.

— Ils sont pires que moi, dit Sean. Bien pires!

La jeune femme ne posa pas d'autres questions. Elle ne montra ni surprise, ni colère... ni l'indignation que devrait manifester toute femme normale en apprenant que l'homme qu'elle devait épouser vient d'éprouver un revers immérité. Elle resta un long moment immobile, les yeux à demi clos, plongée dans de profondes réflexions, tandis que les deux hommes l'observaient et attendaient. Elle poussa enfin un profond soupir et leva les yeux vers Sean Glynn.

— C'est bien, Sean, je me rends à vos raisons;

mais je vous préviens qu'en dernier ressort, c'est moi qui déciderai. Et maintenant, que faisons-nous?

— Soupons d'abord, proposa Sean. Allez vous changer, mon pauvre vieux, ajouta-t-il après un regard à son ami, et plongez-vous la tête dans l'eau froide. Vous aurez, demain, un magnifique œil au beurre noir.

— Il ne l'aura pas volé, déclara Nuala Kierley.

Ils soupèrent à une table discrète, derrière une colonne, et s'en tinrent d'abord aux généralités. Mais peu à peu Sean amena Nuala à leur parler de sa vie au cours des dernières années. Elle s'y prêta de bonne grâce, décrivant de façon franche, mais brève, sa vie à Paris, d'abord, puis aux Etats-Unis et au Canada, et enfin son retour à Londres et ses tournées en province. Elle faisait, au théâtre, une carrière honorable, sans plus.

— Comme vous le savez, Sean, mes dons d'actrice ne sont guère variés.

— Mais réels, dit Sean. Cependant, la vie des planches n'est pas faite pour vous, Nuala.

Ce fut cette phrase qui déclencha tout le reste.

— Je le sais bien. Et c'est pourquoi je pense à me marier.

— Vous pensez...

— Votre conduite, ce soir, m'empêchera peut-être de dépasser ce stade.

— Et quel est l'homme que vous épouseriez?

— Sir Henry Hanley.

— Comment l'avez-vous connu?

— Il est le directeur de la troupe...

— Cela ne signifie pas qu'il ait des droits sur vous. Vous ne *pouvez* pas l'épouser, Nuala.

— Pourquoi?

— Parce que c'est impossible. C'est même le seul homme...

— Cela dépend à quel point de vue on se place, Sean, interrompit la jeune femme. On pourrait dire, au contraire, que c'est le seul homme que je puisse épouser.

— Non, Nuala, c'est impossible, répéta Sean.

— Préféreriez-vous que je devienne sa maîtresse? demanda-t-elle hardiment.

— Vous le serez, si vous l'épousez. C'est un divorcé, et vous êtes catholique.

— La religion a-t-elle tant d'importance, Sean?

— Dites-moi, Nuala, répondit-il en se penchant vers elle, désirez-vous réellement l'épouser?

— Je ne désire épouser personne, dit la jeune femme avec une simplicité plus convaincante que toute emphase.

— Alors?

— Harry Hanley n'est pas un mauvais homme ...et il m'est sincèrement attaché. Et comme vous le dites vous-même, il n'y a pas d'avenir pour moi au théâtre. Donc...

— Mais vous avez vos amis... nous tous... Et le pays vous doit une pension.

— Je ne la toucherai pas, dit Nuala en secouant la tête. L'Irlande n'est pas libre encore.

— Elle le sera avant longtemps. Ecoutez, Nuala, venez avec moi à Leaccabuie.

— Vous êtes marié, n'est-ce pas? Je l'ai lu dans les journaux...

— Mais Joan...

— Non, Sean. Je ne vous suivrai pas. Inutile d'insister...

Sean lança à Archie MacDonald un regard désolé et implorant. Il sentait la colère monter, mais avec Nuala, s'irriter ne servirait de rien. Un silence tendu régna, tandis que la jeune femme versait le café.

Le commandant lui offrit une cigarette, la lui alluma, en fit autant pour Sean et lui, et tira d'un air méditatif une ou deux bouffées.

— Puis-je dire un mot, Mistress Kierley?

— Mais certainement, commandant MacDonald.

Elle s'accouda, le menton dans les mains, et posa sur lui son regard attentif, qui semblait dire : « J'écoute... et j'observe aussi. » Et il sentit qu'il lui fallait vaincre cette méfiance.

— Je voudrais d'abord que vous compreniez que mon rôle, dans cette affaire, est complètement désintéressé.

— Vous n'avez pas agi en conséquence, dit la jeune femme, qui ne put retenir un sourire.

— J'ai simplement prêté main-forte à un ami, mais en ce qui vous concerne, répéta fermement MacDonald, je suis complètement désintéressé. Vous devez me croire. N'oubliez pas que je ne vous ai vue qu'une fois... à Lough Aonach, une minute seulement.

— Moi, je vous ai vu plusieurs fois, commandant, et c'est pourquoi je vous ai reconnu immédiatement. Je dois vous avouer que je vous ai suivi et que je cherchais comment vous aborder. Vous m'avez facilité les choses.

— Je vous dois toutes mes excuses, Mrs Kierley.

— Mais pas du tout. Vous vous êtes montré parfait. Et que comptez-vous faire pour venir en aide à Sean.

— C'est à vous que je désire venir en aide... si c'est possible.

— Je ne désire pas que l'on m'aide.

Elle lui lançait un défi qu'il accepta aussitôt.

— Très bien! Dans ce cas, je n'ai plus rien à dire.

Et, secouant la cendre de sa cigarette, il se renversa dans son fauteuil.

Un silence régna. Sean se gardait d'intervenir. Nuala Kierley, le menton dans les mains, semblait plongée dans ses pensées.

— Je voudrais tout de même entendre ce que vous avez à dire, commandant, reconnut-elle enfin.

— Oh! c'est peu de chose, dit-il d'une voix basse et détachée. Vous connaissez assez la vie pour n'avoir pas gardé d'illusions, à ce que j'imagine.

— Sauf une... et la plus grande.

— Oui, Mrs. Kierley. Je crois comprendre ce que représente l'Irlande pour vous.

La jeune femme fut touchée et se départit de l'attitude méfiante qu'elle avait adoptée jusqu'ici.

— Vous avez deviné juste, commandant. Oui, le sort de l'Irlande reste la grande chose pour moi. Continuez, je vous en prie.

— Je vous demande simplement de réfléchir. Vous dites que vous ne désirez pas vous marier, et cependant vous envisagez d'épouser Sir Henry Hanley. Ce qui tend à prouver que vous éprouvez quelques difficultés à prendre une décision... Or, peut-être parce que je suis un vieux célibataire, j'estime que le mariage est une chose importante.

— Je le pense aussi.

— Donc, puisque vous avez de la peine à prendre une décision, pourquoi ne pas vous retirer, pour quelques jours, ou quelques semaines, dans un endroit tranquille où vous prendrez cette décision en toute liberté d'esprit... et sans communiquer avec personne?

— Vous me conseillez de partir seule, dit-elle d'un ton pensif.

— Exactement.

— Pas à Leaccabuie, par conséquent?

— Non.

— Glounagrianaan? murmura Sean, qui évoquait le Lough Aonach, de tragique mémoire.

— Je connais Hugh Forbes, dit Nuala Kierley en secouant la tête. Il me dirait d'aller au diable, et s'emploierait à me trouver un paradis à son idée. Avez-vous une autre idée, commandant MacDonald?

— Oui, je pense à un coin tranquille, mais je ne sais si je vous conseillerais d'y aller.

— Où donc?

— A une cinquantaine de kilomètres de Leaccabuie... ou de toute autre ville — et en dehors de tous chemins battus. Au flanc d'une colline tapissée de bruyère. Je n'y suis allé qu'une fois, mais je revois encore la plaine se déroulant à l'infini, les murs lointains des montagnes, et la mer, au loin... Mais ce qui m'a le plus frappé, c'est le calme, ce calme que l'on devine à travers le chant des oiseaux et le bourdonnement des abeilles.

— Le calme! murmura Nuala Kierley. Le calme! Oh! serpent tentateur! Mais tout, là-bas, me parlera...

— Oui, et c'est pourquoi je n'ose vous conseiller de vous y rendre. Et cependant, reprit-il du même ton mesuré et détaché, si quelque chose doit vous influencer, pourquoi ne serait-ce pas votre pays natal?

— Eh bien, oui, j'irai, dit-elle comme si elle ne voulait pas se donner le temps de changer d'avis. Mais... quand?

— Ce soir, déclara MacDonald.

— Ce soir?

— Pourquoi pas? Cela vous évitera toutes sortes d'explications... et Dublin risque de ne pas être un endroit très sûr pour certains d'entre nous, demain. Sean a sa voiture et nous pourrions très bien être à Limerick pour le petit déjeuner... ou, qui sait, même plus loin encore.

— Et nous achèterons une tranche de viande crue pour votre œil, dit Sean, brisant enfin son sage silence.

Il savait à quel endroit son amie Archie voulait emmener Nuala, mais il se garda de rien dire.

MacDonald ne put s'empêcher, en lui-même, de voir la jeune femme accorder si peu de considération à Sir Henry Hanley, à son sort, à ses réactions ou à ses sentiments.

« Quant à moi, mon rôle envers elle est terminé », se dit-il avec décision.

⁂

Paddy Bawn sauta à terre et flatta le col luisant du poulain bai.

— Oui, mon beau, oui, tu as bien travaillé! Et avec soixante-dix kilos sur le dos!

Une jolie bête, fine et racée, d'à peine seize paumes, avec une guêtre blanche, une étoile au front et la tête allongée des sauteurs irlandais.

Ellen Roe, la femme de Paddy Bawn, le petit Sean dans les bras, apparut à l'extrémité du paddock où son mari venait de faire travailler le poulain. L'enfant, criant de joie, tendit les bras à son père, qui, le soulevant d'une main, le déposa sur la selle.

— Attention, Paddy Bawn, recommanda Ellen Roe. Tu dois avoir ton déjeuner dans les talons... Il a bien sauté, ce matin?

— Le fossé est décidément son point faible, reconnut Paddy Bawn, et même son seul point faible. Ma parole, Ellen, si Joan Glynn ne montait pas son propre cheval, je lui demanderais de présenter le mien à la Coupe des Dames, au Concours Hippique de Dublin. Dans deux ans, il portera ses soixante-quinze kilos, et à Punchestown...

— Ch...ut, écoute, dit Ellen Roe. Une voiture qui vient...

Une voiture de tourisme, ouverte, apparut en effet au sommet de la côte et se dirigea en cahotant dans le mauvais chemin, vers le cottage.

— C'est la voiture de Sean Glynn, s'exclama Paddy Bawn. On peut dire qu'il s'est levé matin. Et il amène de la compagnie... Joan, j'imagine, et qui donc encore? Viens donc, Ellen!

Maintenant leur rejeton, fier et ravi, sur le dos du poulain, tous deux traversèrent le paddock et débouchèrent dans la cour de la métairie. La voiture y était déjà.

— Quelle bonne surprise! s'écria joyeusement Paddy Bawn. Et si ce n'est pas le commandant, en chair et en os! Mais qui est donc cette dame?

Le poulain piaffait nerveusement devant l'auto. Paddy Bawn souleva son fils et le mit dans les bras de sa mère. Puis il se tourna vers la voiture, dont descendait l'inconnue.

Son accueil fut des plus amical. Il éprouvait

pour MacDonald une admiration basée sur l'expérience, et qui confinait à l'idolâtrie.

— Ellen Roe, dit Sean Glynn, voici ma cousine, Nuala Kierley... Paddy Bawn était un des meilleurs membres de la vieille équipe, Nuala.

— D'heureuse mémoire! ajouta Paddy Bawn.

Nuala Kierley éprouva une sympathie immédiate pour ce couple : la femme au sourire timide, aux cheveux de flamme, et le petit homme aux fortes épaules, au regard ferme sous d'épais sourcils. Elle s'approcha et effleura doucement du bout des doigts la joue de l'enfant. Puis elle aperçut le poulain, et aussitôt ses yeux brillèrent.

— Une jolie bête, Master Enright! Est-ce un sauteur?

— Il sauterait par-dessus la maison, si je ne le retenais pas, ma'ame. Montez-vous? C'est un vrai cheval de dame.

— Ferme ça! lui lança Sean Glynn. Boucle-la, tu m'entends... vous aurez tout le temps, tous les deux, de parler chevaux... Ellen Roe, ajouta-t-il en lui entourant affectueusement les épaules de son bras, j'aimerais vous dire quelques mots, à vous et à votre mari. Donnez-moi mon filleul, et allons vers l'écurie. Ce petit ressemble chaque jour davantage à son père, Dieu le bénisse!... Viens un peu ici, Bawn.

Ils se dirigèrent vers l'écurie, Sean portant toujours l'enfant, dont il était le parrain.

— Ce n'est pas vous qui avez poché l'œil du

commandant, par hasard? Non, vous n'auriez pas fait une chose pareille!

— Le responsable de cet œil au beurre noir pourrait bien vous flanquer une tripotée, à l'occasion.

— Ma foi, ça c'est déjà vu, mais tout de même, je serais curieux de voir ça. Qui est-ce?

— Je te dirai ça plus tard... à l'occasion. Mais d'abord, écoutez-moi...

Archibald MacDonald et Nuala Kierley, restés seuls, échangèrent un long regard.

— Que c'est beau! dit la jeune femme en désignant d'un geste large tout l'horizon.

— Vous voulez bien faire quelques pas?... Vous n'êtes pas trop fatiguée?...

— Nullement. Il y a quelque chose de si tonique dans l'air... cela sent la mer et la bruyère.

Non, elle ne paraissait pas fatiguée de la longue étape nocturne. Un peu de rose montait même à ses joues pâles, et ses lèvres étaient pleines et fermes. Elle avait rejeté son chapeau en arrière, et le vent matinal jouait dans ses merveilleux cheveux clairs. Et si blonde, sa force intérieure, sa gravité lui enlevaient toute fadeur.

Ils traversèrent ensemble le paddock. Des rapports plaisants s'étaient établis entre la jeune femme et l'Ecossais pondéré... pondéré, certes, mais d'un tempérament explosif... à l'occasion. Assis tous deux à l'arrière de la voiture, pendant le voyage, parlant peu, dormant un peu, se réveillant pour échanger quelques mots, puis

retombant dans le silence, ils avaient appris à
se connaître.

— Voici ce que je voulais vous montrer.

Ils étaient parvenus à une barrière, à l'extrémité du paddock. et le flanc de la colline dévalait
à leurs pieds. Ils contemplèrent longuement la
profonde vallée du North Kerry, verdoyante de
pâturages, coupée de bois, où brillait, çà et là,
le ruban d'argent des rivières. Dans le lointain
s'élevait le rempart des monts bleuâtres, tandis
qu'à l'embouchure de la Shannon scintillait
l'immensité verte de l'océan. Le vent soulevait
des boucles légères sur le front de Nuala Kierley, et l'espace, autour d'eux, vibrait du bourdonnement des abeilles, butinant les fleurs de
bruyère, de l'autre côté du fossé.

— Et je pourrai rester ici? demanda Nuala
d'un air émerveillé.

— Aussi longtemps qu'il vous plaira.

— Plus longtemps, hélas! que je ne le pourrai!
Et ce couple si sympathique, Ellen Roe et Paddy
Bawn... ils n'y verront pas d'objection?

— Pas la moindre! Bien au contraire, ils
répandront sur leur seuil des roseaux verts. pour
vous honorer. Et Paddv Bawn vous laissera
monter son poulain... Faites-le parler, Paddy
Bawn. Il a une façon bien à lui de raconter ses
expériences de boxeur professionnel aux Etats-
Unis. Mais prenez garde de ne pas rendre sa
femme jalouse.

— Moi? Seigneur!

— Je suppose que vous ne pouvez pas vous en empêcher...

— De quoi faire?

— Oh! rien...

Nuala Kierley, rêveuse, laissa errer son regard sur la vaste plaine. Ce fut probablement l'allusion à la profession de Paddy Bawn qui lui rappela l'homme resté à Dublin.

— Nous n'avons pas été très chics envers Harry... je veux dire Sir Henri Hanley... pas plus Sean et vous... que moi. Se bagarrer sur la voie publique!

— Et vous enlever, pour couronner le tout. Mais nous n'avions guère le choix des moyens.

— Etait-ce un plan concerté entre Sean et vous?

— Ma foi, non! Agir rapidement et réfléchir... ensuite. C'est une vieille maxime. Vous aurez tout le temps de réfléchir... ici.

— Non, je ne veux penser à rien. Je monterai le poulain... si on m'y autorise... et je vivrai comme une plante, le reste du temps... Où serez-vous? ajouta-t-elle en le regardant bien en face.

— En train de pêcher dans l'Ullachowen ou le Lough Aonach... de l'autre côté de ces monts.

Une même idée venait de les effleurer, et ils se sourirent l'un à l'autre.

— Je pourrais peut-être venir de temps en temps... voir si vous avez besoin de moi... au cas où le poulain ferait des siennes?...

— Ce serait gentil à vous, acquiesça Nuala Kierley. Vous m'avez aidé à voir clair en moi, et j'aurai encore besoin de vous. J'aime votre attitude dans la vie, commandant. Il y a en vous un tel calme... et vous avez compris que j'aspirais au calme... Mais vous devez être violent aussi, ajouta-t-elle avec un sourire.

— Quand vous penserez à moi, n'évoquez que le calme.

— Je vous le promets.

« Archibald, prends garde à toi! », se dit le commandant.

CHAPITRE III

Nuala Kierley et Archibald MacDonald, installés sur un muret d'argile, laissaient errer leurs regards sur la plaine et sur la mer. Blotti dans les bras de la jeune femme, le petit Sean ne bougeait pas.

C'était par une chaude journée de la fin de juillet. Une brume de chaleur voilait les bois, éloignait les montagnes et faisait se fondre l'un dans l'autre le ciel et la mer, également nacrés. Mais à Knockanore, une brise fraîche atténuait la chaleur et faisait voleter les cheveux de Nuala. En costume de cheval, elle avait quelque chose de souple et de garçonnier. Au paddock, Paddy Bawn menait le poulain à la longe pour le rafraîchir. Le bai venait de travailler dur et transpirait abondamment.

— Qu'il est beau! dit la jeune femme.

— Et bien monté! Pas une fois, je n'ai dû voler à votre secours.

— J'aimerais avoir les moyens de l'acheter.

— Permettez-moi de vous l'offrir.

— C'est impossible, dit Nuala Kierley en ouvrant de grands yeux.

— Vous voulez dire que je n'en ai pas le droit?

— En effet... Paddy Bawn me presse de le monter à la Coupe des Dames, au Concours Hippique de Dublin, au mois d'août. J'avoue que cela me tente...

— Pourquoi pas? Vous ne craignez pas de retourner à Dublin?

— Non... ou plutôt, si. Je n'aurais plus aucune raison de revenir ici.

— A ce propos... avez-vous...

Il se tut, ne sachant comment continuer.

— Je n'ai rien décidé encore, répondit-elle. Je me laisse vivre. Ce qui signifie probablement que l'issue ne m'intéresse guère.

— Moi, je sais ce que vous devriez faire.

— Et quoi donc?

— M'épouser. Et ainsi, je pourrais vous offrir le poulain.

Il fit cette étonnante proposition de son ton le plus calme. En allumant sa pipe, et sans même lui jeter un regard.

Mais elle le regarda, longuement, attentivement, elle poussa un long soupir et ses bras se resserrèrent autour de l'enfant. Puis elle secoua la tête, lentement, tristement, avec un petit sourire désabusé. Et elle répondit, d'une voix aussi calme que lui :

— Vous n'êtes pas fait pour vous marier, commandant.

— Vraiment?

— J'en suis persuadée. Je lis dans votre pensée.

— Pourquoi ne pas m'épouser, alors?

— Vous avez vu vos amis se marier les uns après les autres. Et cela vous tourmente. Vous vous demandez si vous ne devriez pas suivre leur exemple. Et je suis là, moi, le pauvre chien sans maître, ayant conservé quelques traces de beauté et... peut-être, un certain charme. Et votre galanterie naturelle...

— Alors, épousez-moi.

— Non! dit Nuala Kierley en secouant la tête. Ne savez-vous pas que je porte malheur... qu'une tragédie...

— Au diable, le passé! Ne pourrions-nous affronter ensemble l'avenir, comme des gens sensés?

— Vous n'ignorez pas, je suppose, ce qu'il est advenu de mon mari...

— Il s'est noyé?

— Est-ce là tout ce que vous savez?

— A peu près.

— Il a été trahi... je l'ai trahi... et je savais ce que je faisais.

— Les circonstances...

— Parlez-en à Sean Glynn. J'ai accompli une mission de femme, et de la seule façon dont une femme pouvait l'accomplir. Oui, demandez donc à Sean Glynn comment j'ai trahi mon mari... Non, commandant, vous et moi, ne sommes pas faits pour nous marier. Je vous aime beaucoup, et je suis heureuse que nous puissions parler de tout cela de façon aussi objective. Mais je ne vous épouserai pas... et d'ici une quinzaine de jours, peut-être ne nous reverrons-nous jamais.

— Vous parlez de façon très objective, en effet, dit Archibald MacDonald d'un air malheureux. Mais, reprit-il avec une soudaine révolte, je me refuse à croire que nous ne soyons pas faits l'un pour l'autre. Je me croyais vraiment de la graine de vieux garçon, mais j'ai pris l'habitude de vous voir chaque semaine — parfois deux fois par semaine — et... je ne suis qu'un homme, après tout. Ça, c'est mon point de vue. Quant à vous, j'estime que vous gâchez votre vie.

Il eut vers l'enfant blotti sur les genoux de la jeune femme un regard éloquent qui amena des couleurs aux joues pâles de Nuala.

— Ne nourrissez pas des illusions romantiques, reprit le commandant. Le sens de la tragédie... du désespoir... ne dure pas éternellement. Vous vous remarierez, vous vous remarierez certainement, et vous aimerez à nouveau, mais un autre peut-être. Cependant, je me refuse à considérer votre refus comme définitif. Et je vous redemanderai encore et encore de m'épouser.

— Questionnez Sean Glynn.

L'émotion gagnait l'officier écossais, et pour la dissimuler, il se leva et se détourna.

— Très bien, dit-il en se dirigeant à grands pas vers le paddock.

Nuala Kierley le suivit du regard. Son visage ne s'altéra pas, mais ses yeux s'assombrirent. Penchant la tête, elle murmura dans les cheveux du petit enfant :

— Il est trop calme, Seaneen, et je ne suis pas habituée à cela. Aurais-je donc vieilli? Vois-tu, Seaneen, je détesterais me marier sans passion.

⁂

Archibald MacDonald, par cette longue soirée de juillet, roula de Lough Aonach, où il avait passé la journée à pêcher, jusqu'à Leaccabuie, pour dîner avec Sean et Joan Glynn.

Après le dîner, la jeune femme se retira, pour laisser les deux amis fumer et bavarder tranquillement. Ils parlèrent un peu de la fenaison, de la pêche, puis, passant aux chevaux, ils en vinrent au sujet qui leur tenait à cœur à tous les deux. Sean fut le premier à aborder la question. Il observait son ami depuis un mois et commençait à espérer qu'un miracle pourrait se produire.

— Vous êtes allé chez Paddy Bawn, dernièrement?

— Hier.

— Nuala entraîne toujours le poulain?

— Oui, dit le commandant en allumant sa pipe et en tirant une ou deux bouffées. Je lui ai demandé de m'épouser, ajouta-t-il entre deux bouffées.

Sean Glynn se redressa dans son fauteuil et ouvrit de grands yeux. Le ton calme de son ami le faisait douter de son ouïe.

— Qu'avez-vous dit?

— Je lui ai demandé de m'épouser.

Les yeux de Sean se rétrécirent, mais il imita le calme de son ami.

— D'après votre ton, je devine qu'elle a refusé.

— En effet.

Sean tapota le bras de son fauteuil.

— Je vous connais depuis longtemps, Archie, et il y a une chose que j'ai remarquée chez vous.

— Ah! oui? Et quoi donc?

— Vous n'acceptez pas facilement un échec.

— Oui, je suis un être obstiné... A ce sujet, Nuala m'a conseillé de m'adresser à vous.

— Je m'y attendais.

— C'est vous, paraît-il, qui pourrez me dire comment elle a trahi son mari.

— Elle n'a pas trahi son mari!

— Tout ceci n'a d'ailleurs aucune importance. Cela ne m'intéresse pas...

Sean se renversa dans son fauteuil et passa la main dans ses cheveux noirs.

— Une triste affaire, dit-il d'un air sombre.

— Oui, Nuala m'a conseillé de vous questionner, mais réellement, Sean, je ne tiens pas à en entendre davantage.

Sean se tut un long moment, réfléchissant à ce que venait de lui dire son ami. Il poussa enfin un profond soupir.

— Je crois que vous ferez mieux de m'écouter, Archie, et nous n'y reviendrons plus.

— Bien.

Les deux hommes s'installèrent au plus profond de leurs fauteuils. Sean posa sa pipe et ne la reprit pas au cours de son récit. L'Ecossais, au contraire, ne cessa pas de fumer, la main sur le fourneau de sa pipe, la tête baissée, contemplant fixement le bout de ses pieds croisés.

Et Sean lui raconta l'histoire de Nuala Kierley, telle qu'elle est rapportée au début de cette chronique.

Lorsqu'il se tut, il lança un regard inquisiteur à MacDonald, qui n'avait pas relevé la tête. Sa pipe, qu'il serrait entre ses dents, était éteinte, et sa main, en visière sur ses sourcils, cachait son regard.

— Et maintenant, laissez-moi vous expliquer les choses, dit Sean.

— Il n'y a rien à expliquer.

— Mais vous ne comprenez pas!

— Je ne comprends que trop bien! Inutile de faire du sentiment autour de cette histoire. Cette femme a accompli une mission, et son mari s'est suicidé... à moins qu'il n'ait été exécuté. Une histoire dramatique, certes, mais terriblement sordide. Nous aurions mieux fait de la laisser refaire sa vie avec Hanley.

— Ne faites pas l'imbécile, Archie!

— Je suis un imbécile... ou plutôt, je l'ai été, dit l'ex-officier écossais avec une soudaine brutalité. Un sacré imbécile! Lorsque je l'ai vue, à l'église, elle ressemblait à une sainte de vitrail. Puis quand elle m'a suivi, au musée... un autre nom m'est venu à l'esprit. Peut-être n'établissez-vous pas une grande différence, dans vos milieux patriotiques irlandais, entre ces deux types de femmes. Le symbole de l'Irlande à la fois révérée... et prostituée...

— Par Dieu, vous allez vous taire! s'exclama Sean, aussi furieux contre lui-même que contre son ami.

Dressé d'un bond, il donna un grand coup de poing sur la table :

— Allez-vous m'écouter?

MacDonald était debout, lui aussi.

— Je vous ai suffisamment écouté. Vous avez vendu une femme pour votre cause, et vous prétendez maintenant expliquer votre geste.

— Pour de telles paroles, vous mériteriez que je vous fasse rentrer les dents dans la gorge. Dieu vous damne! Vous n'êtes pas digne de dénouer les cordons de ses chaussures.

Ils s'affrontaient du regard. A ce moment, Joan Glynn, entendant des éclats de voix, entra.

Archibald MacDonald se tourna vers elle, s'inclina et sortit de la pièce... et de la maison.

CHAPITRE IV

La Course des Dames du Concours Hippique de Dublin se dispute toujours le premier jeudi du mois d'août... et c'est la plus glorieuse journée de ce concours, un des plus beaux du monde. Les Irlandaises, qu'un subtil démon a dotées d'un charme et d'une allure exceptionnels, font tourner ce jour à leur gloire, malgré la beauté des chevaux. Elles se promènent nonchalamment sur les pelouses, se renversent dans leurs fauteuils, se réunissent par petits groupes, flânent sur le pourtour au pied des tribunes, montent et descendent les larges escaliers, et la grâce de leur démarche est une joie pour les yeux. Des lèvres rouges rient ou se crispent, de beaux yeux brillent ou s'assombrissent, et les hommes — Irlandais, Anglais et du monde entier — se réjouissent... ou s'inquiètent de tant de beauté.

Il était trois heures de l'après-midi, et les concurrents des courses de trot attelé défilaient sur

la piste : chevaux de tous les types, à la haute
ou longue foulée, attelés à de légers sulkies.

Le pourtour n'était pas encombré — il ne le
serait qu'au moment des épreuves de saut — et
trois hommes y pouvaient marcher de front, loin
des barrières et sous la tribune centrale. Ces trois
promeneurs n'étaient autres que Hugh Forbes,
Sean Glynn et Paddy Bawn Enright. Trois
gentlemen-farmers, grands, maigres et bronzés,
étrangers dans cette ville à demi étrangère, mais
à l'aise dans un domaine où le cheval est roi. Ces
trois hommes n'éprouvaient pour les jolies femmes qu'un intérêt modéré.

Passant lentement sous la tribune centrale,
s'arrêtant à l'occasion, ils fouillaient les gradins
du regard, cherchant quelqu'un. Et soudain,
Paddy Bawn s'arrêta net.

— Par Dieu, le voilà!

Ils regardèrent tous dans la même direction.

— C'est bien lui, il n'y a pas de doute, dit
Hugh Forbes. Je vous disais qu'il viendrait.

A la droite de la loge royale, et à mi-hauteur
des gradins, le commandant Archibald MacDonald était assis, tout voilé de mélancolie. Paddy
Bawn enleva son chapeau de tweed et se mit à
faire de grands signes, mais l'Ecossais regardait
obstinément de l'autre côté. Ce fut alors que
Hugh Forbes, aussi à l'aise que dans son Glounagrianaan natal, rejeta la tête en arrière et
lança un appel qui résonna et retentit jusque
sous les solives du vaste pavillon :

— Archie MacDonald! Hello!

Le commandant sursauta — il ne fut pas le seul — regarda à ses pieds et vit Paddy Bawn agitant son chapeau.

— Descendez, nous avons besoin de vous. Venez nous rejoindre, lança la voix retentissante.

Le commandant s'exécuta avec hâte et non sans une certaine gêne, car les gens riaient autour de lui, et la dignité écossaise n'était pas morte en lui.

— Allez-y doucement, recommanda Sean Glynn à ses amis. Oui, allez-y doucement. Il est plus têtu qu'une mule... il ne faut pas le heurter de front.

L'accueil fut extrêmement cordial des deux côtés, avec, peut-être, une ombre de froideur entre Sean Glynn et l'officier écossais. Mais tous deux savaient que l'ombre se dissiperait et que leur amitié serait la plus forte.

— Nous vous avons cherché partout, déclara Hugh Forbes. Où diable étiez-vous?

— En Ecosse.

— Et vous êtes revenu pour le concours?

— Pourquoi pas? fit Archie MacDonald avec une ombre de défi.

— Vous étiez déjà ici hier?

— Non. Je suis arrivé par le bateau du soir.

— Venez à la pelouse avec nous et laissez là vos gens de qualité. Ils ne vont pas tarder à chanter *God save the King*... et j'en ai toujours les cheveux hérissés. Non que je souhaite au roi une heure de purgatoire... ni à personne d'ailleurs...

sauf à un ou deux types, mais ceux-là, c'est en
enfer que je les enverrais...

Il n'y avait pas foule encore, et les quatre amis
s'accoudèrent aux barrières, juste en face d'un
des meilleurs obstacles. MacDonald se trouvait
entre Hugh Forbes et Paddy Bawn. Ils parlèrent
à bâtons rompus, mais des courants secrets cir-
culaient entre leurs paroles.

— Tout le monde va bien, à Knockanore?
demanda MacDonald d'un ton détaché.

— Ceux qui restent, oui, dit Paddy Bawn d'un
air sombre.

— Mrs Kierley vous a donc quittés?

— Oui, et sans espoir de retour.

— Non?

— Non. Je l'ai trouvée très calme, ces derniers quinze jours.

L'Ecossais ne fit aucun commentaire.

— Calme comme Dieu Lui-même, répéta
Paddy Bawn.

L'Ecossais, une fois de plus, ne fit pas de commentaire. Mais il y avait là de quoi lui donner
à réfléchir. Oui, cette femme devait recevoir avec
calme les coups du sort. Et elle avait certainement compris qu'Archibald MacDonald l'avait
jugée... et qu'il l'avait condamnée.

— Ch...ut. Voici les sauteurs, dit Hugh Forbes. Taisez-vous un moment, vous voulez bien?

Mais aucun d'eux n'avait rien dit depuis au
moins deux minutes.

Le jury avait désigné les vainqueurs du trot
attelé, et les trois gagnants, la tête ornée de

rosettes, avaient fièrement paradé sous les applaudissements de l'assistance. L'orchestre militaire avait vivement enlevé le joyeux air *The Kilruddery Hunt,* et déjà affluaient sur la piste les concurrents de la Coupe des Dames. Deux douzaines de jeunes et belles bêtes à la tête longue, aux épaules puissantes, aux jambes fines. Elles étaient montées par des écuyères dont la moitié — les plus capables — montaient encore en amazone. Des femmes tenaces, au visage bronzé, aux poignets d'acier.

Les chevaux paradèrent, firent un ou deux tours de piste à l'extérieur des obstacles. On remarquait parmi eux un jeune cheval, qui frappait parmi ces grands sauteurs. Un joli poulain bai, avec une patte de devant guêtrée de blanc, et une étoile au front, un peu long de jambe et léger d'arrière-train pour un sauteur, mais dont la foulée longue et nerveuse disait l'excellente origine. Il était monté par une femme mince, garçonnière d'aspect, montant à l'américaine avec de longs étriers. Elle était tête nue, et le vent de la course soulevait ses courts cheveux blonds, plus pâles que l'or le plus pâle. Elle montait avec tant d'aisance et de souplesse, que les hommes applaudirent sur son passage, car c'était une joie de voir une femme tenir son cheval comme un jockey et ne faire qu'un avec lui.

— Une jolie paire, bien assortie, fit Hugh Forbes en donnant une amicale bourrade à Mac-Donald.

— En effet, fit l'Ecossais en se penchant pour

mieux suivre des yeux le cheval et sa cavalière...

— Il s'est placé second hier, dans la classe des jeunes, dit Hugh, et il aurait mérité d'être premier... Il a des chances, aujourd'hui, Paddy Bawn?

— Aucune. Il est hors de sa catégorie, dit Paddy Bawn. Il ne sera même pas nommé. Mais je voulais voir comment il se classerait au milieu des six ans, et monté par une femme.

Les chevaux sortirent de la piste, Le haut-parleur fit entendre les premières annonces, et le couple de sauteurs n° 1 fit son apparition. Bien entraînés, ils firent un bon parcours — haies, banquettes, barres, fossés — mais furent loin d'atteindre à la perfection.

Le poulain bai fit son apparition au cinquième tour, dansant sur place et secouant sa tête étoilée.

— Doucement... là... doucement, grognait Paddy Bawn. En voilà une façon de prendre une haie... Là... parfait! Oh! parfait. Quel style, hein!... Oh! malédiction!

— Juste une toute petite faute de la postérieure droite, dit Hugh Forbes. Trois fois rien... Regardez-le sauter... un oiseau... et s'il n'avait pas touché la barre...

— Et arraché une touffe de gazon au fossé... c'est son point faible! Je parie qu'il ne sera même pas nommé pour la seconde course.

— Et moi, je suis prêt à parier une livre...

— Non, je ne parierais pas contre lui, même pour gagner un million, protesta Paddy Bawn.

On annonçait, au haut-parleur, les résultats.

Sept chevaux étaient admis à participer à la seconde épreuve. Et le poulain — Cnucanor — était cité en troisième.

Il parut, dès l'abord, trop nerveux, mais il aurait certainement accompli un meilleur parcours, si sa cavalière lui avait consacré toute son attention. Mais depuis deux jours, ses yeux n'avaient cessé de chercher, dans cet océan de faces tendues vers la piste, un visage... Et alors qu'elle ne le cherchait plus, elle le vit... A une seconde près, elle sautait sans le voir; mais à l'instant où elle ramassait sa monture pour franchir la large banquette, elle l'aperçut du coin de l'œil et fut attirée comme par un aimant.

Elle ne sut jamais exactement ce qui se passa ensuite.

Un mouvement nerveux de la main ou du genou... une courte hésitation perçue par son cheval... ce fut assez. Le poulain arriva de biais devant l'obstacle, s'enleva magnifiquement, toucha durement des antérieurs, frotta des naseaux la banquette gazonnée, se retrouva sur ses quatre pattes de l'autre côté de l'obstacle, et chuta tête la première.

Une vaste clameur s'éleva de la foule.

La cavalière, déjà démontée par le premier choc, n'eut pas le temps de bien se remettre en selle. Ayant instinctivement vidé les étriers, elle s'éleva dans les airs, fit la culbute et retomba sur le dos. Mais à peine avait-elle touché le sol, qu'elle roula sur elle-même à l'écart des dangereux sabots, et se retrouva debout. Mais pour un instant seulement. Elle vacilla, s'agenouilla, tomba sur le côté et ne bougea plus.

— Dieu tout-puissant! Son dos! gémit Hugh Forbes en posant une main puissante sur l'épaule de MacDonald. Du calme, mon fils... ce n'est peut-être rien!

L'épaule de l'Ecossais se raidit sous l'étreinte de Hugh Forbes.

Déjà les infirmiers de l'ambulance Saint-John étaient aux côtés de Nuala Kierley et, la soulevant, l'étendaient avec précaution sur un léger brancard de toile. Sean Glynn retrouva sa voix.

— Vous avez vu! Elle a étendu les jambes... Son dos n'a rien... Venez! dit-il.

— D'accord, fit Hugh Forbes. Rendez-vous devant l'infirmerie. Paddy Bawn a ses **entrées** et il nous fera parvenir des nouvelles.

Déjà Paddy Bawn avait disparu.

Mais en route, Archibald MacDonald, faussant compagnie à ses amis, se perdit dans la foule.

Il ne se sentait pas le courage d'affronter Nuala Kierley.

⁂

Archibald MacDonald passa une mauvaise soirée, et l'on peut dire qu'il ne l'avait pas volé.

A peine avait-il quitté l'enceinte du concours, qu'il comprit qu'il agissait d'une façon ridicule; mais il ne put prendre sur lui de revenir sur ses **pas.** Nuala Kierley ne lui était rien, mais, ayant beaucoup insisté pour qu'elle monte le poulain, il se sentait en partie responsable. Prendre de ses nouvelles était le moins qu'il pût faire... Ses amis lui en donneraient... mais retrouver ses amis dans les hôtels pleins à craquer de la ville de Dublin, risquait de lui prendre toute la nuit. L'inquiétude, le mécontentement de lui-même l'amenèrent devant l'hôpital de la ville de Dublin, tout proche. Nuala Kierley ne s'y trouvait pas, non plus que dans les cliniques du voisinage, ni à Saint-Vincent, de l'autre côté du parc. Comment la retrouver dans une ville d'un demi-million d'habitants ? Il entra dans une cabine téléphonique et appela l'infirmerie du stade, mais les officiels étaient déjà partis et le préposé n'était au courant de rien. Finalement, se maudissant pour sa stupidité, il reprit tristement le chemin de son hôtel.

La première personne qu'il aperçut dans le hall n'était autre que Paddy Bawn Enright. Celui-ci était assis sur une banquette de cuir, les poings serrés entre ses genoux, une épaule plus haute que l'autre, à son habitude, ses épais sourcils froncés sur ses yeux calmes de lutteur.

— Asseyez-vous, dit-il simplement. J'ai besoin de votre avis.

Archibald MacDonald obéit sans discuter. La vue de Paddy Bawn l'avait déjà réconforté. Ses amis irlandais ne le laisseraient jamais tomber. Ils resteraient à ses côtés, quoi qu'il arrive.

— Comment va-t-elle? demanda-t-il avant tout.

— Bien. C'est à son sujet que j'ai besoin d'un conseil.

— Elle n'a rien de grave, au moins?

— Non, rien de cassé. L'arrachement d'un muscle au nom compliqué, qui la retiendra sur le dos pendant une semaine. Et maintenant, écoutez-moi. Sean Glynn et vous, l'avez amenée à Knockanore, et vous l'avez confiée à mes soins et à ceux d'Ellen Roe. Alors, que dois-je faire, maintenant?

— Il y a donc quelque chose à faire, Paddy Bawn?

— C'est ce que je voudrais savoir. Si Ellen Roe était ici, elle me le dirait; mais il faut agir tout de suite, avant la tombée de la nuit. Ecoutez! Lorsque je suis arrivé à l'infirmerie, je n'ai pas pu entrer tout de suite, parce que le docteur était auprès d'elle. Et quand enfin j'ai pu passer, il y avait déjà quelqu'un auprès d'elle. Un type solidement bâti, au teint bronzé, au nez un peu écrasé. Vous voyez qui c'est?

— Hanley?

— Exactement. Sean Glynn m'a parlé de lui... Bon! Et tout ce que m'a dit Nuala Kierley, étendue là-bas sur la couchette, à l'infirmerie, c'est : « Adieu, Paddy Bawn, et embrassez pour moi Ellen Roe et le petit Sean. » Et après cela, Hanley l'a emmenée dans une grosse voiture, avec l'aide d'une infirmière.

Archibald MacDonald, la tête basse, paraissait profondément déprimé.

— Que pouvais-je faire? reprit Paddy Bawn.

Rien, évidemment. Mais je n'étais pas content...
pas content du tout. Aussi j'ai galopé derrière
la voiture, et je n'ai pas eu à courir longtemps...
Voyez-vous, ce Hanley n'a pas quitté Dublin
après la soirée au Gaiety... oui, je connais aussi
cette histoire. Il a loué un appartement meublé
avec service dans Fitzwilliam Street, et c'est là
qu'il a emmené Nuala Kierley. Et maintenant,
qu'allons-nous faire?

— En avez-vous parlé à Sean Glynn et à Hugh
Forbes?

— Non. Ils détestent Hanley... tandis que
vous... vous êtes un homme pondéré... me sem-
ble-t-il.

— Pas tellement pondéré, Paddy Bawn.

— Voyez-vous, cette femme a vécu sous notre
toit, et Ellen Roe et moi, nous avons appris à
l'aimer. Je crois qu'elle nous est attachée aussi,
et qu'elle a de l'affection pour le petit Sean. Il
faisait bon l'avoir à la maison. Elle est si simple,
et si gaie aussi... Et cette façon qu'elle avait de
prendre le petit dans ses bras... Vous m'écoutez?

— Je vous écoute, Paddy Bawn.

— Alors, que faisons-nous?

— Elle vous a dit adieu, Paddy Bawn.

— Elle m'a dit adieu, c'est vrai.

— Et elle est partie avec Sir Henry Hanley.

— Non, c'est lui qui l'a emmenée.

— Oui, mais elle a accepté de le suivre. Je
crois que nous sommes impuissants dans ce cas,
Paddy Bawn.

— C'est votre avis?

— Je ne vois pas ce que nous pourrions faire...
ce que n'importe qui, pourrait faire.

Ils se turent un moment, et peu à peu le visage
de Paddy Bawn se transforma. MacDonald
n'avait jamais vu son vrai visage, et il en eut
froid dans le dos... Totalement dénué d'expression, les yeux comme lavés, les pommettes sail-
lantes. Et sa voix, lorsqu'il parla, était basse,
mais d'une dureté métallique.

— Par le Christ-Roi! Ça ne peut pas aller
comme ça. Je suis sûr qu'elle attend un signe
de nous. J'y vais!

— Méfiez-vous! Hanley est un dur!

— Je l'espère bien, fit Paddy Bawn en se
levant d'un bond.

Archibald MacDonald l'imita.

— Je vous accompagne.

— J'y comptais bien, dit Paddy Bawn simplement.

L'appartement de Sir Henry Hanley se trouvait à l'étage supérieur d'un hôtel de style géor-
gien donnant sur Fitzwilliam Square. L'entrée
à ciel ouvert constituait autrefois le dernier
palier. A l'intérieur, sur un vaste hall, également
à ciel ouvert, s'ouvraient quatre portes.

Adossée à des coussins, Nuala Kierley était
étendue sur un lit tout blanc, au centre d'une
vaste pièce. De grands rais de soleil, passant

par-dessus les arbres du parc, formaient des barres lumineuses sur le neigeux couvre-pied. Une infirmière en uniforme disposait ses instruments sur une petite table placée entre les deux larges baies... Sir Henry Hanley, assis au pied du lit, contemplait Nuala. Auréolé de lumière, que son visage était pâle! Mais ce n'était pas le visage d'une femme faible, et la même force intérieure l'habitait. Les sourcils légèrement froncés, elle considérait son vis-à-vis d'un regard lucide. Ses beaux bras reposaient sur la couverture.

L'infirmière se tourna vers eux :

— J'ai besoin de quelques petites choses pour la nuit, leur dit-elle. Si vous voulez bien m'excuser, je serai de retour dans une demi-heure.

Lorsqu'elle fut partie, Hanley prit dans les siennes la main de Nuala, toute bronzée par le soleil du Kerry.

— J'étais sûr que vous reviendriez à Dublin, chère, dit-il d'un ton plaisant.

— Saviez-vous où j'étais?

— Non.

— Mais vous soupçonniez avec qui j'étais partie?

— Je n'aurais pas eu de peine à m'en assurer, mais je ne tenais pas à précipiter les choses. Oui, je savais que vous reviendriez, et c'est pourquoi je suis resté à Dublin... à mes risques et périls.

— Je ne crois pas que vous courriez le moindre risque à Dublin, Henry... ni moi non plus, d'ailleurs. J'ai quitté la ville volontairement et librement. Ne craignez-vous que je reparte dès que je pourrai mettre un pied par terre?

— C'est ce que vous ferez, ma chère... avec moi. Nous cinglerons droit sur Holyhead et nous nous marierons immédiatement. Je suis sûr que vous êtes maintenant bien persuadée que c'est la meilleure chose à faire.

— Je pense que nous en arriverons là... à moins que votre orgueil ne vous le défende.

— Mon orgueil?

— Oui. Vous exercez sur moi une certaine attraction... je sens une force en vous... mais je ne vous aime pas.

— Cela viendra.

— Mais, chose pire... j'aime quelqu'un d'autre.

Hanley accusa le coup sans broncher, mais une farouche obstination assombrit ses yeux et durcit sa mâchoire.

— Et vous voulez toujours m'épouser? demanda Nuala, surprise.

— Certainement. Mais cet homme?...

— Peu importe, Henry. Je ne le reverrai jamais... et il ne le sait pas. N'est-ce pas une chose étrange, qu'il me faille connaître à nouveau les tourments de l'amour?

— Et vous les connaîtrez encore. Mon expérience de la vie me le dit... Faites-moi confiance, Nance!

— Je sais que vous êtes fort... Du moment où je vous ai connu, j'ai pressenti cette force en vous.

— Et moi, à la minute où je vous ai vue, j'ai

désiré faire de vous ma femme. Rien d'autre pour moi ne comptait... Rien d'autre ne compte. Croyez-moi, chère, le sort le veut ainsi.

— Peut-être... Peut-être devions-nous unir nos deux destinées... Nous nous sommes fait assez de mal...

— Dites que vous consentez à m'épouser...

A ce moment, le timbre de la porte résonna, et continua de résonner, comme si quelqu'un laissait son doigt sur le bouton.

— Du diable! s'exclama Hanley. C'est le jour de sortie de mon valet de chambre... Vous permettez, Nance?

Il se baissa, posa un baiser dans ses cheveux, puis sortit de la pièce en refermant la porte derrière lui.

La jeune femme, dont le cœur s'était mis à battre au rythme de la sonnerie, se redressa et garda les yeux fixés sur la porte close.

Lorsque Sir Henry Hanley ouvrit la porte, un inconnu, pas très grand, une épaule un peu plus haute que l'autre, glissa son pied dans l'entre-bâillement. Derrière lui se dressait un homme de haute taille, vêtu de tweed. Hanley le reconnut immédiatement, et une flambée de colère s'alluma dans ses yeux.

— Nous voudrions voir Mrs Kierley, dit le petit type d'un ton tranquille, mais sans retirer son pied de la porte.

— Mrs Kierley se repose. Sortez d'ici!

Hanley accompagna ces paroles d'un regard méprisant, et n'essaya même pas de refermer la porte. Au lieu de cela, il l'ouvrit toute grande.

— Si vous ne décampez pas, je vous fiche dehors.

Le petit homme leva une main apaisante :

— Allons, sir... allons! Pourquoi vous fâcher? Mrs Kierley me connaît bien. C'est mon cheval qu'elle montait aujourd'hui...

Hanley ne donna pas d'autre avertissement. Pourquoi l'aurait-il fait? On n'avait guère pris de gants avec lui. Et l'action rapide gagne les batailles. Il lança, du droit, un coup suffisant pour projeter Paddy Bawn par-dessus la balustrade... Il n'y aurait plus ensuite qu'à envoyer son compagnon le rejoindre au bas de l'escalier. Un plan fort bien conçu, si ce coup de poing était arrivé à destination.

Mais ce ne fut pas le cas. Le petit homme, loin de se mettre en garde ou de reculer, étreignit son adversaire, dont le poing partit dans le vide. Il lui eût été facile ensuite de profiter de son avantage, mais il n'en fit rien et leva de nouveau une main conciliante.

— Soyez raisonnable, dit-il, et écoutez-moi.

Hanley aurait dû deviner, à ce retournement de la situation, qu'il avait affaire à un professionnel; mais sa mauvaise chance le poursuivait. Et il revint à son idée de mettre knock-out ce petit bonhomme, pour s'attaquer ensuite au seul adversaire qui l'intéressât.

— En voilà assez, espèce d'avorton, grogna-t-il.

— Allez vers elle! dit Paddy Bawn par-dessus

son épaule, en s'effaçant pour laisser passer son compagnon.

Archibald MacDonald entra à son tour et, refermant la porte derrière lui, s'y adossa.

Hanley avait hâte d'en finir, mais Paddy Bawn également. Et cela veut tout dire. De plus, Hanley, autrefois excellent amateur, manquait d'entraînement et s'était alourdi. Paddy Bawn, au contraire, menait une vie qui le gardait dans une forme parfaite. Inutile d'en dire davantage! Hanley, qui croyait avoir la tâche facile, se vit infliger la surprise de sa vie. Il fut criblé de coups, étourdi, aveuglé, mis à terre, entraîné... Oui, le Tigre méritait bien son nom, et Dublin n'avait jamais porté chance à Sir Hanley...

Nuala Kierley, immobile, les yeux fixés sur la porte, perçut vaguement un bruit de voix irritées, puis les échos d'une lutte... des coups sourds, un corps tombant...

A ce moment, la porte s'ouvrit et Archibald MacDonald se dressa sur le seuil.

— Une simple discussion, dit-il. Elle est terminée, d'ailleurs.

Les rais du soleil s'étaient déplacés sur la couverture et tombaient maintenant sur les mains étroitement jointes. C'était d'ailleurs le seul signe d'agitation que donnât la jeune femme, car son visage n'avait rien perdu de son calme.

Archibald MacDonald ne s'attarda pas à la porte. La refermant doucement derrière lui, il s'approcha du lit et regarda Nuala d'un air sévère.

— Le poulain s'est bien débarrassé de moi, dit-elle d'une toute petite voix. Etes-vous venu me gronder, ou me consoler?

— Je suis venu vous chercher, et je vous garderai... toujours.

— Toujours? murmura Nuala, tandis qu'un faible sourire lui montait aux lèvres.

Mais, en même temps, ses yeux se remplirent de larmes.

— Nuala, ma chérie!

Il prit les deux mains de la jeune femme, les porta à ses lèvres et les reposa doucement sur la couverture.

— Assez de folies! Quand nous marions-nous?

— Est-ce que Sean?...

— Je m'en fiche complètement, dit MacDonald d'un ton féroce. Vous allez m'épouser.

— Je veux bien, dit tout bas Nuala. Je suis si fatiguée. Emmenez-moi, Archie...

Une voix basse et profonde s'éleva soudain derrière eux :

— Paddy Bawn ne peut pas rester toute la nuit assis sur la tête de Sir Hanley, dit Hugh Forbes avec un bon sourire. J'ai une ambulance à la porte et une infirmière. Si vous voulez bien quitter cette chambre, Archie, l'infirmière va préparer sa malade. Dublin n'est bonne pour nous ou'à petites doses. Venez, mon fils!

— Hugh, vous êtes un amour! dit Nuala.

— Oui, c'est ce pensent les femmes en général, fit Hugh.

Dans le hall, Archibald MacDonald tomba sur

Sean Glynn, qui l'attrapa par les revers de son veston.

— Je crois que nous ferions bien de nous adresser des excuses réciproques, Archie, dit-il.

— Tout cela n'a plus aucune importance, Sean.

— Mais si, espèce de tête de mule d'Ecossais!

— Non, Sean, je vous assure, tout cela est oublié! répéta Archibald MacDonald.

Et ni l'un, ni l'autre n'accorda une pensée, ou une parole, à Sir Henry Hanley, auquel la ville de Dublin ne portait décidément pas chance.

TABLE
DES MATIÈRES

———

IMPRIMÉ AU CANADA